軒猿の月

火坂雅志

○本表紙デザイン＋ロゴ＝川上成夫

軒猿の月　目次

軒《のき》猿《ざる》の月

一

戦国の武将というものは、ほぼ例外なく、みずからの手足となって働く忍びを飼っていた。

徳川家康《とくがわいえやす》における伊賀《いが》忍者の服部《はっとり》一党、小田原北条《ほうじょう》氏の風魔《ふうま》一族。そして、越《え》後《ち》の竜とうたわれた北越の雄、上杉謙信《うえすぎけんしん》にも忍びはいた。

古書によると、謙信が作った忍者集団は、

——軒猿《のきざる》

と、呼ばれたという。

軒猿の名は、古代中国の皇帝で忍術の祖とされる軒轅黄帝《けんえんこうてい》に由来している。「軒轅」をノキザルと訓読みし、異なる漢字をあてはめたものである。

軒猿なる一団の正体は、謎につつまれている。彼らに関する具体的な史料は、上杉家の公式記録にもいっさい残されていない。

しかしながら、越後各地に残る口碑《こうひ》をたんねんに拾い集めてみると、彼ら軒猿が、妙高山《みょうこうざん》のふもとの関山権現《せきやまごんげん》の山伏《やまぶし》であったことがわかる。

関山権現といっても、土地の者以外に、その名を知る人はまれであろう。関山権現は、謙信のころは社運おおいに栄え、坊舎の数七十四、山内には三千人を超える山伏が暮らす修験《しゅげん》の一大霊場であった。

上杉謙信は、関山権現を篤《あつ》く信仰し、しばしば参詣におとずれる一方で、体術、呪術にたけた異能の山伏をいくさに利用した。すなわち、彼らを間諜《かんちょう》として京畿《けいき》や関東に放つのみならず、戦場での敵陣の攪乱《かくらん》、火付けなどに活用した。

軒猿の働きは神出鬼没、

――越後の魔猿
と恐れられた。


永禄三年、春――。

春日山《かすがやま》城、本丸の北廓にある毘沙門《びしゃもん》堂の縁側で、上杉謙信はひとり夜桜を眺めながら、玉杯のふちを嘗《な》めていた。

眉《まゆ》が濃く、髭《ひげ》も濃い。荒鷲を思わせる彫《ほ》りの深い顔立ちは、端正にして精悍《せいかん》。闇に散る白い山桜の花びらを見つめる双眸《そうぼう》が、するどい闘気をはらんで炯々《けいけい》と光を放っている。

謙信、この年三十一歳。

上杉謙信と名をあらため、法体となるのは、これより十年後のことで、このころはまだ、長尾景虎《ながおかげとら》と名乗っていた。

（そろそろ、妙高の雪は溶けたであろうか……）

酒をグイと呑み干し、謙信は切れ長な二重瞼《ふたえまぶた》の目を細めた。

雪深い越後に生まれた謙信は、こよなく酒を愛している。酒と満開の山桜、その二つさえあれば女もいらぬ、城も領地もいらぬと思うほどの、乱世にはめずらしい無欲恬淡《てんたん》たる気性の男だった。

しかし、戦国乱世の武将である以上、酒と風雅のみを友に生きられるはずがない。ことに甲斐《かい》の強敵、武田信玄《たけだしんげん》の存在が、謙信をいやおうなく戦いの場に引きずり出し、修羅の道を歩ませている。

（雪が溶ければ、信玄が動きだす。落ち着いて酒を呑めるのも、あとわずかであろう……）

謙信は燗鍋《かんなべ》をかたむけ、ふたたび酒杯をあおった。

春日山を風が吹き渡った。

冷たい花冷えの空を埋めつくすように、幾千、幾万の花びらが渦を巻いて宙を舞う。やがて、それが湿った闇のかなたへ吸い込まれるように消え去ったとき、桜の

老木の下の笹藪《ささやぶ》が、

——ガサリ
と揺れた。

瞬間、謙信ははじかれたように杯を床に置いた。板壁に立て掛けてあった太刀《たち》に手を伸ばしつつ、

「何者ッ！」

木《こ》の下闇《したやみ》を睨《にら》みすえる。

謙信の凄《すさ》まじい気迫に恐れをなしたか、しばしののち、茂みをかきわけて一人の男が姿をあらわした。

山樵《やまがつ》だった。

桜皮鞘《おうひざや》の鉈《なた》を腰帯にはさみ、がっちりとした長身に毛皮の胴着《どうぎ》をつけている。毘沙門堂につかつかと歩み寄った山樵は、縁側にいる謙信を見て、唇に不遜な笑いを刻んだ。

「どうだ、今宵の花見酒の味は」

道ばたの百姓にでも声をかけるように、山樵が謙信に話しかけた。

驚愕すべきことに——。

山樵の日焼けした浅黒い顔は、いましも太刀を抜かんとしている縁側の謙信と瓜二つであった。いずれがいずれとも見分けがつかぬほど、よく似ている。

夜桜の下に、同じ顔の男が二人。

さながら夢まぼろしでも見ているがごとき、異様な眺めである。

「ながの留守居、ご苦労であった。越中《えっちゅう》攻めは、わしがおらずともうまくいったようじゃな」

山樵の言葉に、

「はッ」

と、頭を下げ、縁側から跳び下りて地面に這《は》いつくばったのは、いましがたまで、ゆったりと花見酒を楽しんでいた謙信のほうである。

かわって、山樵が御堂のきざはしをのぼり、縁側に腰をおろした。悠然と床にあぐらをかくと、玉杯に残っていた酒を喉《のど》を鳴らして旨そうに呑み干す。

「京の酒も悪くはないが、やはり、わしの口には雪解け水のごとき越後の酒が合う」

山樵の謙信は、夜桜を見上げて微笑した。

「都はいかがでござりました」

　もう一人の謙信が聞いた。

「三条西《さんじようにし》さまの口ききで、内裏《だいり》におわす御門《みかど》に拝謁してまいった。御門おんみずからわしの手をお取りになり、そなたの上洛を一日千秋の思いで待ちわびておるぞとお言葉をたまわったときには、不覚にも涙がこぼれそうになったわ」

「………」

「それにしても、よう化けたものじゃ」

　地べたに蛙《かえる》のように這いつくばる謙信に目を落とし、山樵姿の謙信が口もとをかすかにゆがめた。

「さながら合わせ鏡を見るようで、このわしでさえ、何やら妙な気分になる。城内の者ども誰ひとりとして、わしが三月《みつき》ものあいだ城をあけ、京へ微行《びこう》していたことに気づかぬはずじゃ」

「恐悦至極《きようえつしごく》にございます」

　ふと上げた謙信の顔が、突如、ブルブルと小刻みに震えだした。

　瞼、頬《ほお》の肉、唇が不規則に痙攣《けいれん》し、ヒルを貼りつけたような筋肉の束が浮き出して、毛穴からどっと汗が噴き出した。粘液のようなねばい脂汗《あぶらあせ》で顔がぬらぬらと光り、妖怪じみて見える。

やがて、蠕動《ぜんどう》がおさまり、男が袖で汗をぬぐうと、その顔は謙信とは似ても似つかぬものに変容していた。

頬の骨隆《たか》く、顎《あご》がカラス天狗のようにとがっている。

「いつ見ても、恐るべき技じゃ。そなたのみならず、軒猿ノ者はことごとく、かような術を使うのか」

さすがに驚嘆の面持《おもも》ちで、縁側の上の謙信が言った。

「誰でも使えるわけではございませぬ。筋肉を自在に操り、思いのままに面相を変える〝輪廻《りんね》ノ術〟を用いますのは、関山広しといえども、わたくし唯ひとり」

「そなたを敵にまわせば恐ろしいことになるのう、月猿《つきざる》」

「関山三社大権現に誓い、この月猿めがお屋形《やかた》さまを裏切ることはございませぬ」

「ふむ……」

ちょうど月が雲間に隠れ、謙信の横顔が闇に沈んだ。

「役目を終えたばかりだが、そなたにはまた、ひと働きしてもらわねばならぬ」

「ははッ」

「ただちに甲斐へ飛べ」

謙信は低い声で言った。

二

関山権現の山伏月猿は、まことの名を是性房《ぜしょうぼう》という。
軒猿ノ者は、山伏の名乗りとは別に忍び名を持ち、それぞれ、
雪猿
赤猿
岩猿
と、「猿」の一文字を用いるのが習わしであった。
(飛び加藤を斬《き》れか……)
是性房こと月猿は、残雪をのせてそびえる甲斐駒ヶ岳を見上げた。
周囲を屏風のごとき山々にかこまれた甲斐の野は、すでに桜が散り果て、新緑があおあおと芽吹く季節になっている。頬をなぶる風が爽《さわ》やかだった。
だが、爽涼《そうりょう》とした野の景色とはうらはらに、月猿の胸には重い雲が垂れ込めている。
「甲斐へおもむき、飛び加藤を斬ってまいれ」
それが、主君上杉謙信から与えられた使命であった。

飛び加藤――。

闇に生きる役目柄、世に名を残すことのまれな忍びのなかで、果心居士《かしんこじ》らと並んで、その卓越した忍びの技を後世まで語り継がれた忍者である。

生年も、出自も謎につつまれている。

飛び加藤は、伊賀、甲賀《こうが》など、いかなる忍び集団にも属さない一匹猿で、諸国の大名のあいだを渡り歩き、いっときは春日山城下にも身を置いたことがある。

謙信が招いたわけではない。飛び加藤のほうから、

「自分の技を買ってみる気はないか」

と、おのれを売り込みにやって来たのである。

かねてより、この流れ者の忍びの使う面妖な幻術の評判を聞いていた謙信は、城内の一室で飛び加藤と対面することにした。

会ってみると、意外な小男である。四尺八寸(約百四十五センチ)ほどしか背丈がない。

だが、全身から霧のごとき妖気が立ちのぼり、忍び頭巾《ずきん》の奥の双眸が、刃物のごとくするどかった。

(おや……)

と、謙信が思ったのは、飛び加藤の瞳《ひとみ》が蒼《あお》みがかって見えたからである。瞳ぜんたいが蒼いのではなく、瞳孔をとりまく水晶体に、点々と深い蒼みがさしているのである。

（この者、みちのくの出か……）

奥州《おうしゅう》には、ときおり瞳が湖のように蒼みがかった者が出るという。古く、大陸から樺太《からふと》づたいに北の遊牧民が入ってきた名残りといわれ、『人国記《じんこくき》』にも、

――この国（奥州）の人は日《ひ》の本《もと》の故《ゆえ》にや、色白くして眼の色青きこと多し
と、書かれている。

そう思って謙信が見ると、黒装束《しょうぞく》の隙間からのぞく飛び加藤の肌は、抜けるように白かった。

「それがしは、いかなる場所にも人知れず忍び入る秘術を心得てござります。どうか、お召し抱えいただきたい」

飛び加藤の言葉に、謙信は、

「されば、わが家臣の直江《なおえ》大和守《やまとのかみ》実綱《さねつな》の屋敷に忍び込み、邸内の者に気づかれることなく、実綱秘蔵の長刀《なぎなた》を盗んでみせよ。見事なしとげたるときは、考えてもよかろう」

と、難題を課した。

直江大和守は謙信の老臣で、その屋敷は高塀をぐるりとめぐらした警固厳重なものだった。飛び加藤が来るというので、直江家では、さらに庭に猛犬を放ち、不寝番を置いて念入りに警戒した。

しかし、飛び加藤は警固の網をやぶってやすやすと直江邸に忍び入り、大和守秘蔵の長刀を謙信のもとに持ち帰る。

——たいした奴じゃ。

謙信は飛び加藤の妙技に感心したものの、約束どおりに召し抱えることはしなかった。

このような恐ろしき術者、味方についておればよいが、万が一、敵に内通した場合、かえって寝首をかかれる、と危惧をいだいたのである。

「あやつを斬れ」

謙信はひそかに家臣に命じた。

が、飛び加藤はいちはやくこの動きに気づき、風のごとく春日山城下から逃げ去ってしまった——。

春日山の城内で、かくのごとき飛び加藤の騒ぎがあったのは、いまから一年あまり前のことだった。

ちょうどそのころ、月猿は関東の北条氏のもとへ諜者《ちょうじゃ》として出ており、稀代の術者と言われる飛び加藤を目《ま》のあたりにすることはなかった。

（わしがおれば、むざむざ飛び加藤を生きて他国へ逃《のが》しはしなかったものを……）

と、唇を嚙《か》む反面、

（術くらべをしたら、はたしてどちらが上であろうか）

技の切れでは関山一と自認している月猿であったが、噂《うわさ》に聞く飛び加藤の変幻自在の忍技に、ふと自信が揺らぐこともあった。

その、月猿の胸につねに小骨のように引っ掛かっていた存在――飛び加藤を斬れと、謙信より命が下されたのである。

（勝てるか）

と思うより、

（勝たねば）

と、おのれに言い聞かせた。

謙信の話によれば、飛び加藤が姿をあらわしたのは、謙信の宿敵武田信玄が領する甲斐国。越後を逐《お》われた飛び加藤は、変わり身早く、信玄に取り入ったものらしい。

信玄のほうも、上杉に恨《うら》みを持ち、春日山城下のようすをつぶさに見た経験のある忍びを雇《やと》い入れることは、少なからぬ利があったにちがいない。

そのような飛び加藤を生かしておくことは、謙信にとって、とうてい、辛抱ならないことだった。

(とにかく、飛び加藤を殺《や》らねばならぬ……)

月猿は道を急いだ。

山伏姿の月猿が、信玄の躑躅《つつじ》ケ崎《さき》館がある甲斐府中《ふちゅう》に入ったのは、越後を出てから三日後のことだった。

月猿がたずねたのは、四年前から武田家にもぐり込んで忍びばたらきをしている、仲間の、

——影猿

の長屋である。

影猿は武田家の足軽にまんまとなりすましており、その真面目な精勤ぶりから、誰も影猿を上杉の諜者と疑う者はなかった。

「お屋形さまは、おぬしを飛び加藤の討っ手に選ばれたか」

長屋の天井裏から音もなく下り立った月猿の姿を見て、影猿は細い目の奥に、言いようのない安堵《あんど》の色を浮かべた。

「誰か来てくれるのを待っていた。このままでは、わしも殺られるのを待つばかりと、じつは戦々恐々としておったところよ」

影猿の顔には、熟達した忍びらしからぬおびえがあった。

「というと、甲斐にもぐり込んだ仲間で、飛び加藤にしてやられた者がいるのか」

板敷きの隅《すみ》にあぐらをかいた月猿の声も、対する影猿の声も、いずれも忍びの筒《つっ》声《ごえ》である。

筒声は、忍びが他人に聞かれたくない会話をするとき用いる独特の話法で、口腔《こうこう》を筒型にすぼめて言葉を交《か》わすため、うすい壁一枚へだてた隣室の者にも話を聞かれる気づかいはない。

影猿は、筒声で、

「うむ」

とうなずき、うかがうように部屋を見まわしてから、

「すでに五人殺られた。府中はずれの積翠寺《せきすいじ》で坊主になりすましていた草猿が、笛《ふえ》吹《ふき》川の河原にむごたらしい生首をさらしたのは、つい十日前のことよ」

「草猿ほどの手だれが殺られたか……。して、それが飛び加藤のしわざとは、いかにしてわかった」

「草猿が死にぎわに書き残したものか、河原の石に忍び文字で、飛び加藤の名が血でしたためてあった」

「なるほど……」

「奴は上杉の忍びを皆殺しにする気じゃ。軒猿ノ者で、府中に残っているのは、もはやわし一人」

「汝《われ》の正体は、ばれておるのか」

月猿は聞いた。

「わからぬ。わからぬが、ほかの者どもが次々と殺られたことから見て、飛び加藤は何らかの手段でわれらの正体を嗅《か》ぎつけておるのにちがいない」

「飛び加藤の住処《すみか》はわからぬか」

「それがわかっておれば、とうの昔にこちらから仕掛けておるわ」

「うむ……」

「信玄の躑躅ケ崎館の奥に身をひそめておるものか、それとも城下のどこかに屋敷を与えられておるものか、かいもく見当すらつかぬ」

「いまここで話しておるあいだも、奴がどこかで盗み聞きしているような気がしてならぬ。感じぬか、虫のごとく息をひそめる奴の気配を……」

「難儀な敵じゃな」

影猿は、落ち着きのない目つきで後ろを振り返った。

土間《どま》の向こうの板戸がカタカタと風に揺れているだけで、人の気配はない。

「痴《し》れたことを……。汝らしゅうもない。忍びが、敵の影を恐れて何とする」

「しかし、な」

「まだ、飛び加藤が汝の正体に気づいたと決まったわけではない。春日山からほとんど寝ずに来たでな、とりあえず今夜は侍町《さむらいまち》のはずれにある庚申《こうしん》堂で休ませてもらう」

月猿は立ち上がると、闇の満ちた屋根裏へ向かって跳び上がった。

三

月猿は、屋根のくずれかけた庚申堂へもぐり込んで仮眠をとった。

忍刀《にんとう》を抱き、壁にもたれてうつらうつらしているうちに奇妙な夢を見た――。

人で賑わう四つ辻の真ん中に、男が立っていた。

小柄な男である。肌の色が異様に白く、引き締《し》まった鞭《むち》のような体を持っていた。一見、女のような優男《やさおとこ》だが、蒼みがかった瞳から放つ眼光が異様にするどい。

（蒼い瞳……。もしや、飛び加藤か）

夢のなかの月猿は、思わず声を上げそうになった。

見ていると、飛び加藤は右手に持っていた草の種をパラパラと地面に蒔《ま》いた。その蒔いた種を雨合羽《あまがっぱ》でおおい、エイッと気合をかけ、ふたたび合羽を取り去ったときには、地面から小さな芽が生《は》えていた。

飛び加藤が合羽をひるがえすたびに、双葉がひらき、茎がのび、あおあおと葉を茂らせて、やがて蕾《つぼみ》がついた。最後に合羽をひるがえすと、蕾は大輪の赤い花となり、見物の群衆が拍手喝采した。

――ただの幻戯《めくらまし》じゃ。だまされてはならぬッ！

大声で叫んだ月猿のほうを、飛び加藤が蒼みがかった目で見た。冷酷そうな薄い唇に、からかうような笑いを浮かべている。

――きさま……。

月猿がふところの手裏剣に手をのばしたとき、飛び加藤の刀が一閃し、赤い花が茎から斬り落とされ、宙を飛んで群衆のなかにポトリと落ちた。

人垣から悲鳴が上がった。

大輪の赤い花と見えたのは、花ではなく、なんと血にまみれた人の生首であった。首が地面を跳ね飛び、月猿の足もとまで転がってきた。

生首の顔を見た月猿は、背筋が凍った。

――影猿……。

無念の形相を浮かべる首は、仲間の影猿のものだった。

夢から醒めたとき、月猿は首筋に冷たい汗をかいていた。山伏装束の衿《えり》が、ぐっしょりと濡《ぬ》れている。

(夢か……)

夢とわかっていても、胸の動悸がしずまらなかった。嫌な予感がする。

(まさか、影猿の身に……)

忍刀を背中に結わえつけるや、月猿は庚申堂を飛び出し、影猿の足軽長屋へ風のごとく走った。

屋根裏から天井板をはずし、部屋を見下ろした。雨戸を閉め切った部屋は、漆黒《しっこく》の闇につつまれている。

「影猿」

忍びの筒声で、呼ばわった。

返事はない。

闇に目が慣れてくると、部屋のようすが見て取れた。

板敷きに夜具が敷かれている。夜具の上に、影猿の姿はなかった。厠《かわや》かと思い、しばらく待ったが、いっこうに帰ってくる気配はない。

(飛び加藤に誘い出されたか)

根拠はない。忍びの勘だった。

チッと舌打ちすると、月猿は天井裏をたどって屋根へ出た。

上弦の皓《しろ》い月が、西の空に輝き、侍町の黒瓦《くろがわら》の屋根を濡れるように照らしている。

あたりに人影はなかった。

屋根から眺めると、侍町の足軽長屋は半町(約五十メートル)ほどつづき、その向こうは、府中のはずれを流れる荒川の河原になっている。

と――。

そのとき、闇を裂《さ》いて、河原の方角から悲鳴が聞こえた。断末魔を思わせる、身の毛のよだつような男の悲鳴である。

（あれは、影猿……）

瞬間、月猿は屋根から身を躍らせて地面に下り立ち、長屋と長屋のあいだの狭い道を河原へ向かって走りだしていた。

ヒョウヒョウと、河原を風が吹き抜けている。

河原にたどり着いた月猿は、草のなかに身を隠しつつ、あたりをうかがった。

川べりの草が風にあおられて乱れ、波のごとくうねっている。草のなかから注意深く見まわしたが、河原には何者の影もなかった。

ただ、風の音と川の瀬音だけが、むなしく耳に響いてくる。

（どこかにいるはずだ）

つねなら、危機にさいしても平然と眉根ひとつ動かさぬ月猿が、このときばかりは忍刀の柄《つか》を握る手のうちに、じっとりと汗がにじみ出るのを感じた。

苦悶の悲鳴を上げた影猿は、この広い河原のどこかにいるはずなのだが、気配がまったくないのである。

月猿が息を殺し、背を低くして草のなかを移動しようとしたとき、十間《けん》（約十八メートル）ほど向こうで、河原の立木が揺れ動いた。

いや、動いたのは木ではない。

木に寄りかかっていた人が、痙攣するように身を震わせたのだ。

（影猿か……）

あたりに気をくばり、人影がないのをたしかめた月猿は、身を低くしながら、立木に駆け寄った。

月明かりのなかに浮かび上がったのは、

——無惨
としか言いようのない地獄絵であった。

木の幹《みき》を背にして、男が立ちつくしていた。その鳩尾《みぞおち》に、忍刀がふかぶかと突き刺さり、切っ先は木の幹にまで食い込んでいる。

まるで、釘で木にワラ人形でも打ちつけたような凄惨《せいさん》な格好《かっこう》である。

串刺《くしざ》しにされた男は、まだかすかに息があった。

「つきざる、か……」

「影猿ッ、誰にやられた」

月猿は男に近づいた。

「飛び加藤……」

息も絶え絶えにささやく影猿の顔には、すでに死相があらわれている。

「頼む、われらの仇《あだ》をうってくれ」

「むろんじゃ。奴を生かしてはおかぬ」

「くれぐれも、用心せよ。奴はあやしげなる笛を吹く」

「笛を……」

「ああ」

それだけ言って、顔を苦しげにゆがめると、影猿は息絶えた。

月猿は、仲間の腹に刺さった刀を抜いてやった。どっと血があふれ出し、死体は木の根もとに崩《くず》れた。

月猿は河原に穴を掘り、仲間の屍《しかばね》を埋めた。

屍に土をかける月猿の顔が、やがてピクピクと痙攣し、筋肉の束が浮き出てきた。顔の毛穴から、ねばい脂《あぶら》のような汗が噴き出してくる。

汗がとまったときには、月猿の顔は、いま死んだばかりの仲間のそれに変容をとげていた。

四

月猿が輪廻ノ術を使い、顔を変えたのは、影猿になりすますためであった。

殺したはずの影猿が生きていると知れば、飛び加藤は必ずや、向こうから仕掛けてくるにちがいない。

（そこを狙《ねら》って、斬る）

月猿は総身《そうみ》の血が、熱くたぎるのを感じた。

死んだ影猿は、武田家では雨宮弥十郎《あめみややじゅうろう》と名乗り、足軽弓組に属していた。妻子はいない。

そこまでは知っていたが、親しくしている家中の者の名、日ごろの生活まではわからない。顔を変えても、中身までそっくりに似せなければ、輪廻ノ術が完成したとは言えないのである。

そこで、月猿は一計を案じた。

病《やまい》になったことにして、足軽長屋で臥《ふ》せり、見舞いに来た者たちの話をうかがうことにしたのだ。五日後に起き上がったときには、雨宮弥十郎に関する情報は、すべて月猿の頭のなかにたたき込まれていた。

足軽雨宮弥十郎に化けた月猿が、弓組の組頭《くみがしら》から、

「下部《しもべ》ノ湯へ行け」

と、命じられたのは、出仕をはじめて五日後のことだった。

湯治《とうじ》をして、骨休めでもして来いということかと思ったが、どうやらそうではないらしい。湯治は湯治でも、人の湯治ではなく、

「馬の湯治をせよ」

との命令であった。

いったいに、武田軍団の強さは、騎馬にありと言われる。謙信をはじめ、戦国の諸将が武田勢に苦しめられたのは、その最強無比の騎馬軍団の機動力ゆえだった。そのために、武田家では日ごろから馬を大切にし、いくさでの疵《きず》や疲労を癒《いや》すべく、馬に湯治をさせているらしい。

下部ノ湯は、信玄隠し湯のひとつと言われる。甲斐南西部の河内《かわうち》の渓谷から、さらに山を分け入ったところにあり、矢疵《やきず》や刀創《とうそう》に卓効があった。

ただし、湯はぬるい。冷たいと言っていいほどである。

岩のあいだから、こんこんと湧《わ》く下部ノ湯は、針が落ちても見えるほど透《す》き通っているが、長く入っていないと風邪をひく。

馬のための湯壺《ゆつぼ》は、人の入る湯壺とは別にあった。馬が怖がって暴れぬよう、浅くなっていて、馬の膝《ひざ》関節くらいまでしか湯の深さがない。

そこに馬を入れ、湯柄杓《ゆびしゃく》で湯を汲《く》み、背中からかけてやるのである。

湯壺が狭いため、同時に馬二頭入るのがやっとで、月猿は朝から夕刻《ゆうこく》まで、朋輩《ほうばい》の足軽と手分けして三十頭の馬の世話にあたらねばならなかった。

七日一廻《めぐ》りの馬湯治が終わりに近づくと、足軽たちは、一頭ずつ馬を曳《ひ》いて裏山を歩きまわった。馬を歩ませることで、血のめぐりが良くなり、湯治の効果がより高まるのだという。

月猿も、尻の大きい葦毛《あしげ》の逸物を曳き、青葉の匂いのする山を歩いた。

(いっこうに仕掛けてこぬな)

月猿が雨宮弥十郎になりすまして、はや半月近く過ぎようというのに、飛び加藤はいまだ、何の動きもみせていない。

とはいえ、飛び加藤が軒猿狩りをやめたはずがない。

飛び加藤は、上杉家に恨みを抱《いだ》いているのである。

(来る。奴は、きっと来る……)

思いにとらわれていて、いつしか道に迷ったのか、月猿がふと気づくと、いままでに一度も歩いたことのない草原に出ていた。

西にかたむいた日が大地を照らし、草原ぜんたいが黄金《こがね》色の海になっている。

草原のなかに道を見つけ、馬の首をかるくたたいて励まし、ふたたび歩きだしたとき、月猿は澄んだ笛の音《ね》を聞いた。

　思わず、足を止めた。

　笛の音はどこからか、むせぶがごとく哀しげに、寂しげに、細く尾を引きながら嫋々《じょうじょう》と鳴り響いてくる。

　横笛の音ではない。

　横笛よりも、もっと太く、腹の底をふるわせるような音色である。

（胡沙《こさ》笛か……）

　胡沙笛は、みちのくの蝦夷《えみし》の民が呪術に使う長さ一尺二寸（約三十六センチ）ほどの笛だった。白樺の樹皮をまるめて作ったもので、その笛を吹くと、一天にわかにかき曇り、谷に冷たい霧が湧き出すと、蝦夷のあいだには言い伝えられている。

　月猿は若いころ、津軽の岩木山《いわきさん》へ山伏修行に行ったとき、胡沙笛の音色を一度だけ耳にしたことがあった。草の上をただよってくる笛の音は、その響きによく似ていた。

（飛び加藤は笛を使う……）

　影猿が言っていたのは、もしやこれか）

　とっさに馬の手綱《たづな》を離し、月猿は草原に身を沈めた。馬が野を駆け去っていく。

　月猿はうすく目を閉じた。神経を研《と》ぎ澄まし、音のみなもとをさぐる。

(どこだ……)

笛の音は、しだいに近づいてくる。

「そこかッ!」

地を蹴《け》って跳躍した。

宙に躍り上がった月猿の右手から、棒手裏剣が放たれる。

が――。

銀色の光芒《こうぼう》は標的をとらえることなく、草むらにむなしく吸い込まれた。

月猿は地に下り立つや、すぐさま横へ転がり、草のなかに身を低く隠した。

胡沙笛の音はやまない。あいかわらず、低く、物哀しく響いてくる。

(どこだ、飛び加藤……)

胡沙笛は、右で鳴ったかと思えば、左で聞こえ、前かと思えば背後の草むらで鳴り響いた。

笛の音色は聞こえるが、黄金色に輝く草原のどこにも、笛のぬしの気配を感じ取ることができない。

(奴の術中にはまったか)

妖《あや》しの笛の音を聞いているうちに、月猿は腋《わき》の下にじっとり冷や汗が滲《にじ》み出てくるのを感じた。

思えば、野に笛の音が流れたときから、月猿は飛び加藤の罠《わな》にはまっていたのかもしれない。

(笛だ。笛の音を聞いてはならぬ……)

おそらく、飛び加藤の吹き鳴らす胡沙笛が、月猿の感覚を微妙に狂わせているのだろう。

(ならば)

と判断した月猿は、草をむしり、両の耳にすばやく詰め込んだ。

頭のなかから音が消えた。

しばらくすると、感覚が、錆《さ》びついていた鏡を磨《みが》いたように澄みわたってきた。

「そこだッ!」

ふたたび、棒手裏剣を投げつけた。

草をかすめて飛んだ手裏剣が、五間(約九メートル)ほど向こうの野イバラの茂みの陰で、何かにはじかれたように残照の空へ向かって撥《は》ね飛んだ。

(刀で払ったか……)

月猿は腰の刀を抜き放つや、野イバラの茂みめがけて殺到した。

たかだかと茂みを飛び越え、宙から白刃一閃、肉を斬るたしかな手ごたえが痺《しび》れるように伝わった。

血しぶきが飛ぶ。

草地に下り立った月猿は、茂みを振り返り、次の瞬間、

――あッ

と、息を呑んだ。

月猿が斬ったのは、人ではなかった。瘦《や》せたキツネが一匹、胴を真っ二つに両断されて地面に転がっている。

（くそッ！　オトリか）

即座に刀を引き、身を低くし、片膝をついて防御の構えをとった。

小動物をオトリとして敵の注意を引きつけ、その隙《すき》に攻撃を仕掛けるのは、忍びの常套手段である。

だが、飛び加藤は仕掛けてこなかった。

防御の姿勢をとったまま、半刻《はんとき》（一時間）がたった。

黄金色の光の海は、しだいに翳《かげ》りをみせはじめ、西の山に紅をしぼったような夕陽が燃え立つ。

薄闇のただよいはじめた野から、ふっと気配が消えた。

月猿は草の耳栓を片方だけ抜いた。

そして、聞いた。

物哀しい胡沙笛の音色が、夕映えのかなたへ遠ざかっていくのを──。

五

（奴はなにゆえ、みずから仕掛けてこなかったのだ……）

下部ノ湯の裏山で飛び加藤に遭遇して以来、月猿の脳裡《のうり》を離れないのは、その一点であった。

月猿に隙がなかったわけではない。いや、むしろ敵の胡沙笛に幻惑された月猿には、つけいる隙はいくらでもあったはずだ。

その気になれば、飛び加藤はやすやすと攻撃を仕掛けることができた。だが、それをしなかった。

（わしをなぶっておるのか）

月猿は唇を嚙んだ。

猫が捕らえたネズミをすぐには殺さず、もてあそんで楽しむように、飛び加藤も月猿を与《くみ》し易《やす》しと見て、からかっているような気がした。月猿の輪廻ノ術も、最初から見破っていたにちがいない。

(侮《あなど》られたものよ)

体じゅうの血が、怒りで逆流しそうになり、額《ひたい》が熱くなった。しかし、冷静さを失っては、飛び加藤ほどの術者、とうてい倒すことはできない。

(おのれ……。軒猿ノ者の力、思い知らせてくれようぞ)

下部ノ湯の一件を境《さかい》に、月猿は雨宮弥十郎になり替わるのをやめた。もはや、芝居をつづけても意味はない。

月猿は甲斐府中の山伏寺、満蔵院《まんぞういん》に身をひそめた。

満蔵院は、高野山金剛三昧院《こうやさんこんごうざんまいいん》の末寺で、真言密教《しんごんみっきょう》の祈禱《きとう》道場である。本堂の長床《ながとこ》には、諸国から集まった山伏が、常時二、三十人は寝起きしていた。月猿は彼らのなかにまぎれ、しばらくようすをうかがった。

動きだしたのは、糸のように細い新月《しんげつ》が三日月《みかづき》に変わり、さらに半月になってからのことである。

月猿は夜中、躑躅ケ崎館に近づき、巽《たつみ》門に立つ見張りの番士を斬った。

次の夜も、また斬った。

三日目には、番士の数が三人に増えたが、月猿はそれも斬った。

「巽門には夜な夜な、鬼が出るそうじゃ」

たちまち、城下の評判になった。

やがて、番士の数は二十人に増やされた。

躑躅ケ崎館は信玄の居館である。警固の者が連夜、得体の知れない者に襲われているようでは、信玄の命にかかわる。

警固が厳重になったのを見て、月猿はしばらく動きを止めた。満蔵院の長床で、日々、満月に近づいてゆく月を眺めて暮らした。

(あの月が満ちたとき、それが飛び加藤の命日だ。月よ太れ、もっと太るのだ……)

ほどなく、満月の晩は来た。

雲ひとつない夜である。晴れわたった空に、月がのぼり、皓々《こうこう》と照り輝いている。

山伏装束に身をつつんだ月猿は、満蔵院の庭の老松の木にのぼり、太枝の分かれ目に結跏趺坐《けっかふざ》してすわると、一心不乱に呪《しゅ》をとなえた。

——南莫三曼多《ナウマクサンマンタ》、縛曰羅赧《バアザラタン》、憾《カン》……。

不動明王《ふどうみようおう》の呪である。

呪をとなえながら、月を見つめた。しだいに月の輪郭がにじみ、光が膨張して見えるようになる。

降りそそぐ月光の魔力が、全身に沁《し》み入ってくるのがわかった。

古来、月には摩訶不思議な魔力があるとされる。満月の夜に殺人や事故が多い——というのは、統計的に立証されている。月が人間の精神に、何らかの作用をおよぼすためだろう。

また、満月の晩には、人間の本能が呼びさまされるとも言われる。勘が冴え、ふだんできないことができたり、超人的な力を発揮したりする。

忍者のなかには月の不思議な作用を知って、それを利用する者もいた。

月猿もまた、月の力を熟知し、それをおのが技に取り入れた忍びの一人だった。

呪を千遍となえた月猿は、松の木からトンと飛び下りた。山門をくぐり、寺を出ると、月明かりの満ちた城下をつむじ風のように駆け抜け、躑躅ケ崎館の巽門に至った。

ほんの数日前まで、ものものしい警固をみせていた巽門が、この夜は一人の番士の姿もなく、ひそと静まり返っている。

意外な光景に、月猿は表情を変えるどころか、

(こちらの思惑どおりだ)

分厚い唇に、不敵な笑《え》みを刻んだ。

満月を背にして、月猿は巽門にゆっくりと近づいた。

と――。

館を囲む土塀《どべい》の上に、黒い人影がひとつ湧き、湧いたかと思うと、手裏剣の雨を降らせてきた。

一撃目を横へ跳んでかわすや、月猿は背中の忍刀を抜き、
戛《カツ》
戛
と、撥ね上げた。

そのまま、土塀ぞいにダッと走りだし、東へ向かう。

ちらりと後ろを見ると、黒い影が追ってきた。飛び加藤であろう。噂に聞くとおり、小柄である。だが、速い。

山伏修行で鍛え上げた月猿が、たちまち追いつかれそうになる。

月猿は脚も折れよとばかり走った。駆けに駆けて、躑躅ケ崎館の東ノ馬場へ出

る。

馬場には、北の隅に祠《ほこら》と松の木が一本あるだけで、ほかに障害物は何もなかった。赤土の剝《む》き出しになった広場がひろがっているだけである。

馬場の真ん中で、月猿は走るのをやめた。

あとから追ってきた飛び加藤も、五間ほど離れたところで動きを止める。

油断なく忍刀を構えつつ、月猿は敵のほうを振り返った。

「きさまが飛び加藤か」

「……」

小柄な影は応《こた》えなかった。

しかし、それが飛び加藤であることは、顔をおおった黒覆面からのぞく蒼い瞳を見ればわかる。

降りそそぐ月明かりを受け、飛び加藤の双眸は蒼く妖しく輝いていた。

「この月猿が仕掛けた罠に、まんまとはまりおったな。連夜、館の巽門の番士を斬ったのは、きさまを誘い出すためよ。館の近辺で騒ぎが起きれば、信玄の命を受け、きさまが動きだすと思っていた」

「……」

覆面に隠され、飛び加藤の表情をうかがい知ることはできなかった。が、その細身の体から立ちのぼる殺気は、闇に燃える炎《ほむら》のごとく凄まじい。

「きさまに殺された仲間の仇、討たせてもらうぞ」

月猿の投げつけた言葉に、飛び加藤が喉の奥で低く笑ったような気がした。

六

飛び加藤が、動いた。

忍刀を抜きざま、魔物じみた身のこなしで、低く、低く、地を這うように走ってくる。膝を深く曲げ、身を低くしているにもかかわらず、動きは異様に速い。

ザッと足もとを払ってきた。

月猿は後ろへ跳んだ。同時に、片手で手裏剣を放っている。

だが、飛び加藤のほうも、いち早く動きを読み、月猿のあとを追うように宙へ飛翔していた。

凄まじい跳躍力である。

飛び加藤なる名も、その人間離れした跳躍力からつけられたという。

空中で刃がひらめいた。

――キン

という乾いた金属音とともに、影が左右に遠く分かれた。

地に下り立ち、振り返って煙るように目を細めたのは飛び加藤のほうである。

（うぐ……）

肩を押さえ、月猿はうめいた。

左肩がバッサリとやられている。皮を裂き、肉を截《き》った刀傷は、骨にまで達し、あふれ出た血が肘《ひじ》の先からしたたり落ちた。

しかし、月猿も一流の忍びである。いかに苦痛が激しくても、刀を落とすことはない。

飛び加藤がふたたび、じりじりと迫ってきた。蒼い目には、冷酷きわまりない微笑がたたえられている。

（三日月ノ法を用いるしかあるまい。仕損じれば、もはや、わしにはあとがない……）

月猿は忍刀を捨てると、右へ、右へ、草鞋《わらじ》のつま先をにじらせ、まわり込むように動きだした。

喉がカラカラに渇いた。極度の緊張のせいか、傷の痛みのせいかわからない。

(月を背負わねば……)

月猿はそれのみを心に念じ、奇妙な横歩きをつづけた。月を背後に背負ったとき
――その一瞬にこそ、勝機が生まれる。

(もう少しだ。あと少しで、月が真後ろに……)

そのとき、月猿の意図を察知したか、飛び加藤がいきなり走りだした。まっしぐらに、こちらへ向かって突っ込んでくる。

(いまだッ!)

月猿は、ふところへ手をのばした。抜く手もみせず、三日月型のうすい鋼《はがね》の板をつかみ出すや、手首をきかせ、闇に向かって放つ。

三日月板は美しい弧を描き、月明かりに冷たくきらめきながら飛んだ。

風を切る音が響いた。

銀色の三日月板は斜《なな》め上方に飛び、そのまま夜空に消え去るかに見えたが、途中で方向を転じ、うなりを上げて飛び加藤に襲いかかった。

飛び加藤が足を止めた。いや、動けなくなったと言うほうが正しい。三日月板に反射した満月の皓《しろ》い光が、飛び加藤の目を幻惑し、一瞬、動きを止めさせたのだ。

するどく研がれた三日月板は、飛び加藤の胸もとを擦過し、なおも回転しながら

月猿の手もとにもどってきた。

(これが軒猿流、三日月ノ法よ……)

胸を押さえ、飛び加藤がのけぞるように地面に倒れた。

そのまま、動かない。

月猿は警戒心をとかず、ゆっくりと飛び加藤に近づいた。

月明かりが、小柄な忍びの体を照らしている。胸のところだけ、黒装束が横一文字に裂けていた。

抜けるように白い肌と、その肌を濡らす真っ赤な鮮血が目に飛び込んできた。

次の瞬間、

「これは……」

月猿は言葉を失った。

裂けた黒装束のあいだから、豊かな乳房がこぼれている。わかわかしく張り詰めた、女の乳房である。

胸の下をえぐった傷の痛みのためか、桃色の乳首が、おののくように妖しくあえいでいた。

「そなた、女だったのか」

意外であった。

いかなる事情があるのかわからないが、女が男をもしのぐ術を身につけ、流れ者の忍びとして渡り歩くとは、世にあまり例《ためし》のあることではない。よほど深いわけがあるのであろう。

「おまえの勝ちじゃ。斬るがよい」

飛び加藤が、蒼光りする瞳を月猿に向けた。そこに、女の弱さは微塵《みじん》もない。

月猿は応えず、黙って手を伸ばすと、飛び加藤の黒覆面をむしり取った。

つややかな長い黒髪がこぼれた。まだ若い。彫りの深い、目鼻立ちのはっきりとした美貌である。

「斬れッ!」

女が顔をそむけて叫んだ。

その拍子に、裂けた黒い忍び装束から転がり落ちたものがある。

胡沙笛だった。

「おまえの故郷《さと》の笛か」

「………」

月猿は胡沙笛を拾い上げた。唇につけ、吹き鳴らしてみた。

孤独な音色であった。

月に雲がかかり、あたりは深く濃い闇につつまれた。

伝えによれば、飛び加藤はのち、武田家家臣の土屋《つちや》平八郎《へいはちろう》なる剣の達人によって上意討ちされたという。謙信同様、武田信玄もまた、飛び加藤の魔性の技を恐れたのかもしれない。

人魚の海

一

昏《くら》い海だった。

北国の海である。

押し寄せる真冬の荒波が牙《きば》を剝《む》き、岩礁に当たって砕《くだ》け、真っ白な泡を海岸へ運んだ。

轟《ごう》ッ
轟ッ
と、不気味な音が底響きする。

荒れ狂う海の音に、烈《はげ》しい風のうなりが入りまじり、鉛色《なまりいろ》の重い空に哀愁の余《よ》韻《いん》を残してこだましている。

切なかった。

胸がつぶれそうなほど寂《さび》しく、さむざむとした景色だった。

(夢か……)

上杉《うえすぎ》家家臣、神余《かなまり》小次郎親綱《こじろうちかつな》は風の音に目ざめた。

あの、故郷越後《えちご》の冬の海を吹き荒れていた恐ろしい風の音ではない。京、東山の屋敷の庭を吹きわたる、松籟《しようらい》の音だった。

まだ夜明け前である。外は暗い。

親綱が臥所《ふしど》から半身を起こすと、かたわらで寝ていた女が、

「どうしたの」

薄目をあけた。

目も鼻も、人形のように小づくりな女である。肉づきのいい顎《あご》が二重にくびれ、濡《ぬ》れて光るぽってりとした唇に、したたるような色香があった。

「奈津《なつ》……。起こしてしまったか」

「ずいぶん、うなされておられました。悪い夢でも見ていたのですか」

「遠い昔の、子供のころの夢を見ていた」

うっすらと首筋に浮き出た汗をぬぐい、親綱は言った。

「どんな夢？」

奈津が身を寄せてきた。

かわいい女である。下京の古着屋の若後家で、清水寺境内《きよみずでらけいだい》の茶店で知り合い、女が誰に縛られることもない気楽な身分なのをいいことに、二度、三度と逢瀬《おうせ》を重ね、いつとはなしに屋敷に置くようになった。

神余親綱の住まいは、洛東《らくとう》の参寧坂《さんねいざか》（三年坂）にある。清水寺の参道から八坂塔《やさかのとう》へ下っていく坂の途中に、立派な薬医門《やくいもん》をかまえていた。

とはいっても、屋敷は親綱自身のものではない。

越後の太守上杉謙信《けんしん》が、京での出張所として所有しているもので、上杉家の京方雑掌《ざつしょう》をつとめる親綱の神余家は、代々、その管理をまかされていた。

「人魚の夢だ」

「人魚……」

「ああ。腰から上は人間の女で、下半身は魚。その人魚の夢を見た」

「人魚の話なら、私も聞いたことがある」

奈津は眠そうに、腫《は》れぼったい目をこすり、

「若狭小浜《わかさおばま》の長者の娘が、漁師がとらえてきた赤い人魚の肉を食べ、いつまでも年を取らずに、八百年も生きながらえたというのでしょう」

「八百比丘尼《はっぴゃくびくに》の話か」

「そう、それ。あなたさまも、夢のなかで人魚の肉をお食べになったの」

「おれが見たのは、そんな夢ではない……」

闇を見つめ、親綱は低くつぶやいた。

脳裡《のうり》に、子供のときに見た、妙になまなましい奇妙な夢のつづきがよみがえってきた。

川が海に流れ込む河口に、幾艘《そう》もの北国船《ほっこくぶね》がつながれている。川岸の枯れ葦《あし》をびょうびょうと風が吹き過ぎた。

それは、故郷越後の府中《ふちゅう》からほど遠からぬ、北風と荒波にとざされた直江津湊《なおえつみなと》の厳寒の冬景色に、よく似ている。

その河口の波打ちぎわに、人でもない、魚でもない妖《あや》しい裸身をさらし、人魚は幼い親綱に向かって手招きをした。

（おいで、こちらへおいで……）

夢のなかの親綱は、引き寄せられるように人魚に近づいた。

人魚は傷ついているようであった。

白く豊かな胸を、大きくあえがせている。濡れた長い黒髪が、首筋から肩へじっとりと貼りついていた。

切れ長な美しい目をしていた。

眸《め》が、遠い灯火《ともしび》のように、きらきらと冷たく輝いている。睨《にら》むような、燃えるような、刺すような、勁《つよ》い視線が親綱をとらえて離さなかった。

「あれほど綺麗《きれい》な女を、おれはこの世で見たことがない」

「それはそうでしょう。人魚はこの世の者ではないのですもの。洛南の羅刹《らせつ》谷にも、羅刹女《にょ》という、美しい女の鬼が棲《す》んでいると聞いたことがある」

「ちがう、鬼などではない。あれはもっと、崇高で気高《けだか》い生き物……」

親綱は遠い記憶に思いを馳《は》せるように、目を細めた。

「それでどうしたの。夢のなかの人魚は、何か言ったの」

「いや」

親綱は物憂《ものう》げに首を横に振り、

「何も言わなかった。その代わりに、おれにあるものをくれた」

「何？」

「黄金だ」

「黄金……」

「金の小粒を、子供の手につかみきれぬほど、いっぱいくれた。指のあいだからあふれて、水のなかへ落ちた」

「もったいないこと」

「ばか、夢だ」

「そうね」

奈津は喉《のど》の奥で、くっくっとおかしそうに笑った。

「おれは、あの人魚が忘れられない。子供のときから、くりかえし夢に見た」

「いつも黄金をくれるの」

「くれるときもあれば、くれぬときもある。そうだな……。大人《おとな》になってからは、夢のなかの人魚は岸辺へ近づかず、遠い波間からおれを見ていることのほうが多い。さっきも、そうだった」

親綱は寂しげな目をした。

「たかが夢じゃないの」

「かもしれぬ。だが……」

地鳴りのような底響きのする海の音。冷たい風の音。故郷越後の荒涼とした冬の海を泳ぐ人魚の姿が、黒い影絵のように親綱の胸をはなれない。

「もう少し、寝ましょう。それとも人魚の代わりに私を抱く」

奈津が、親綱の胸のあたりに手をのばしてきた。

人魚の夢を見たあとでは、親綱はそんな気にはなれない。女の肉づきのいい手を振り払って、背を向けた。

奈津は生あくびをし、すぐにかるい寝息を立てた。

庭の松の枝のざわめきが耳につき、親綱は朝まで眠れなかった。

二

越後上杉家の京方雑掌というのは、なかなかに実入りがいい。

上杉家が京に出先機関を置いているのは、越後の特産である、

——青苧《あおそ》
の売買を取り仕切らせるためである。

青苧というのは、都で珍重される越後上布《じょうふ》の原料で、高値で取引され、上杉家に莫大《ばくだい》な収益をもたらした。

上杉謙信の強さのみなもととなったのは、この青苧がもたらす富と、越後国内の金銀山を基盤にする、戦国随一の経済力であった。京方雑掌の神余親綱は、青苧座の支配権を持つ公家《くげ》の三条西《さんじょうにし》家に出入りし、顔をきかせていた。

親綱のもとには、少しでも多くの荷を得たいと願う大坂天王寺《てんのうじ》の青苧商人たちから、

「なにとぞ、よしなに」

と、袖の下がたっぷり入ってくる。

そのうえ、朝廷や足利《あしかが》将軍家への尊崇の念、ことのほか篤《あつ》い上杉謙信は、

「やんごとなきあたりに献上いたします」

と言えば、いくらでも惜しまずに費用を出したため、親綱はそれこそ思いのままに、金銀を使うことができた。

この永禄十二年ころの京の都で、もっとも金まわりがよかったのは、ほかならぬ神余親綱だったのではないか。

公家たちは彼と進んで付き合い、昨年、織田信長《おだのぶなが》にかつがれて入京したばかりの将軍足利義昭《よしあき》の側近衆も、揉《も》み手せんばかりに参寧坂の上杉家京屋敷へ集まってきた。

上杉謙信の財力と強大な軍事力――。

その二つが、色白で鼻のひいでた細おもてのやや憂鬱《ゆううつ》そうな顔をした越後人、神余親綱を、京の都でちょっとした権勢家に仕立て上げていた。

庭の桜が五分咲きになった花曇りの朝、親綱はひとりの来客を屋敷に迎えた。

奇相の男である。

背が低く、色黒で、サルのように皺《しわ》くちゃの顔をしている。

織田家の家臣で、名を、

——木下藤吉郎秀吉《きのしたとうきちろうひでよし》

といった。

「やあ、やあ。これは、これは……」

初対面にもかかわらず、その男は勝手知ったるわが家のように、無遠慮な態度で上がり込んできた。

「さすがに内福で知られる上杉家の京屋敷。庭の桜の古木や、泉水のたたずまいが、まことに見事でございますのう」

木下藤吉郎は書院の縁側へ出て、感心したように庭を眺め、あたりに響きわたる大声を上げた。

崖からわき出た清水が谷間をめぐりながら流れ下り、その途中に銘石、銘木がおもむきある風情《ふぜい》に配されている。亡くなった親綱の父実綱《さねつな》が、金にあかせて京の名のある作庭師に造らせたものだった。

(この男が、織田家の京都奉行か……)

相手の田舎臭《いなか》さに眉《まゆ》をひそめながらも、親綱は噂《うわさ》に聞いていた木下藤吉郎という男を、さりげなく観察した。

尾張《おわり》の大名織田信長が四万の大軍をひきいて上洛を果たしたのは、昨年九月のことである。

上杉と織田は同盟関係にあったため、信長が上洛したあとも、親綱は引きつづき京に駐在することがゆるされた。

同盟相手とはいえ、越後の上杉謙信もやはり、信長の動きは気にかかる。親綱は謙信の内命を受け、京での織田軍の動静を調べては、逐一《ちくいち》、本国へ知らせる役目をおびていた。

織田軍が入ってから、それまで戦乱の絶えなかった京の治安は見違えるようによくなった。

その治政を信長からまかされているのが、京都奉行の木下藤吉郎であった。

「もっと早く、ごあいさつに上がらねばと思っておりましたが、何やかやと忙しゅうござりましてのう」

藤吉郎がにこにこ笑いながら、円座に腰を下ろした。

「いやはや、堂上《とうしょう》公家との付き合いは気骨《きぼね》が折れる。そこへいくと、神余どのなどは、京暮らしに慣れておいでで羨《うらや》ましい」

「公家など、どうということはござらぬ。偉そうなことを言っても、力のある者には尻尾を振る連中。まあ、あせらず気長にお付き合いなされることよ」

親綱は余裕たっぷりに言ってみせた。

心中、相手をみくびっているところがある。

聞けば、木下藤吉郎は尾張の百姓の小倅《こせがれ》から、成り上がった男だという。織田家にはこの手の、信長の大抜擢《ばってき》によって出世した、ごろつきのような連中が多いらしい。

(勢いよく上洛したものの、このような者どもが幅をきかせているようでは、どうせ織田家も長くはもつまい……)

親綱はそう分析し、越後の謙信にもそのように報告していた。

親綱の見通しが、とりわけ甘いというわけではない。群雄にさきがけて上洛したものの、京のまわりは、四国の阿波《あわ》で京奪還の機会をうかがっている三好《みよし》三人衆、越前《えちぜん》の朝倉《あさくら》氏など、織田家に敵対する勢力ばかりで、その基盤はすこぶる脆弱《ぜいじゃく》だった。

(力もないくせに背伸びをすると、悲惨な末路が待っている……)

親綱はサルに似た織田家の京都奉行に、かすかな哀れみの気持ちすらおぼえた。

「何はともあれ、お近づきのシルシに」

木下藤吉郎は親綱に小さな革袋を差し出した。

手に取ると、ずしりと重い。

「これは?」

「なに、金銀が湯水のように湧《わ》く越後生まれの御仁《ごじん》には、たいして珍しくもないでありましょうが」

「………」

袋の口をあけてちらりと見ると、黄金色《こがね》に輝く金の小粒が入っていた。

親綱は表情を変えずに、袋をふところにおさめた。この手の土産《みやげ》には慣れている。京の支配を維持するためにも、織田家は甲斐《かい》の武田信玄《たけだしんげん》とならび天下最強の呼び声が高い上杉謙信の歓心を買っておきたいのだろう。

上杉家の外交官ともいうべき、京方雑掌をつとめる親綱の機嫌を損じては、何かにつけて都合が悪いというわけである。

「それはそうと、神余どのは柳風呂《やなぎぶろ》へまいられたことがおありかな」

人をそらさぬ親しみのこもった笑《え》みをたたえたまま、藤吉郎が親綱の目をのぞき込むように言った。

「柳風呂」

「さよう」

「近ごろ、都でたいそうな評判だそうですな。あいにく、まだ行ったことはないが」

親綱は顎をなでた。

京の都では、客から湯銭を取って入浴をさせる、風呂屋、湯屋が大繁盛していた。風呂屋は蒸し風呂、湯屋は湯船につかる銭湯のようなものである。

このころ、どこの家にも風呂はなく、井戸端で行水《ぎようずい》をして体の汚れを洗い流すのが一般的だった。手軽に沐浴《もくよく》ができて、しかもちょっとした遊山《ゆさん》気分を味わえる風呂屋、湯屋は、たちまち人々の心をとらえ、京の町なかだけでも、

高倉風呂

五条堀川風呂

一条西洞院《にしのとういん》風呂

藤井風呂

柳風呂

と、三十をこえる店が乱立した。

そのなかでも柳風呂は、ぜいたくな湯船の造りと気の利いたもてなしがいいと、都の貴顕のあいだで何かと噂になっている風呂屋である。

「それはいけませぬ。まだ行かれたことがないとは、もったいない」

木下藤吉郎は、まるで天下の一大事ででもあるかのように膝《ひざ》をたたき、おおげさに顔をしかめてみせた。

「上杉家の京方雑掌ともあろうお方が、あのようなよきところをご存じないとは……。ぜひ、ご一緒いたしましょうぞ。なあに、手配はこちらでつかまつります。たまにはのんびり風呂にでもつかり、憂《う》き世を忘れませぬか」

藤吉郎のたくみな誘いに、親綱の心は動いた。

どうせ、むこうの接待である。それに、織田家の情報をより多く仕入れるためにも、京都奉行の木下藤吉郎と交友を深めておくのは悪いことではない。

親綱が招きを承諾すると、

「されば、後日、追って使いを差し上げまするる」

藤吉郎は愛想《あいそ》のいい笑顔を、日焼けしたサル面《づら》に浮かべた。

三

約束したとおり、織田家京都奉行の木下藤吉郎は親綱を柳風呂へ招いた。

柳風呂は、相国寺《しょうこくじ》近くの立売《たちうり》ノ辻《つじ》にある。

それは、

（城館か……）

と目を疑うばかりの、豪壮な白漆喰《しっくい》塗《ぬ》りの二階建ての建物であった。

唐破風《からはふ》のついた玄関の両脇に、大きな柳の木が春風に枝を揺らしている。風呂屋の名は、その柳の木に由来しているらしい。

玄関に入ると、大名の小姓のような前髪《まえがみ》姿の美々《びび》しい若衆が出迎え、

「お腰のものを」

と、親綱が腰に差した刀をあずかった。

遊廓や風呂屋などでは、俗世の争いを持ち込まぬために、刀を店にあずけるのが決まりごとになっている。

「木下どのは」

「すでにお見えになっておられます」

「さようか」

「どうぞ、こちらへ」

若衆は、磨《みが》き抜かれた廊下を能役者のような擦《す》り足でするすると歩き、親綱を奥へみちびいた。

京で評判になっているだけあって、廊下の両側につらなる部屋の欄間《らんま》、襖《ふすま》などに、えもいわれぬおもむきがある。

襖絵は真紅の牡丹《ぼたん》。引手には、薄暗がりのなかで底光りする青貝がふんだんに使われており、あたりにそこはかとなく伽羅《きゃら》の香りがただよっていた。

上杉家の東山の屋敷も贅《ぜい》をこらしたものだが、これはまた、武家の屋敷とはちがう、どこかなまめかしい淫靡《いんび》な妖しさをたたえている。

満開の枝垂《しだ》れ桜から、淡紅の花びらがはらはらとこぼれかかる渡り廊下をわたり、若衆は離れの小部屋の前で立ち止まった。

「こちらでお着がえ下さいませ」

若衆は親綱に、黒漆《くろうるし》塗りの乱れ箱に入った単衣《ひとえ》の湯帷子《かたびら》を差し出した。

言われるままに、親綱は白い湯帷子に着がえ、さらに離れの奥へすすんだ。突き当たりに杉戸があり、その向こうが風呂になっていた。

板敷きの洗い場があり、水の入った桶《おけ》が置いてある。蒸し風呂に入ったあと、ここで体を洗い、汗を流すのであろう。

親綱は蒸し風呂の扉をそろりとあけた。

湯気がもうもうと立ち込めている。なかは真っ暗である。

手さぐりで入り、床《ゆか》に寝そべった。

(ほう、これは……)

気持ちのよいものだと、親綱は思った。

床いちめんに薬草の石菖《せきしょう》がしいてあり、それが湯気で蒸されてさわやかな香気を立ちのぼらせている。

石菖の下は簀《す》の子《こ》で、その下で水を満たした鉄釜を焚《た》き、大量の湯気を風呂のなかへ送り込んでいるらしい。

寝そべっていると、肌にふつふつと汗が湧いてきた。全身の毛穴がひらき、汗と一緒に体のこりが抜けていくのがわかる。

(なるほど、これは流行《はや》るわけだ……)

親綱はこれまで、都で派手《はで》な遊びをしたことがなかった。質実剛健をむねとする上杉家の家風が、親綱の行動にどこかで歯止めをかけていたのかもしれない。

女をつくると言っても、古着屋の若後家の奈津だけで、ふところに入る金銀はすべて蔵にたくわえていた。

（おれは、富裕第一で知られる上杉家の京方雑掌ではないか。これからはもう少し、羽をのばしてもよかろう……）

蒸し風呂の湯気のなかでうつらうつらしているうちに、親綱の気分はしだいに大きくなってきた。

織田家など何するものぞ。

主君上杉謙信が京へ馳せのぼれば、地の利だけで上洛を果たした信長など、ひとたまりもなく吹き飛ばされよう。そのとき、謙信から京の支配をまかされるのは、自分をおいてほかに誰がいる——。

親綱が、そんな夢想にひたっていたときである。

「もうし」

と、蒸し風呂の扉を外から細めにあける者があった。

湯気に隠されて姿はよく見えないが、若い女の声である。

「木下さまより、お客人のお背《せな》をお流しするように申しつかっております。よろしければ、どうぞこちらへ」

湯気の向こうで、女が手招きした。

髪が長い。

うながされるまま外へ出ると、真っ先に目に飛び込んできたのは、小袖《こそで》を膝の上までたくしあげた女の白い脛《はぎ》だった。

（おお……）

磨き抜かれた珠《たま》のような脛の美しさ、細く引きしまった足首のなまめかしさに、親綱は思わず息を呑《の》んだ。

しかし——。

水桶を腕にかかえ、一礼した女の白い貌《かお》を見たとたん、親綱の背筋をなかば悪寒《おかん》にも似たするどい衝撃がつらぬいた。

（人魚だ……）

瞬間、自分の立っている足元が崩《くず》れ、その裂《さ》け目から、遠い記憶にある北の波濤《はとう》が冷たいしぶきを散らしたような気がした。

それほど、女は親綱が夢で見た人魚によく似ていた。

「いかがなさいました」

女が玲瓏《れいろう》とした光をたたえた切れ長な目で、親綱をじっと見つめた。

「いや……」

蒸し風呂のせいばかりではなく、親綱の体からはむやみやたらに汗が流れ、湯帷子をしとどに濡らした。

女は親綱の後ろにまわって、濡れた湯帷子を脱がせると、背中から冷たい水を浴びせかけ、汗を洗い流した。

それからのことは、頭にぼうっと霞《かすみ》がかかったようになって、親綱ははっきりとおぼえていない。

着衣をととのえたあと、別室に宴席が用意されており、そこで木下藤吉郎が待っていた。

藤吉郎は、アワビの貝殻に金を流し込んだ螺杯《らはい》を親綱に持たせ、手ずから酒をすすめた。

喉が渇いていたため、たてつづけに二杯、三杯と酒を干した。

「おお、お見事。さすが、酒豪といわれる上杉謙信さまのご家臣でござりますのう」

藤吉郎が誉めそやした。

が、じつは朦朧《もうろう》としている。親綱は、酒は強いほうだが、あの女と逢った衝撃が、脳髄《のうずい》の奥を甘く酔ったようにしびれさせていた。

「木下どの、さきほどのおなご……」

「おなご？」

「それがしの背中を流しにきた女人にござる」

「お気に召しましたかな」

上目づかいに親綱を見て、藤吉郎が妙な含み笑いをした。

「あれなる女人は、ご貴殿をおもてなしするための、この藤吉郎よりの馳走《ちそう》」

「ただの湯女《ゆな》ではないのか」

「さよう」

と、木下藤吉郎はうなずき、

「公家の姫でござりますよ」

「公家の姫がなにゆえ……」

「いまの世、零落した公家ほど哀れなものはない。食うに困り、娘を遊女屋に売り払おうとしたところを、それがしが助け申した」

「それでは、あの女人は木下どのの情人《おもいびと》にござるか」

「いやいや、とんでもない。それがしは、公家は苦手でな。よき縁があれば、世話して進ぜようと、手元で養っていた次第」

「されば……」

親綱はごくりと唾《つば》を呑んだ。

「お気に召したのであれば、どうぞ神余どのがお連れ下され」

「よいのか」

「そのかわり」

と、藤吉郎は目を細め、

「越後の謙信どのへ、織田家は朝廷、将軍をたいそう大切にしている。よって、京のことは安心して織田家におまかせ下されますよう、神余どのからよしなにお伝え願いたい。わがあるじ織田上総介《かずさのすけ》信長も、謙信どののことは兄のごとく、父のごとく慕われておりますでのう」

「……」

藤吉郎のささやきは、親綱の耳にほとんど入っていなかった。

頭を領しているのは、長く心のなかに棲みつづけていた北の海の人魚によく似た、薄幸な姫のことばかりである。

四

親綱は、産寧坂の屋敷にその女を囲った。入れかわりに、古着屋の若後家の奈津は屋敷を出ていった。男が夢中になっている姿を見ては、いまさら、どんな恨《うら》みごとを言ってもむなしいと思ったのであろう。

「あなたの、人魚……。あなたにどんな幸せをもたらしてくれるかしら」

別れぎわ、奈津は薄笑いがこびりついた顔で、唇をゆがめてつぶやいた。

そんな皮肉な捨てぜりふなど、いまの親綱にはどうでもよかった。人魚に似た女――あこやを喜ばせることにのみ心を砕き、ほかの一切は目に入らなくなった。

「嘗《な》めよ」

と言われたら、女の清らかな足のつま先でも嬉々として嘗めただろう。

貧しさゆえに苦労したためか、あこやは異常なまでに贅沢《ぜいたく》を好んだ。昨今、大名、豪商の夫人たちのあいだで流行《はやり》の、縫箔《ぬいはく》

摺箔《すりはく》
辻《つじ》ヶ花《はな》染め

をはじめ、高価な小袖を何枚でも欲しがった。
泉州堺《せんしゅうさかい》でしか手に入らない、唐渡《から》りの紅、白粉《おしろい》、象牙《ぞうげ》の櫛《くし》、白檀《びゃくだん》の扇、珊瑚《さんご》の数珠《じゅず》なども、親綱は女のために大枚《たいまい》をはたいて手に入れた。

ばかりでなく、あこやは、

「この屋敷は、いつもご家来衆に見張られているようで嫌。どこか静かなところに、私の住まいを建てて下さい」

と、親綱にねだった。

「静かなところか」

「はい」

「嵯峨野《さがの》がよいか。それとも、深草《ふかくさ》がよいか」

「草深いところは嫌です。近くを水の流れているところがよい」

「ならば、宇治《うじ》か。宇治川のほとりに、別邸をつくるか」

金なら、代々、神余家が京方雑掌をつとめながらたくわえてきたものが有りあまるほどある。

あこやのためなら、どんなに金をつぎ込んでも惜しくはない。

東山の上にのぼりはじめた月が、あこやの冷たくととのった貌を青白く、冴えざえと照らしている。

長い黒髪は月明かりに濡れ、夢のなかの人魚そのままに見えた。

「のう、あこや」

「何でございましょう」

「いつか、北の海を見に行ってみぬか」

「海……」

京生まれで、海というものを見たことがないあこやは、やや不思議そうな目をした。

「わしの故郷、越後の海だ。真夏の北の海は美しい。玻璃《はり》のようにどこまでも碧《あお》く透《す》け、水底を泳ぐ魚が手につかめるようだ」

「越《こし》の国は、年じゅう雪と氷に閉ざされた、暗く、寂しいところだとばかり思っていました」

「むろん、冬には雪が降る。轟々《ごうごう》と冷たい北風が吹きつけ、海は荒れに荒れる。波の音と風のうなりが入りまじって、それは底響きする獣《けもの》の咆哮《ほうこう》のようだ」

「恐ろしい……」

あこやが嫌悪するように、白い貌をくもらせた。

「いやいや」

と、親綱は機嫌を取るように、笑って女の長い黒髪をなで、

「北の海は恐ろしいだけではない。わしはその、荒れて白く泡立つ真冬の海からあらわれる人魚の夢を見た」

「人魚でございますか」

「そなたそっくりの貌をした、美しい人魚だ。子供のころから、わしは幾度となく、その人魚を夢に見た」

「…………」

「夢のなかの人魚は、わしに黄金をさずけてくれた。そして、長い歳月《とき》をへて、わしはそなたという宝を手に入れた。思えばあれは、正夢《まさゆめ》だったのであろうか」

そのときになってふと、親綱は自分があこやとめぐり会ってからこの方、人魚の夢を見ていないのを思い出した。

(長年、心の襞《ひだ》にこびりついていた思いが満たされたせいであろう……)

親綱は、女のことがますますいとしくなった。

あこやこそ、人魚がさずけてくれた光り輝く黄金——いや、それ以上の崇高な存在だと、親綱はかたく信じた。

親綱は女のために、宇治川のほとりに別邸を建てた。

朝から晩まで、川の瀬音が高く低く響き、それはさながら海鳴りのように、耳について離れなかった。

親綱は宇治の別邸に入りびたり、役目はほとんど家臣にまかせて、あこやとの愛欲にふけるようになった。

しかし——。

そのあいだにも、天下の情勢は休むことなく動きつづけている。

親綱が予期したとおり、織田信長は周囲の諸大名の反発をかい、京の支配を維持するのに悪戦苦闘した。

北近江《おうみ》の浅井長政《あざいながまさ》が、越前朝倉義景《よしかげ》と手を組んで信長に離反。

宗教界でも、寺社領の横領をはじめた信長に対する風当たりは強く、比叡山延暦寺《ひえいざんえんりゃくじ》、大坂の石山本願寺《いしやまほんがんじ》が、こぞって織田家つぶしに動きはじめた。

石山本願寺は、全国の一向宗門徒《いっこうしゅうもんと》に挙兵の檄《げき》を飛ばし、さらにこれに誘われた甲斐の武田信玄までが打倒織田の意思をあらわにし、信長は四面楚歌《しめんそか》の苦しい立場に追いつめられた。

　こうなると、信長が唯一、頼みの綱とするのは、越後の上杉謙信である。

　京都奉行のかたわら、浅井攻めにも奔走する木下藤吉郎が、

「謙信どのに見捨てられたら、わが織田家はおわりじゃ。くれぐれも、お見捨てなきよう、貴殿からお願い申し上げてくれ」

　いまにも泣きだしそうな顔で、親綱にすがりついてきた。

「しかし、こうなったも、もとはと言えば、織田どのが将軍義昭公をないがしろにしたからではないか。織田どのの態度に腹を立てた義昭公が、諸国の大名に反織田家の御教書《みぎようしよ》を送りつけたと聞いている」

「信長さまにも、いろいろご存念があるでのう……」

「わがあるじは、将軍家への尊崇の念篤く、何より筋目を重んじられるお方。わしとしても、口添えのしようがない」

「そこは、それ」

　と、藤吉郎が媚《こ》びるように親綱の目をのぞき込み、

「謙信どのとて、京に目があるわけではあるまい。目の役目をつとめているのは、ほかならぬ神余どのではないか。うまいこと、取りつくろってもらいたい」

「そうは言っても、のう……」

「神余どの」

木下藤吉郎が、声の調子を低く、するどくあらためた。

「考えてもみられよ。もし、甲斐の武田信玄が上洛し、織田家が京から追い出されるようなことにでもなったら、ご貴殿はどうなると思う」

「………」

「むろん、京にいられるはずもなし。あのかわいい姫とも、別れねばならなくなりまするぞ」

「それは……」

親綱は顔色を変えた。

「そうでござろう。上杉家あっての織田家、織田家あっての神余どのじゃ。謙信どのが信長さまをお助けあるよう、うまく導くのが神余どののお役目ではないか」

「………」

親綱が心の底でもっとも恐れているのは、あこやと別れて京を去らねばならぬことであった。それだけは、何としても避けなければならない。

木下藤吉郎に弱みを握られた親綱は、上杉家の家臣でありながら、織田家の意を汲《く》んで働くようになった。

親綱は、

「贈り物をなされよ」

と木下藤吉郎にすすめた。

「贈り物か」

「さよう。とにかく、贈り物でも何でも、誠意のあかしを差し出し、信長はかわいいやつと謙信さまに思わせることだ。あのお方は、生まれつき義侠心に篤く、すがってくる者を無下《むげ》に突き放すようなまねは絶対になさらない」

「ふうむ……」

木下藤吉郎から報告を受けた信長は、越後春日山《かすがやま》城の上杉謙信のもとへさまざまな品を贈った。

それも、神余親綱の入れ知恵で、贈り物は美意識のするどい謙信の好みにかなう、選《え》りすぐった品々がえらばれた。

素懸《すがけ》熏韋《ふすべかわ》威《おどし》腹巻《はらまき》

洛中洛外図屏風

など、当時の工芸美術の粋をあつめた品が、若狭小浜の湊から、海路、越後の直江津へ運ばれた。

謙信は気をよくし、諸大名の信長包囲網には加わらず、むしろ背後から武田信玄の動きを牽制した。

どこか危うさを秘めながらも、親綱にとっては、あこやとともに京で暮らせる幸せな日がつづいた。

その幸福が破綻《はたん》したのは、天正四年、五月雨《さみだれ》の季節のことだった。

五

上洛を果たしたとき、

(どうせ、長くは京にとどまれまい……)

と、親綱が甘く見ていた織田信長であったが、予想に反し、じわじわとその勢力を拡大しはじめていた。

将軍の権威を利用するだけ利用しつくした信長は、やがて足利義昭を京から追放。浅井、朝倉氏を滅ぼし、長島の一向一揆を平定して、喉元に突きつけられた危機を、ひとつ、またひとつとくぐり抜けていった。

信長にとって幸運だったのは、上洛をめざし大軍をひきいて西上していた武田信玄が、陣中において病没したことであろう。

運にもめぐまれた信長は、織田家に対する諸勢力の包囲網を突破。急速に力をつけ、琵琶湖《びわこ》を見下ろす近江安土《あづち》の地に、天下布武《ふぶ》の巨城を築くにいたった。

これに不快の念をおぼえたのは、越後の上杉謙信である。

「親綱は、信長恐れるに足らずと申しておったが、ずいぶんと話がちがう。将軍家は信長の横暴を懲《こ》らしてくれと、このわしに助けをもとめて来ているではないか」

謙信のもとへは、備後鞆《びんごとも》ノ津《つ》へ逃《のが》れた将軍義昭から、信長討滅をうながす御教書が届いていた。

信長は、謙信がもっとも大事にする筋目をたがえ、うわべの恭順さをかなぐり捨てて、いまや野心をあらわにしている。

「もはや、捨ててはおけぬ」

烈火のごとく怒った謙信は、信長との断交を決意。石山本願寺、および中国筋の雄毛利《もうり》氏と手を結び、織田軍と対決する姿勢をあきらかにした。

京に駐在していた親綱にも、

「即刻、越後へ引きあげよ」

召還命令が発せられた。

謙信の命に逆らうことは、断じてゆるされない。

帰国の日を前にして、親綱は悩んだ。

（いっそ、あこやを連れて、このまま行方《ゆくえ》をくらましてしまおうか……）

と、逃亡まで考えた。

しかし、あこやは贅沢ごのみの女である。

すべてを失った自分に、あこやがついて来てくれるかどうか、親綱にははなはだ心もとなかった。

さりとて、いまさら女を手放すことはできない。

親綱は身も心もあこやに縛られ、もはや彼女なしでは一日も生きられぬようになっていた。

（どうしたらよいであろう）

考えあぐねた親綱は、思い切ってあこやに事のしだいを打ち明けた。

返ってきた答えは、意外なものであった。

「いっしょに、越後へ下ってもよろしゅうございます」

「まことか、あこや……」

「はい」

「そうか……。そなたもわしのことを、そこまで思ってくれていたのだな」

親綱は感激にうちふるえた。

この女のためなら、おのが持てるもののすべてをささげてもいい、いや、命さえ投げ出しても惜しくはないと思った。

「越の国には、金銀の湧き出す山があるのでございましょう」

あこやが、夢見るように言った。

「いかにも、ある」

「水田は黄金色にみのり、湊には荷を積んだ北国船があふれ、国は天下第一と言ってよいほどに富み栄えているのでありましょう」

「いかにも、いかにも……」

「わたくしのため、その黄金の国を手に入れて下さいませ」

あこやの濡れた唇が、耳を疑うような恐ろしい言葉を吐いた。

「そなた、いま何と申した？」

「国を盗《と》って下さいと申し上げたのです」

「ば、ばかな……。そなたは世間を知らぬ。わしのあるじを誰だと思っている。軍神毘沙門天《びしやもんてん》の生まれかわりと噂される、謙信さまぞ。そのお方から国を盗るなど、ばかげているにもほどが……」

「あなたさまは、北の海よりあらわれた人魚から、黄金をさずけられる夢を見たのでしょう」

女は親綱の腕に白い繊手《せんしゅ》をまわしながら、低くささやき、

「黄金は、越の国です」

「………」

「巨《おお》きな竜に、正面から向かおうとなさるから恐ろしい。内側から、腹を食い破ってはいかがです」

「そ、そなた……」

親綱は死にかけたフナのように口をあえがせた。

「ごいっしょに、越後へまいります」

「うむ……」

「人魚のいる北の海を、わたくしに見せて下さいませ」

「わかった」

女の麻薬のようなささやきに、親綱は茫然とうなずいていた。おののきと、かるい興奮が目眩《めまい》のように頭をくらくらさせた。

親綱はあこやを連れて越後へもどった。

主君の上杉謙信は、帰国した親綱を三条城《さんじょう》の城主に任じた。

三条は、信濃《しなの》川と五十嵐《いがらし》川がまじわる河川交通の要衝で、越後でも商《あきな》いのさかんな活気に満ちた土地柄だった。

謙信は経済にあかるい親綱に、商業都市三条の経営をまかせたのである。

しかし、

（京の都にくらべると、やはり越後は田舎だ……）

川の中洲に築かれた城の三重櫓《やぐら》に立ち、親綱は人知れずため息をついた。

あこやも同じ気持ちかと思ったが、黒目がちな目をいきいきと輝かせている。

「あれが、話に聞いていた北の海？」

あこやが城の北方にひろがる葦原の向こうの、黒みがかった水面を指さした。

「いや、ちがう。あれは潟《かた》といってな、陸地に入り込んだ入江が、砂洲《さす》でせきとめられて湖のようになったものだ」

「あの潟のかなたに、人魚の海があるのですね。約束どおり、連れて行って下さい」

あこやは楽しげでさえあった。

「いまは何かといそがしい。いずれゆっくりと、遊山に行こう」

親綱は目をそむけながら言った。

城主として入ったものの、じつは三条城は、親綱にとって居心地《いごこち》のいい城ではない。

いままで、三条城には謙信重臣の山吉豊守《やまよしとよもり》が入っていたが、病《やまい》によって急死したため、親綱が支配をまかされることになった。城には、山吉の旧臣が引きつづいてそのまま居残り、親綱に仕えている。

その旧臣たちの、自分を見る目が、

（冷たい……）

のである。

そもそも田舎社会では、都会からやって来た者を警戒し、白眼視《はくがんし》するきらいがある。

親綱の場合、山吉家を不幸が襲ったところへ乗り込んできたうえに、土地の者ではない京から連れて来た女を、人目もはばからず寵愛していることから、旧臣たちの反感はいっそう強いものとなった。

親綱が城主となってから、

「あの女を追い出し、山吉家の血縁の娘をご正室にお迎え下され」

一度だけ、山吉の流れを引く家老が言い出したことがあった。

が、親綱は取り合わず、

「おまえたちに京のみやびがわかるか。あの都の水であらわれた美しさの前では、越後の野辺《のべ》に咲く花など色あせて見えるわ」

と、土地との和合《わごう》を拒否した。

天正六年――。

北陸路に君臨していた謙信が、関東遠征を前にして、突然、厠《かわや》で倒れて病死した。

家督相続をめぐって、養子の喜平次景勝《きへいじかげかつ》と三郎景虎《さぶろうかげとら》があらそい、上杉家は真っ二つに割れた。

「いまこそ、国を盗る好機でございます」

あこやが耳元で妖《あや》しくささやいた。

六

越後国は、油鍋を引っくり返したような騒ぎになった。

上杉家の家臣は、いずれかの陣営につき、昨日《きのう》までの同僚が戦場で敵味方に分かれて戦った。

神余親綱は、小田原北条《ほうじょう》氏から上杉家へ養子に入っていた三郎景虎の側についた。

敵方の喜平次景勝は、謙信の姉の子である。

親綱が三郎景虎に味方したのは、それが上杉家のためになると思ったからではない。むしろ、他家から養子に来た景虎が家督を継げば、越後に起きた動乱の渦はますます大きくなり、

(わしが国を盗るすきも生まれるであろう……)

と、踏んだからだ。

喜平次景勝は、上杉家歴代の居城である春日山城に、三郎景虎は前関東管領《かんれい》上杉憲政《のりまさ》の居館である御館《おたて》に、それぞれ拠《よ》り、泥沼のいくさがはじまった。

いわゆる、

――御館の乱
である。

戦いは当初、三郎景虎の実家である小田原北条氏の力を背景にした、御館方が優

勢であった。

親綱をはじめとする越後国人衆《こくじん》の多くが御館方につき、春日山城に籠《こ》もる景勝を孤立させていった。

しかし、景勝方が、上杉家の長年の宿敵であった武田家を味方につけるにおよび、一挙に形勢は逆転。

景勝軍の総攻撃を受け、追いつめられた三郎景虎は御館を脱出し、相州《そうしゅう》小田原へ落ちのびて行く途中、追っ手にかこまれて自刃して果てた。

担《かつ》いでいた旗頭《はたがしら》は死んだが、三条城の親綱は、

(何の、ここからがわしの勝負よ……)

と、意気軒昂《けんこう》だった。

親綱は、黒川《くろかわ》城主の黒川清実《きよざね》、栃尾《とちお》城主の本庄秀綱《ほんじょうひでつな》らとともに、上杉景勝への抵抗をつづけた。

親綱が、戦いをあきらめなかったのには理由《わけ》がある。

このころ、越後と国境を接する越中《えっちゅう》国では、織田軍の佐々成政《さっさなりまさ》が上杉軍と激戦を演じており、その成政のもとから、

「わが軍は、じきに越中を制する。そのときは、西と東から春日山城を挟《はさ》み撃《う》ちに

いたそうではないか。越後半国の支配を貴殿にまかせてもよいと、安土の信長さまがおっしゃっている」

との密書が届いていたのである。

京にいたころ、親綱と親しかった木下藤吉郎秀吉——名乗りを羽柴筑前守《はしばちくぜんのかみ》とあらためた秀吉は、毛利攻めの司令官として山陽筋の播磨《はりま》国へ出撃していたが、親綱と織田家のひそかな結びつきは、その後もつづいていた。

(やれる……。わしは越後国をこの手につかんでみせるぞ)

親綱の夢は、かぎりなく大きくふくらんだ。織田軍の北陸進出に心を強くした親綱は、三条城を死守するだけでなく、周辺の諸城へ出撃しては城下に火をつけ、景勝方をおびやかした。

暑い夏が終わり、秋が駆け足で過ぎ去り、やがて越後の山野に初雪が降った。

そのあいだに、黒川城主の黒川清実が降伏し、上杉景勝に抵抗をつづけるのは、神余親綱と本庄秀綱の二人だけとなった。

冬になって雪が降ると、越の国では軍勢を動かすのが難しくなる。敵も味方も雪に埋もれた城のなかで息をひそめ、ひたすら春を待つ。

冬のあいだ、越後の山野をつかの間の静寂がつつんだ。

「海鳴りが聞こえます」

床板さえ凍りつきそうな三重櫓のなかで、あこやがふと、鉛色の雲が垂れ込めた空を見上げて言った。

びょうびょうと風が鳴っている。城の周囲に生《は》えた赤松の枝が、激しく揺れていた。

「あれは風の音だ。ここまで、海鳴りは聞こえぬ」

「いえ、わたくしには聞こえます。底響きのする、もの寂しい海鳴りが」

「ばかな……」

笑い飛ばそうとした親綱の表情が、一瞬、こわばった。

（たしかに聞こえる……）

海から四里（約十六キロ）も離れている三条の城で、海鳴りが聞こえた。

と同時に、親綱の脳裡に突如、白日夢のごとく、あの人魚のおもかげがよみがえってきた。

妖しく手招きする人魚の幻が、目の前をよぎって、白く泡立つ冬の荒海のなかへ消えた。茫然と立ち尽くす親綱の視線の先に、あこやの貌があった。

「どうなさいました」

「呼んでいたのだ。人魚が、おれを……」
親綱はあえぐように言って、あこやを抱きしめた。指に触れた女の髪は、ひどく冷たかった。

翌年の雪解けは、いつもより早くやって来た。
梅や桜、桃の花がいっせいに咲き、雪国に待ちに待った春の到来を告げると、上杉景勝はみずから軍勢をひきいて春日山城を出陣した。
越後一国の平定に向けて、景勝軍には並々ならぬ意欲がみなぎっている。
信濃川に舟橋をかけて押しわたった軍勢は、
大面砦《おおもとりで》
地蔵堂砦
という、三条城の二つの付城《つけじろ》を攻め落とした。
勢いに乗る景勝軍は、親綱の籠もる三条城へ押し寄せたが、四囲を川と深田にかこまれた城の攻略は難しい。
神余親綱は川向こうの敵勢を見下ろし、
「何としても持ちこたえるのだ。ここをしのげば、じきに織田軍が加勢にやって来るぞッ！」

声を嗄《か》らして、城兵たちを叱咤《しった》した。

三条城の固い守りに、景勝軍はさすがに攻めあぐねたのか、本庄秀綱が籠もる栃尾城に戦いの鉾先《ほこさき》を転じ、総攻撃をかけて、ついにこれを陥落させた。

広大な越後国で、上杉景勝に抵抗するのは、いまや三条城の神余親綱ただひとりとなっていた。

（あきらめてはならぬ。織田軍は、必ずやって来る……）

ことここに至っても、親綱はいまだ望みを捨ててはいなかった。いや、ひとすじの望みを信じなければ、この孤独な戦いをつづけることは、とうていできない。

しかし——。

じっさいには、越中国の織田軍は、上杉軍の松倉城将河田長親《かわだながちか》と、加賀《かが》の一向一揆勢のあいだに挟まれ、親綱の援軍に駆けつけるどころではなかった。

親綱は、諜者《ちょうじゃ》がもたらすその情報を耳に入れていたが、あえてそれを何かの間違いだと思い込むように、みずからの心に厚い覆《おお》いをかけていた。

だが、親綱がいやおうなく現実を見せつけられる日が、まもなくやって来た。

親綱に反感を抱《いだ》いていた山吉の旧臣が裏切り、城の二ノ丸を占拠したのである。

彼らは景勝軍を城内に引き入れた。

親綱の籠もる本丸のまわりに、敵の旗指物《はたさしもの》が翩翻《へんぽん》とひるがえった。

「何ということだ……」

親綱は唇を嚙《か》んだ。

なぜ、こうなってしまったのか。いったい、どこから自分の運命の歯車は狂いはじめたのか。迫り来る破滅への恐怖のなかで、親綱は必死に考えた。

家臣たちの姿が消え、ひっそりと静まり返った三重櫓の片隅《かたすみ》に、あこやがいた。白綸子《しろりんず》地に浅葱《あさぎ》の流水模様を染《そ》めた打ち掛けをまとい、冴えざえと微笑している。

その瞳《ひとみ》に、なぜか恐怖の影はなかった。

「終わりでございますね」

あこやは低くつぶやくと、打ち掛けの裾《すそ》を引いて立ち上がった。

「今日かぎりで、おいとまつかまつります」

「あこや……」

「あなたさまは黄金をつかみ損ねた。ここにはもはや、わたくしの用はありませぬ」

「そなた、わしを見捨てるのか」

「見捨てる……。わたくしが？」

女は不思議そうな目をした。

「そうだ。こうなったのも、もとはといえば、何もかもそなたのせいだ。そなたに妙な野心を吹き込まれなければ、わしは……」

親綱は呪《のろ》うように、暗い怒りを込めた目であこやを見つめた。

ほほと、あこやが目を細めて妖艶に笑った。

「それは、あなたさまの思い違いでありましょう」

「なに……」

「わたくしは、あなたさまの心の奥にあったものを、ただ引き出して差し上げただけ。野心は、ほかの誰のものでもない。あなたさまご自身のものです」

「………」

そうかも知れぬ、と親綱は思った。

女は自分のなかに眠っていた野心に、火をつけただけかもしれない。

自分が取るに足りないと思っていた織田家が急成長し、そのなかでめざましい出世を遂《と》げていく秀吉らを眺めているうちに、親綱は自分ではみとめたくなかったが、それを羨ましいと思うようになった。

あこやのささやきは、おのれの内なる欲望のささやきではなかったか――。

「そなた、どこへ行く。京へ帰るのか」

親綱の問いに、女は答えず、ひるがえる上杉軍の旗指物のかなた、葦原の向こうの潟に目をやった。

潟は、日差しを受けて銀盤のように輝いている。潟の水は、北の冷たい人魚の海につづいているはずだった。

天正八年、七月二日――。

三条城は落城、神余小次郎親綱は自刃して果てた。

上杉家の京方雑掌として富をたくわえていたはずの親綱であったが、落城後の城の蔵には金の小粒ひとつ残っていなかった。

夜《や》光《こう》木《ぼく》

一

闇が深い。

濡《ぬ》れるような闇のなかで、以蔵《いぞう》はまんじりともせずに天井の暗がりを見つめていた。

山の斜面に建てられた出作《でづく》り小屋のなかである。小屋には以蔵のほかに、かすかな寝息を立てている父と母、それに兄の弥助《やすけ》夫婦、三つ違いの妹のおきのがいた。

甲斐《かい》国奈良田《ならだ》の集落では、毎年八月になると、

——八月ヤブ
と称し、山へ入る習いになっている。

老人、子供を里へ残し、労働力のある者だけ集団で山へのぼり、一月《ひとつき》のあいだ、山中の出作り小屋に寝泊まりして農作業をする。

甲斐の山脈のふところに抱《いだ》かれた奈良田の里では、まともな田畑は少なく、春に山の斜面の草を焼き払って、粟《あわ》、稗《ひえ》、ソバなどの種を蒔《ま》く。八月になると、作物が実りの時を迎え、里人総出で刈り入れとなるのだ。

（そろそろ行くか……）

以蔵は、ワラの寝床《ねどこ》から獣《けもの》のように身を起こした。

闇を透《す》かして見ると、家族の者は昼間の仕事の疲れが出たのか、みな泥のように眠り込んでいる。

今年、二十《はたち》になったばかりの若い以蔵は、全身に精気が溢れ、日に二刻《とき》（四時間）も眠ればどんな力仕事でも平気だった。

以蔵は足音を忍ばせて土間《どま》を横切り、小屋の外へ出た。

天正八年八月の夜空は、満天の星が手でつかめそうなほどに澄み渡っている。夏とはいえ、山中の夜気は麻衣《あさぎぬ》一枚着ただけの身にしみた。

周囲は畑で、稗の穂が風に揺れて月光を散らしている。

以蔵は畑の脇を走り、森のなかへ飛び込んだ。夜のこととて、森の木々は黒い影絵のようにしか見えない。湿った苔《こけ》の匂いがした。

半町（約五十メートル）ほど行って小川を飛び越えると、行く手にミズナラの大木があらわれた。鬱蒼《うっそう》と葉を茂らせる木の下に、人の気配がある。

「以蔵……」

と、人影がみじろぎした。

「阿古屋《あこや》か」

闇の向こうから白い腕が伸び、以蔵の首すじにからみつくように巻きついた。

「おそかったのね」

「すまぬ。家の者たちが寝静まるまで、外へ出られなかった」

「臆病者……」

若い女の声が、喉《のど》の奥でくぐもるように笑った。

「ちがう。おれは臆病者ではないぞ」

「だったら、あかしを見せて」

暗がりのなかでかすかに光る眼差《まなざ》しが、以蔵を挑発するように射すくめた。

「おう、見せてやろう」

以蔵はむきになって言い、女の腰を乱暴に抱き寄せた。

そのまま顔を重ねて唇を吸うと、女の肌から甘酢《あまず》っぱいような汗の匂いが立ちのぼり、以蔵の鼻をムッとついた。

「おれと、なっていいのか」

「いいわ。八月ヤブの夜だもの。八月ヤブのあいだは、男も女も、里のうちなら誰と契《ちぎ》ろうと勝手。あたしは、あんたが欲しい」

「あい」

「おれも、おまえが……」

女の首すじに唇を這《は》わせながら、以蔵は頭が少しクラクラした。

阿古屋の言うとおり、この奈良田の里では古くから、

――八月ヤブで息子は男になり、娘は女になる。

と、言われている。

里から離れた山中での農作業を終えると、若い男と女はしめし合わせ、降るような星空のもとで契りを結ぶのである。

里の者なら誰もが経験する通過儀礼だが、以蔵は二十になる今日まで、里の女の誰とも交《まじ》わったことがなかった。

（好いた女としか、そうなりたくない……）

というのが、以蔵のいつわらざる気持ちである。

兄の弥助や里の若い衆は、ばかなことをぬかすとあざ笑うが、以蔵はほかの男たちのごとく、無造作《むぞうさ》に女と枕を交《か》わす気にはなれなかった。以蔵は年に似合わぬ、純で潔癖なところがあった。

その以蔵が、里のなかでただ一人、淡い思慕を抱きつづけてきた女がいる。

里長《さとおさ》の娘の阿古屋だった。

阿古屋は、美形の多い奈良田の里のなかでも、とりわけて臈《ろう》たけた娘で、今年十七になる。里長の娘だけあって、気位《きぐらい》が高く、物の言いぶりが凜然《りんぜん》として、里の若者を容易に寄せつけぬようなところがあった。

娘の全身から香り立つ気品のようなものに、以蔵は心魅《ひ》かれていた。

それゆえ、昼間の畑仕事の帰りがけ、

「今夜、川のほとりのミズナラの木の下で……」

と、阿古屋に耳打ちされたときには、息も止まらんばかりに動転した。心の臓が激しく脈打つのが自分でもわかり、そのときから何を考えることもできなくなった。

ただ、

(阿古屋もおれのことを好いていてくれたのだ……)

という思いが、いままで押さえつけてきた以蔵の血を逆流させ、熱くたぎらせた。

「阿古屋……」

以蔵はうわ言のように叫びながら、阿古屋の体を木の根もとに押し倒した。不慣れな手つきで女の腰紐《こしひも》を解《と》き、小袖《こそで》の衿《えり》もとから手を差し入れる。

指先が、乳に触れた。

妹のおきのと同じ十七ながら、阿古屋の胸は梨の実のように、豊満に形よく膨《ふく》らんでいる。

乳房の先の乳首もツンと天を向いていた。

以蔵が無我夢中で乳房を揉《も》みしだくと、阿古屋は食いしばった歯のあいだから、

「あッ、あッ」

と、おののくような声を洩《も》らした。

しかし、娘がけっして嫌がっているのではないことは、細い両腕がしっかと男の首に回されたままなのを見ればわかる。

以蔵は愛撫の手を、娘の胸から下腹部へと伸ばした。

とたん、

「それは、だめ」

阿古屋が身を固くする。

「なぜだ。おれのことを好きではなかったのか」

「以蔵のことは好き。でも、忘れてはだめよ。里のしきたりが」

「夜光木《やこうぼく》か」

「そう」

以蔵の下で、娘がうなずく気配がした。

夜光木とは、夜、暗闇のなかで樹皮が青白い光を発する木のことである。湿った土地に生《は》える古木に、まれにこの現象が見られることがある。

『塞北日鈔』なる古書にも、

――夜光木、絶塞山間に生《お》ふ。歳積もりて朽《く》ち、月黒きとき光有りて遇《あ》ふこと、ますます甚《はなは》だし。殿上に移し置くとき、通體《つうたい》みな明白、蛍火の如《ごと》く之に迫り物を燭《とも》すべし。素甕《すがめ》を以て貯えし水に之を投ずれば、水光り澄む。

と、書かれている。

これは、クリタケと呼ばれる苔が年を経た古木の樹皮に寄生し、苔の菌糸から蛍光が発するのだが、戦国の世では、木それ自体が不可思議な霊力により、光を発するものと信じられていた。

奈良田の里では、男女が初めての契りを結ぶとき、この夜光木の樹皮を嚙《か》む定めになっている。

以蔵は腰の革袋から夜光木の皮を取り出すと、闇のなかで青白く光るそれを指ではさんで二つに割り、一片を自分の口にほうり込み、もう一片を女に渡した。

光る樹皮の破片が、阿古屋の小さな白い歯を照らし、サクサクと噛み砕《くだ》かれて口中に消えた。

喉のあたりが内側から光るように見えたのは、気のせいだろう。阿古屋の肌はそれほどまでに白かった。

「いいわ、抱いて」

儀式をすませた安堵《あんど》からか、阿古屋はみずからすすんで草の上に身を投げ出した。

以蔵は震える指で袴《はかま》の紐をとき、女の上におおいかぶさる。

初めて女を知った以蔵は、獣のような咆哮《ほうこう》を上げて荒れ狂い、阿古屋もそれにこたえて森じゅうに響き渡る嬌声《きょうせい》を上げ、男の背中に爪を立てて乱れに乱れた。

「いい……。あんたの兄さんよりずっと……」

「阿古屋、いま何と言った」

不用意に洩らした女の言葉を、以蔵は聞きとがめた。

「兄さんの弥助より、あんたのほうがずっといいと言ったのよ。昨夜《ゆうべ》は小六と寝たけれど、あたしのなかに入る前に精を洩らしてしまったわ。あんたとは、体が合うのね」

「おまえ、おれの前にも、何人もの男と寝ていたのか」

以蔵は動きを止めた。

「村の若い者なら、たいがいの男は知っているわ」

なおも男をもとめようと脚をからめてくる阿古屋を見て、以蔵の胸は、氷の上を風が渡るようにさあっと冷えた。

二

「上方《かみがた》へ間諜《かんちよう》に行け」

と、里長の深沢孫左衛門《ふかざわまござえもん》から以蔵に命令が下ったのは、八月ヤブも終わり、甲斐の山野に秋風が立ちはじめたころのことだった。

「上方でござりますか」

苔むした庭に片膝《かたひざ》をついた以蔵は、縁側にいる里長の顔を見上げた。

以蔵は、この里長が笑った顔を見たことがない。ヒキガエルが潰れたような、こんな醜悪な顔の男から、よくぞ阿古屋のごとき美しい娘が生まれたかと思うほどだ。

「織田《おだ》家の動きを探るのじゃ。織田信長《のぶなが》は、われらが恩顧《おんこ》を受ける甲斐武田《たけだ》家の怨敵。いまこそ、われらが奈良田の衆の働きで、故信玄《しんげん》公の御恩に報《むく》ゆるときぞ」

「ははッ」

と、頭を下げたのは以蔵だけではない。

里の若者が十一人、庭に這いつくばって同じ命令を受けた。いずれも、〝忍びの技〟に長じた者ばかりである。

古来――。

奈良田の里の衆は、甲斐国守護の武田家に従い、間諜をつとめてきた。椀《わん》や曲物《まげもの》を作り、売り歩く木地師《きじし》であった彼らは、諸国をめぐり歩く機会が多かった。そこに、武田家が目をつけ、間諜として使うようになった。

里の男は五歳になると、忍びの技を仕込まれる。体術、刀術、早足はむろんのこと、足音を立てずに夜道を走る法、声を出さずに仲間と通信をかわす法、泥田の渡り方、禽獣《きんじゅう》の使い方などをみっちりと教え込まれた。

それに加え、十歳になると、里言葉を話すのを禁じられ、かわりに上方言葉で仲間と話すことになる。行くすえ、上方で間諜として働くためで、平素から言葉を修得しておけば、他国者《よそもの》にまじってもそれと見破られることはなかった。

里の衆が、そこまでして武田家に尽くすのは、間諜として諸国の事情を探る代わりに、奈良田一村、諸役と年貢を免除されていたからである。

奈良田の衆にとって、武田家は先祖代々の大事な抱え主であった。

その武田家に、存亡の危機がおとずれたのは、甲斐の虎と呼ばれた名将、武田信玄が上洛の途中病死し、息子の勝頼《かつより》の代になって、尾張《おわり》の織田信長に苦杯を喫してからだった。

世に、

——長篠《ながしの》の合戦
と、呼ばれるこの戦いで、無敵と言われた武田騎馬軍団は、織田の鉄砲隊にさんざんに打ち破られ、隆盛をほこった武田家の家運は急速に傾きだした。

対照的に、武田軍に勝利した織田信長は、天下人への道を着々と歩みはじめ、三《み》河《かわ》の徳川家康《とくがわいえやす》先鋒、武田家を脅《おびや》かさんとする勢いにある。

里長の孫左衛門が、

「いまこそ、故信玄公の御恩に報ゆるときぞ」

と言うのは、まさにこのことであった。

夜になって、別れの儀が里長の屋敷でおこなわれた。里の者が長旅に出るとき、必ず執《と》りおこなわれる儀式である。

明かりを消した真っ暗な部屋に、命を受けた男たちが集まり、里長から杯を受けた。澄まし酒をなみなみと満たした大杯は、闇のなかで蛍火のように妖《あや》しく光っている。酒には、夜光木の樹皮を粉にしたものが溶かし込まれている。

奈良田の里では、夜光木は男女の情交のときばかりでなく、里長の命に断じて背《そむ》いてはならぬという誓いの儀式にも用いられた。

年長の者から順に大杯がまわされた。

杯に口をつけると、座をめぐってきた里長の孫左衛門から、ひとりひとりにねぎらいの言葉がかけられる。

以蔵は末席にいた。

一同のなかで年はもっとも若いが、以蔵の刀術は奈良田の里一と認められている。

やがて、順番になり、以蔵が大杯に唇をつけたとき、

「阿古屋から聞いておるぞ。あれはおまえを気に入っておるようじゃ。大手柄を上げれば、おまえを阿古屋の婿《むこ》にしてやってもよい」

闇の向こうで里長のささやく声がした。

――あッ

と思い、不覚にも酒をこぼしてしまった。半袴の腿《もも》のあたりが酒に濡れ、青白い光を放つ。

「せいぜい励むがよいぞ、以蔵」

「…………」

以蔵は、黙って残りの酒を飲み干した。

(里長は知っていたのか……)

カッと額《ひたい》のあたりが熱くなるのを、以蔵は感じた。

あの夜のことは、阿古屋と自分だけの秘密と思っていたが、どうやら阿古屋は父に以蔵との密《みそ》かごとを打ち明けたらしい。

(阿古屋め……)

以蔵は、兄の弥助や村の多くの若者と交わったという阿古屋の言葉を思い出し、喉に塩を詰め込まれたような、何ともいえぬ不快な気持ちになった。

翌日——。

男たちは二人ずつ一組になり、奈良田の里を旅立った。

以蔵も、隣家の赤耳《あかみみ》という男とともに、信長の居城のある近江《おうみ》国安土《あづち》へ向かう。

旅は順調にすすみ、十日後、二人は安土の城下町にたどり着いた。

「あれが安土の城か」

以蔵は編笠《あみがさ》を持ち上げ、秋空にそびえ立つ五重の天守を仰いだ。金箔《きんぱく》を押した安土城の屋根瓦は燦然《さんぜん》と輝き、あたりに御仏《みほとけ》の後光のような光を発している。

「そう、きょろきょろするものではない。人に怪しまれたら何とする」

と、小声で以蔵の袖を引いたのは、頬《ほお》にかすかな火傷《やけど》の引きつれがある、同行者の赤耳である。

まことの名は七兵衛《しちべえ》というが、右耳の耳たぶが朱《しゅ》を差したように赤いため、仲間からその名で呼ばれている。

「おぬし、外のお役目は初めてであったな」

以蔵より五歳年長で、すでに幾度となく忍び行を繰り返している赤耳は、口もとを皮肉にゆがめた。

「おどろくのも無理はない。なにしろ、安土の城は、信長がおのれの威信のすべてを賭けて築いた城じゃ。おそらく、この国のなかで、安土城に比肩《ひけん》すべき城はひとつもあるまい」

「天下一の城か」

「そうじゃ」

「そのような城のあるじに、武田のお屋形《やかた》さまは勝てるかのう」

「われらの力で勝たせるのじゃ。不用意なことを口にするな」

以蔵は赤耳に叱責《しっせき》され、舟入りが縦横に走る安土の城下を縫《ぬ》うように歩いて、常楽寺湊《じょうらくじみなと》の近くにある軒《のき》の崩《くず》れかけた一軒の小屋に入った。

空き家らしい。

もとは漁師小屋であったらしく、干魚《ほしうお》の臭いが鼻をついた。薄暗がりのなかに破れた四ツ手網や、割り竹を編《あ》んだ筌《うけ》が転がっている。

赤耳がヒュッと指笛を吹いた。

と――。

垂れ下がった網の向こうで人影が動き、大柄な男が姿をあらわした。顔を黒頭巾《ずきん》でおおった武士である。

「大山椒《おおさんしょう》どのか」

赤耳が目の奥を光らせた。

「おう、赤耳。久しぶりじゃのう」

親しげに口をきいているところをみると、赤耳と男は初対面ではないらしい。だが、武士の野太い声は、以蔵にはまったく聞き覚えのないものだった。

（里の者ではないようだ。しかし、これは……）

以蔵が黙っていると、大山椒と呼ばれた男は言葉をつづけ、

「安土のはずれの観音寺山《かんのんじ》で、五色の煙が上がるのが見えた。あれは赤耳、おぬしが焚《た》いたものじゃな」

「仰《おお》せのとおりで」

「狐猿《こえん》や井筒《いづつ》も、すでに動きだしておる。おぬしらにも、さっそく働いてもらわねば」

「大山椒どの、この者は以蔵と申し、初渡りの者にござります」

「よき面構《つらがま》えの若者じゃ」

頭巾の奥の暗い男の視線が、自分へ注がれているのを以蔵は感じた。

大山椒は赤耳を手招きし、その耳もとに二言、三言、ささやきかけると、それきり以蔵には目もくれず、小屋を立ち去っていった。

「何だ、あの大山椒という男は」

男の足音が聞こえなくなってから、以蔵は赤耳にたずねた。

「大山椒どのは、穴丑《あなうし》よ」

「穴丑……」

「おぬしも里の教えで知っておるじゃろう。穴丑は敵中深く入り込み、何年も、ときには何十年にもわたって敵将に仕え、味方のために便宜《べんぎ》をはかる者のことよ」

「では、あの男は奈良田の里の者……」

「大山椒どのが里を出て、織田家に仕えるようになったのは、もう十五年も前のことじゃ。亡くなられた信玄公の命を受け、織田家にもぐり込んで、いまではひとかどの武将に出世しておる」

「織田家での名は、何という」

「おぬしは知らんでもいい。大山椒どのとだけ、覚えておけ。われらの仕事を、陰ながら手助けして下さる」

「…………」

「とりあえず、おぬしは安土城下の南蛮寺《なんばんじ》へ身を落ち着けよとのご指示があった。わしはおぬしと別れて、城出入りの呉服商人のもとへゆく」

「南蛮寺とは、伴天連《ばてれん》のことか」

里の外の世界のことは、耳学問でしか知らない以蔵は、思わず瞳《ひとみ》を光らせて聞き返した。

「おうさ。南蛮寺は、信長の手厚い保護を受けておるでな。おぬしはそこに、寺男として入り込め。すでに南蛮寺へは、大山椒どののほうから話はついておる。寺で働きながら、しばらく、出入りする者のようすを見ておるのじゃ」

「それだけでよいのか」

「あとは追って沙汰《さた》を待て」

以蔵は、赤耳と常楽寺湊の廃屋《はいおく》で別れた。

三

天にましますわれらがおん親
御名《みな》を尊ばれたまへ
御代《みよ》きたりたまへ
天におひて思《おぼ》し召す
ままなるごとく
他におひてもあらせたまへ
われらが日々のおん養ひを
今日われらに与へたまへ……
アメンゼスス

清らかにすんだ女の声が、琵琶湖《びわこ》を吹き渡る夕暮れの風にのって流れてくる。

南蛮寺の庭を掃除していた以蔵は、その声に思わず竹箒《たけぼうき》を持つ手を止めた。

オラショである。オラショとは、ラテン語で〝祈禱《きとう》〟という意味で、切支丹《きりしたん》たちは神に祈りをささげるとき、宣教師が日本語に訳したオラショを唱える。

オラショを唱えることにより、人々は罪深きおのが身を悔《く》い、ひたすら神の救いを請《こ》うのである。

以蔵は庭に立ちつくし、女の声に耳をかたむけた。

ガラサ満ち満ちたまふ
マリアにおん礼をなしたてまつる
おん主はおん身とともにましします
女人のなかにおひて
わけておん果報いみじきなり……
アメン

やがて、オラショの響きがやんだ。庭に面した南蛮寺の離れの障子《しようじ》が開き、縁側に、白地に秋草を散らした清楚《せいそ》な小袖を着た女が姿をあらわした。

女は、庭に立っている以蔵に目をとめると、

「ご苦労さまです」

と、つつましやかに頭を下げた。

以蔵が安土の南蛮寺に入ってから、十日がたつ。

安土の南蛮寺は、信長の許しを得てイエズス会宣教師オルガンティーノが建てたもので、礼拝をする聖堂のほか、聖職志願者のための神学校があった。大山椒がうまく話をつけておいたらしく、以蔵は誰からも怪しまれることなく、南蛮寺で働くことができた。

出身は、伊勢《いせ》の桑名《くわな》ということにしてある。子供のころから上方言葉を仕込まれてきたため、甲斐の者と疑われることはなかった。

「小雪《こゆき》さま、今日のお祈りは終わりでございますか」

以蔵はその人の目を見ず、顔を伏せたまま言った。

小雪という女人について、以蔵は多くを知らない。安土に南蛮寺ができた当初から、ずっとここで暮らし、宣教師オルガンティーノの手助けをしてきたようで、聖

母マリアのごとき美貌と人柄のやさしさから、

「小雪さま、小雪さま」

と、信者の者たちに慕われていた。

以蔵もまた、一目見たときから、

（この世には、こんな美しい女人もいるのか……）

と、心を奪われた。

小雪の洗練された優婉《ゆうえん》さに比べれば、奈良田一の器量よしと言われた阿古屋など、泥田のなかの亀と同じである。

（おれは井の中の蛙《かわず》だった）

つくづく、以蔵は思う。

「以蔵さん」

「はい」

「宇留岸《ウルガン》（オルガンティーノ）さまからお聞きしましたが、あなたは伊勢桑名のお生まれだそうですね」

「さようでございます」

以蔵は何食わぬ顔でこたえた。

すると、小雪は親しげに微笑し、

「じつは、私も桑名の出なのです」

「え、小雪さまも……」

「私の父は、桑名で馬借《ばしゃく》をいとなんでいたのです。それが、十年前に土一揆に巻き込まれて店を焼かれ、父も母も命を落としました。私も足にひどい火傷をおって、生きるか死ぬかの目にあったのです」

「おいたわしい話でございます」

以蔵は竹箒を握り締《し》めて言った。

「それでは、小雪さまが切支丹になられたのは……」

「火傷が癒《い》えたあとも心の傷は癒えず、苦しんでおりましたとき、布教にまわっておられた宇留岸さまの説教を聞いたのです。人を慈《いつく》しむ天主教の教えに、私は魂が救われるのを感じました。すぐに洗礼を受け、それからずっと、宇留岸さまのおそばでお手伝いをしております」

「そうだったのですか」

思わず見上げた小雪の白い顔は、悲惨な思いをしてきた人とは思われぬほど、清く汚《けが》れのない美しさをたたえていた。

「私の父母の家は、桑名の七里の渡しの近くにございました。以蔵さんの家はどちらに」

「片町《かた》にござります」

というのは、むろん、以蔵の嘘《うそ》である。国もとのことを調べられたときの用心のため、伊勢桑名の町名や名物などを、上方の事情に詳しい里の古老から聞き出しておいたのが幸いした。

「片町……。ああ、子供のころ、鎮守の春日《かすが》神社の石取《いしとり》祭に行ったことがあります。なんと、懐かしい」

人を疑うことを知らず、目に涙さえ滲《にじ》ませる小雪を見て、

(おれは何という男だ……)

以蔵は良心の咎《とが》めをおぼえた。忍びとしては、けっして抱いてはならぬ感情であろうが、信仰に生きる無垢《むく》な女人をだますのが、辛《つら》くてならなかった。

南蛮寺での日々は、表向き何ごともなく、平穏に過ぎた。

時おり、城下の商家に入り込んでいる赤耳がやって来ては、門前で掃除をしている以蔵のふところに、忍び文字で書かれた密書をねじ込んでいった。以蔵は、その密書を、信者のふうを装ってあらわれる、別の忍びに渡した。

ほかに、これといって大事な役目を与えられるわけでもない。

（これでは、手柄の上げようがないではないか）

故郷を出るとき、大手柄を上げよと言った里長の言葉を思い出し、以蔵は皮肉な気持ちになった。

年が明け、天正九年の春が安土の南蛮寺におとずれた。

安土城の信長に、いまのところ目立った動きはない。前年に石山本願寺《いしやまほんがんじ》を屈服させ、五畿内を平定した信長は、左義長《さぎちょう》の遊びに興じて馬を走らせたり、宣教師ヴァリニアーノの連れてきた黒人を気に入って、得意げに従えて歩いたりしていた。

一方で、信長の命を受けた織田家の方面軍は、北陸路で上杉《うえすぎ》軍と戦い、山陽路で毛利《もうり》の軍と戦っている。

（このぶんでは、当分、甲斐遠征はなかろうな……）

安土での暮らしに慣れてきた以蔵には、そのくらいのことは十分に読み取ることができた。

もっとも、いまの以蔵の関心は、いつ甲斐に兵を向けるとも知れぬ織田軍の動向よりも、もっぱら小雪その人に向けられていた。

小雪は以蔵に限りなくやさしかった。

神の愛を説《と》き、ときには以蔵のために鈴をふるわすような美しい声で賛美歌を歌ってくれる。

だが、その小雪のやさしさが、自分だけではなく、信徒すべてに向けられているのが、以蔵にはたまらなく寂しく、恨《うら》めしかった。小雪は、城下から神学校へ通って来る織田家重臣の子弟でも、寺男の自分でも、わけへだてなく接し、少しも変わることがない。

(おれは小雪さまに惚《ほ》れているのだ……)

以蔵はいつしか、おのれの胸に湧《わ》き上がる強い恋心に気づき、愕然《がくぜん》とした。しかし、相手は神への愛に身を捧げる信仰篤《あつ》き女人である。忍びの自分が恋を打ち明けるなど、許されようはずもない。

(ただ、小雪さまのそばにいられるだけでよい)

以蔵は、小雪の唱えるオラショの声を聞き、清雅な笑顔を見るだけで、おのれの乾いた心を満たしつづけた。

――信長が南蛮寺へやって来る。

との情報を、以蔵が聞いたのは、その年の夏も盛りを過ぎ、安土の城下で盆踊りがおこなわれた日のことである。

盆踊りは、かぶいたことの好きな信長の思いつきで、安土城の天守にぼんぼりを飾り、笛、鼓《つづみ》を派手《はで》に打ち鳴らし、城下を挙げて盛大に催《もよお》された。賑やかな囃子《はやし》の音は、静寂に満ちた夜の南蛮寺にも、しぜんと流れ込んでくる。

以蔵は門の脇にある小屋で、藁《わら》にくるまり、外の物音に耳を傾けていた。そこへ、戸を開け、入ってくる者があった。

黒頭巾をつけた武士である。

「大山椒……」

以蔵は、はっと起き上がった。

男はいつぞや、常楽寺湊の漁師小屋で会った、穴丑の大山椒であった。

「明かりをつけず、そのまま聞け」

大山椒が、あたりをはばかるように低く押し殺した声で言った。

「は……」

「三日後、信長がわずかな供回りだけを連れて、南蛮寺へ来る。機会をとらえ、信長を仕留めよ」

「私が信長を殺すのでございますか」

さすがに、以蔵は息を呑《の》んだ。

「そのような大事な役目、私にできましょうか」

「おぬしも奈良田の衆なら、それくらいの修行は積んできておるはず。武田家の、奈良田の里の命運がかかった大仕事じゃ。心してやれ」

「万が一、仕損じたるとき、あるいは仕留めたるあと、敵に捕まったときは」

「申すまでもあるまい。何も喋らず、舌を嚙み切って死ね」

大山椒は冷たく言い放った。

四

三日後——。

大山椒の言っていたとおり、南蛮寺に信長がやって来た。

そのときの信長の奇抜な装束《しょうぞく》を、以蔵は生涯忘れることはないであろう。

黒のつば広の南蛮笠をかぶった信長は、肩から天鵞絨《ビロード》のマントを羽織《はお》り、唐桟留《とうざんどめ》の軽衫《カルサン》をはき、虎皮の膝当てをつけて、葦毛《あしげ》の馬に乗ってあらわれた。

ソテツの植え込みの陰からようすをうかがっていた以蔵が、一瞬、

（南蛮人か……）

と、目を疑ったほどである。

じっさい、信長が引き連れてきた供回りのなかには、近ごろ城下で噂《うわさ》の黒人ヤスケの姿もあった。

信長自身、仰々《ぎょうぎょう》しいことが嫌いなのであろう。従う供は、わずかに十数人。大山椒の言っていたとおり、命を狙《ねら》うにはうってつけの機会と言えた。

とはいえ、うかつに近づけば、屈強な武者たちに行く手を阻《はば》まれてしまうのは明らかである。

（どうする……）

汗ばんだ手を握り締め、以蔵はじっと信長の動きを見守った。

見ていると、信長は出迎えたオルガンティーノら宣教師に導かれ、マントの裾《すそ》をなびかせながら聖堂のほうへ大股に歩いていく。

南蛮寺の者の話では、信長は聖堂で、神学校の生徒たちのヴィオラやクラヴィアの演奏を聞くことになっているという。

聖堂には信長ひとりが入り、供の者たちには、

「外で待っていよ」

と、特徴のある甲高《かんだか》い声で命令を下すのが聞こえた。

（しめたッ）

と、以蔵は思った。

信長をやるなら、警護の手薄な聖堂のなかしかない。

ソテツの植え込みを離れた以蔵は、人目につかぬように物陰を縫い、勝手知った る聖堂の裏手にまわり込んだ。

裏手には、宣教師たちの宿舎があり、聖堂と短い廊下で結ばれている。

以蔵は宿舎に忍び込み、廊下を通り抜け、聖堂へ裏からまわり込んだ。宣教師たちは、信長一行の接待に追われているため、以蔵の行動を見とがめる者はない。

難なく、聖堂の裏口にたどり着いた。

厚い扉の向こうに、オルガンティーノの流暢《りゅうちょう》な日本語と、もうひとり、甲高い男の声がする。

(信長だ……)

以蔵は、一気に全身の緊張が高まるのを感じた。

ふところから、小刀《こがたな》をつかみ出す。

鞘《さや》に山桜の皮を巻きつけた山刀である。山刀は、木地師やマタギなどの山民が使うもので、長さは一尺五寸(約四十五センチ)。身幅が広く、刃が厚く、一振《ひとふ》りで太い木の枝がバサリと伐《き》り落とせるくらい強靭《きょうじん》な刃物であった。

信長の額に山刀をたたきつければ、肉がはぜ、骨が割れ、ただの一撃で仕留めることができる。

桜皮《おうひ》の鞘から山刀を抜き放つと、暗がりのなかで刃が黒光りした。

（よし……）

以蔵は高ぶる気持ちを押さえつつ、扉に耳を押し当て、聖堂の気配をうかがった。

どうやら、洋楽器の演奏がはじまったようである。聖堂のなかから、澄んだヴィオラやクラヴィアの調べが聞こえてくる。

扉を細くあけると、神妙な面持《おもも》ちで楽器を弾《ひ》いている生徒たちの向こうに、信長の甲走《かんばし》った面長《おもなが》の顔があった。

（アメンゼスス……）

なぜかそのとき、以蔵の胸に、小雪から教えられた切支丹の祈りの言葉が浮かんだ。

（もはや、二度とふたたび、小雪さまのオラショを聞くことはできぬのだ……）

一瞬の気おくれが、以蔵の闘志をにぶらせた。

しかし、以蔵は奈良田の忍び衆である。

心の迷いを振り払うように、山刀の柄《つか》をグッと強く握り直したとき、

「以蔵さん」

背後から声をかけてくる者があった。

反射的に、

――わッ
と、以蔵は跳びのいていた。

「どうしたのです、以蔵さん。そこで何をしていらっしゃいます」

以蔵を見つめていたのは、この日、朝から風邪《かぜ》気味だと言って部屋で寝《やす》んでいたはずの小雪であった。

小雪は、以蔵の手に刃物が握られているのに気づくと、おもわず息を呑み、細めに開いた聖堂の扉に目をやって、おびえたような顔をした。何ごとか、気づくところがあったらしい。

「小雪さま……」

「以蔵さん、まさか信長さまを」

「…………」

以蔵は目を伏せた。

この期《ご》におよんで、へたな申し開きはできない。非情を旨《むね》とする忍びなら、目の前の女を殺し、任務を遂行せねばならないが、以蔵には小雪を手にかけることなどできない。

（だめだ……）

以蔵は、大山椒から与えられた自分の役目が失敗に終わったのを悟った。同時に、おのが恋が、儚《はかな》い夢のようについえたのを知った。

「お許し下され、小雪さま」

低く叫ぶや、以蔵は小雪のみぞおちに、するどい拳《こぶし》をたたき込んだ。小雪が声もなく、以蔵の腕のなかに崩れ落ちる。

以蔵の耳に、聖堂の音楽が高らかに響き、やがて止《や》むのが聞こえた。

以蔵は小雪の体を床に横たえると、廊下を走り、安土の南蛮寺から姿を消した。

五

甲斐の山々に雪が降った。

谷の底にへばりつくように広がる奈良田の里は、深い雪のなかに埋もれた。

雪に閉ざされると、木地師の末裔《まつえい》である奈良田の里人は、曲物、椀、下駄などを作り、長い冬を越すのが古くからの習いである。

信長襲撃に失敗した以蔵は、行くあてもなく諸国をさすらったのち、雪に埋もれた奈良田の里へ舞いもどってきた。

「大事の役目も果たせず、生きておめおめ里へ逃げ帰るとは、奈良田衆の風上にもおけぬ不甲斐なきやつよ」

里長は以蔵を罵《ののし》った。

のみならず、役目をなかばで放棄した卑怯者として、以蔵は百叩《たた》きの刑を受け、腕には里からの外れ者をあらわす二筋の黒い焼き印が押された。

里の者は、以蔵を蔑《さげす》みの目で見、以蔵の一家も肩身の狭い思いをした。

父や母、兄の弥助から、恨みごと、泣きごとを言われ、以蔵には、家にいることすら辛い日々がつづいた。

(なぜ、里へ舞いもどってきてしまったのか……)

以蔵にもわからない。

奈良田で生まれ、奈良田に育った以蔵には、ほかに帰る場所はなかった。

(しかし……)

以蔵は下駄にする桐《きり》の木を、鑿《のみ》でザクリと削《けず》った。

かつて、奈良田の里は、以蔵にとって棲《す》み心地のよい場所であった。里のなかで争いごとはなく、諸役、年貢を免除されているために村は豊かで、人の心もあたたかいと思っていた。

それが、ひとたび外の世界を知ってしまうと、小さな宝玉のように思いなしていた里の景色は、にわかに色褪《いろあ》せて見えた。里人も、なんと偏狭で、頑迷固陋《がんめいころう》な者たちばかりであることか。

以蔵の失敗で、たしかに里人の態度は変わった。だが、それ以上に、以蔵自身の里人を見る目が一変してしまったような気がする。

なぜか——。

（小雪さまに会ったせいだ……）

以蔵は、安土での恋が、自分を変えたことに気づいていた。もはや帰れぬとわかっていても、以蔵の思いは小雪のいる安土の南蛮寺に飛んでいる。

（もう一度、会いたい。小雪さまに……）

以蔵が鑿を持つ手に疲れをおぼえ、太いため息をついたとき、

「以蔵ッ！」

と、兄の弥助が家に駆け込んできた。血相を変え、息をはずませている。もう、

夕暮れと言っていい刻限であった。

「どうした、兄者」

「どうもこうもない。おきのが、おきのが……」

「おきのがどうかしたのか」

そういえば、妹のおきのの姿を朝から見ていない。深い雪のなか、どこへ行ったものかと思っていたが、その身に何か凶事が降りかかったことは、兄の差し迫った表情から知れた。

兄の弥助は土間の隅《すみ》の水甕から、喉を鳴らして水を呑み、口についた水滴を腕で押しぬぐった。

「えらいことになったぞ、以蔵。おきののやつ、隣村の上湯島《かみゆしま》の男と逢い引きしているところを里の者に見つかった」

「他村の男と逢い引きしていたのか」

「困ったことをしてくれた。ただでさえ、おまえのことで、里の者から白い目で見られているというに、おきのまでが里の禁制をおかすとは……」

「……」

弥助の言うとおり、忍び集落の奈良田では、里の掟《おきて》で他村の者との恋愛はかたく禁じられていた。むろん、婚姻《こんいん》など、許されるべくもない。

よそ者との逢い引きの現場を里の人間に見つかった場合、男も女も里人の面前で素っ裸にされ、犬の交尾の格好《かっこう》をさせられ、辱《はずかし》めを受ける定めになっていた。

まだ子供のころ、以蔵も一度だけ、里の衆にまじって見せしめの現場を目撃したことがあるが、真っ裸に剝《む》かれた若い女の泣き叫ぶ声が、いまも耳にこびりついて離れない。

「おきのはどこだッ」

以蔵は兄の肩をつかんだ。

「里のはずれの六地蔵の前じゃ。父者も母者も、檳榔子《びんろうじ》の染池でたほ布を染《そ》めていたところを、里長に呼び出されて行っている。わしらも、身内の者として、おきのの処罰に立ち会わねば……」

苦く吐き捨てる兄の言葉をみなまで聞かず、以蔵は家の外へ飛び出していた。

（おきの……）

以蔵に似て人づきあいのうまくない、気弱でおとなしい妹であった。以蔵が里の外れ者にされ、家の者に厄介者《やっかい》扱いされたときも、おきのだけは恨みがましいことを口にしなかった。

まだまだ子供だと思っていたが、おきのもすでに十八になっている。好いた男の一人や二人いても、何の不思議はない。

ただ、その惚れた相手が、奈良田の里ではけっして許されぬ、他村の若者だったというのである。

以蔵は膝まで降り積もった雪を踏みしめ、踏み越え、里のはずれの六地蔵に急いだ。その場所に近づいてみると、すでに黒山の人だかりができている。

人垣の向こうで、女の悲鳴がした。

おきのの声である。

「どけ、どけッ!」

以蔵は見物の里人を押しのけ、前へ進み出た。

そして、見た。

おきのは着物を剝かれ、縄《なわ》で後ろ手に縛られ、素っ裸で雪の上に座らせられていた。同じように裸で共に搦《から》め捕られているのは、おきのの相手の上湯島村の若者であろう。

二人とも、無惨な姿である。

「おきのッ！」

以蔵は叫んだ。

だが、おきのは恥ずかしさのあまり、顔を上げることもできない。

若衆頭に白木の棒で小突かれ、おきのは雪の上に両手をついて、犬の格好をさせられた。そこへ、おきのと密通していた他村の若者が、男たちに押され、顔面を恥辱で真っ赤にして後ろから体を重ねる。

まわりを囲んでいた里人のあいだから、嘲笑が湧き起こった。なかには、もっと腰を振れと、大声で囃し立てている者もいる。

おきのは泣いていた。

恥辱に満ちた交尾の姿をさらしながら、唇を噛み、声もなく涙を流している。そのおきのの雪よりも白い肌を、おのおの笹を手にした里人たちが、前に進み出ては打ち据《す》え、打ち据えした。

（やめてくれ……）

以蔵はほとばしりそうになる叫びを、必死に奥歯でこらえた。

おきのが何をしたというのか。

ただ、隣村の若者を好きになっただけではないか。人を好きになることの、どこのが悪い。同じ里の者というだけで、誰とでも寝る女のほうが、よほど罪深くはないのか――。

そのとき、

「あんたも、妹の二の舞いにならぬように、用心することね」

以蔵の耳もとで、ささやく者があった。

「阿古屋……」

以蔵の横で、うっすらと微笑していたのは、里長の娘の阿古屋であった。以蔵が里へもどってから、阿古屋のほうで避けていたのか、ほとんど顔を合わせることはなかった。

「上方からもどった者から聞いている。あんた、安土の南蛮寺にいた切支丹女に岡惚れしていたそうね」

「小雪さまのことか」

以蔵はぎょっとした。

「女の名なんか、知らない。あんたも、里の掟を破ってよそ者の女に手を出せば、妹のような目に遭《あ》うということよ」

高笑いする阿古屋の声を聞きながら、以蔵の胸のなかで音をたててはじけるものがあった。

六

（もはや、こんな里では生きられぬ……）

以蔵の心に猛々《たけだけ》しい嵐が吹き荒れた。

いまは、生まれ育った奈良田の里のすべてが厭《いと》わしかった。罪なき妹の肌を笹で鞭《むち》打ち、嘲笑を浴びせかける里人たちに、錐《きり》のようにするどい憎悪《ぞうお》を感じた。

そこへ、

「以蔵、おまえの番だ。妹を笹で打て」

若衆頭の声が飛んだ。

だが、以蔵は動かない。

「どうした、打て。打たぬと、おまえもおきのと同罪になるぞ」

「………」

「打てぬのか、この腰抜けめがッ」

若衆頭が以蔵に平手打ちを食らわせた。

口の端が切れ、以蔵はもんどりうって雪の上に倒れる。

里人がどっと笑い崩れたとたん、起き上がった以蔵の手が腰の山刀に伸び、すばやく鞘を払っていた。雪を蹴《け》たてて走り、おきのと若者に駆け寄ると、二人の手首をいましめていた縄を切り払う。

「逃げよッ、おきの」

以蔵は妹に向かって、吠えるように言った。

「この男と隣村へ逃げるのだ。あとは、おれが引き受けた」

以蔵は二人の肩を押しやると、山刀を胸の前で斜《なな》めに構え、里人たちのほうへ向き直った。

「おれは本気だ。手向かうやつは斬《き》る」

「気でも狂ったか、以蔵。われらを裏切る気かッ」

若衆頭が目を吊《つ》り上げた。

「狂ってはおらぬ。おれは、里を捨てることにした」

「この裏切り者めッ！」

若衆頭の後ろで、男たちが腰の山刀を抜くのが見えた。

おきのと隣村の若者は、落ちていた着物を拾い上げ、雪のなかを転びながら手に手をとって逃げていく。

「来いッ」

以蔵は背中を獣のようにたわめた。

忍びとしては落伍者かもしれぬが、以蔵も意地がある。

一人が雪を蹴散らして、かかってきた。

男がわめきながら山刀を振り下ろしたとき、以蔵の体は横へ跳び、相手の右手を斬り払っていた。

鮮血が飛び、真っ白な雪の上に山刀を握りしめた男の手首が転がる。男は苦痛に顔をゆがめ、傷口を押さえてあとじさった。

つづいて斬りつけてきた里人を、以蔵は二人、三人と地に這わせた。

平素は忍びとして働く奈良田衆であるが、死を覚悟した以蔵の気迫の前に、さすがに手を出しかねて動きを止める。

奈良田の衆が以蔵を取り囲んだ。

「やめよ。以蔵。山刀を捨てるのじゃ」

「仲間うちで争って何とする」

「詫《わ》びを入れれば、妹とおまえの罪を許してやるぞ」

男たちは口々に叫んだが、いまさら以蔵には聞く耳などない。

ちらりと後ろを振り返ると、妹と若者の姿は木立のなかに消えていた。

（行ったか……）

以蔵は口もとに笑いを浮かべ、

「さらばじゃッ！」

叫ぶなり、男たちに向かって唐辛子と灰の入った目潰しを投げつけていた。里人たちが目を押さえ、咳き込んでいるあいだに、以蔵は木から木へ跳び移って裏山へ飛び込む。

それから、どこをどう逃げたのか、以蔵自身にも記憶がない。奈良田衆の追撃を振り切り、振り切り、山中をさまよっているうちに、いつしか夜になった。

すでに、追っ手の気配はない。

以蔵がふと行く手を見ると、森の闇のなかに妖しい光が見えた。

巨大なブナの木の幹《みき》が、神秘的な青白い光を放っている。

（夜光木だ……）

夜光木のありかは、里長しか知らない。その木を見たのは、里長以外では、以蔵が初めてであろう。

夜の森に光る木は、震えるほどの美しさであった。

しかし、以蔵にとって、夜光木は里の掟そのものである。掟は、以蔵の心を縛りつづけてきた。

以蔵は夜光木に近づいた。

しばらく木を見上げていたが、やがて、腰の革袋から火打ち道具を取り出すと、木の根もとに枯れ枝を集め、火を放った。

パチパチと音を立てて、枯れ枝が燃えはじめ、たちまち夜光木に火が燃え移った。

夜光木は炎のなかで激しく身もだえし、夜の闇に銀色の粉を散らした。

翌、天正十年三月――。

甲斐武田家は、織田、徳川の連合軍に攻められ、滅亡した。

のち、甲斐国は徳川家康の領するところとなり、武田家に従ってきた奈良田の衆もまた、年貢、諸役免除の特権はそのままに、徳川家の支配下におかれた。

木食上人
もくじきしょうにん

一

その奇怪な男に秀吉《ひでよし》がはじめて出会ったのは、元亀《げんき》元年初夏のことであった。

夜である。

森が、海の底のように暗い。

(はぐれてしまったようじゃ……)

まだ、木下藤吉郎《きのしたとうきちろう》と名乗っていた若き日の秀吉は、目の前に広がる暗く深い森を見わたした。

西近江《おうみ》、朽木谷《くつき》――。

若狭《わかさ》と京を結ぶ若狭街道、その道沿いにひらけた渓谷である。

山の斜面は一面のブナ林におおわれ、濡《ぬ》れるような闇のなかで、年をへたブナの巨樹が仄白《ほのじろ》く沈黙している。

夏のはじめとはいえ、真夜中ともなれば、山のなかは肌寒かった。

秀吉がただひとり、朽木谷をさまよい歩くはめになったのには理由がある。

さきごろ、秀吉が仕える主君の織田信長《おだのぶなが》は、一乗谷《いちじょう》の朝倉義景《あさくらよしかげ》を攻めるため、越前金ケ崎《えちぜんかねがさき》まで兵をすすめた。

だが、同盟関係を結んでいた近江の浅井長政《あざいながまさ》が突如、信長に離反。越前の朝倉氏と呼応して打倒信長の兵を挙げたため、織田軍は前後から挟《はさ》み撃《う》ちされるという危機におちいった。

この軍のなかに、織田家の一将たる秀吉も加わっていた。

「早く京へもどらねば、退路を断たれ、わが軍は全滅となろう」

大将の信長は、色白の甲走《かんばし》った顔に怒気を浮かべて言った。

「即刻、退却をはじめる。ついては、殿軍《しんがり》を誰にするかだ」

信長の鷹のごとき眼光するどい目が、居並ぶ武将たちを見わたした。

みな、顔色が蒼《あお》い。

それもそのはずである。全軍の最後尾にあって、敵の追撃をふせぎつつ、退却せねばならない殿軍の役目は、大きな危険をともなっていた。大将を無事に逃《のが》すため、いざとなれば、みずからの命を投げ出す覚悟がいる。

ましてや、今回は前後を敵にはさまれての退却、殿軍をつとめる者は、十中八九《い》、死ぬことになる。

それゆえ、信長の声に、柴田勝家《しばたかついえ》、丹羽長秀《にわながひで》ら、織田家のおもだった武将たちも、おいそれと返答することができない。

（あのとき、それがしに殿軍をおまかせ下されと名乗りを上げたのは、間違いではなかった……）

露《つゆ》に濡れた草を踏みしめながら、秀吉は思った。

（わしは織田家の家中では、信長さまの草履《ぞうり》取りから身を起こした成り上がり者じゃ。それでなくとも、生意気なやつと人から憎まれておる。このようなときにこそ、男のまことを示しておかねばならぬのだ）

秀吉の思惑は、まさしく図に当たった。

秀吉が殿軍をかって出ると、いままで彼を成り上がり者とさげすんでいた織田家の諸将が、果然、態度をあらためた。

「すまぬ。そなたを見損なっていたぞ、藤吉郎。そなたが、かほど侠気《おとこぎ》のあるやつとは思わなんだ」

秀吉のことを嫌悪していた柴田勝家までが、わざわざそばにやって来て手を握り、命を大事にせよと声をかけてきた。

望みどおりに殿軍を仰《おお》せつけられた秀吉は、手勢五百を引きつれ、全軍の最後尾から金ケ崎城を発した。だが、敵の追撃は執拗をきわめ、近江の朽木谷に達するころには、兵の半数を失っていた。

ばかりか、敵の矢を受けて馬を失い、山のなかを逃げに逃げ、気がついたときには近習《きんじゅう》の者たちともはぐれて、ただひとりきりになっていたのである。

（わしが殿軍をかって出たことは、間違ってはおらなんだ……。しかし、このようなところで道に迷い、命を失っては元も子もない）

寒さが身に沁《し》みた。

焚火《たきび》でもたいて体をあたためたいところだが、それでは追っ手に居場所を教えるようなものである。

冷たい夜風に、頭上をおおいつくす木々の葉が騒いだ。風の音と、ときおり響く梟《ふくろう》の鳴き声のほかは、物音ひとつ聞こえない。吸い込まれそうな静寂が、夜の森をつつんでいる。

（このまま死んでしまうのか……）

孤独が、惻々《そくそく》と背筋に這《は》いあがってきた。根っからの楽天家で、どのような局面においても、みずからの知恵と力で運を切り拓《ひら》いてきたこの男が、不安に押し潰されそうになった。

それほど闇は深い。

寒さに震えながら、あてどなく歩いた。すでに時の感覚はない。

どこかに雨露をしのげそうな木のうろでもないかと、あたりを見まわしたとき、闇を裂《さ》くように獣《けもの》の遠吠えが響いた。

オオカミの遠吠えである。

戦国の世、オオカミは日本の山野に棲息し、人を襲うこともめずらしくなかった。それゆえ、当時の旅人にとって、夜の山越えは恐怖以外の何物でもなかった。

秀吉も、オオカミの怖さは知っている。

オオカミとの遭遇を避けるため、秀吉は、遠吠えが聞こえるのとは逆の方角に向かって足を早めた。

小柄な体に、伊予《いよ》札《ざね》の紺糸縅《こんいとおどし》の具足の重みがこたえる。足が地にめり込むようである。

オオカミの声がしだいに遠くなった。

秀吉は、胸を撫《な》で下ろした。安心したとたん、どっと疲れが出た。

「ひと休みするか」

岩陰に腰を下ろしかけたときである。

周囲の木立で、青い光が動いた。ひとつではない。二つ、四つ、六つ……。いや、もっとある。水晶のような冷たい光が闇の底に浮かび、秀吉のまわりを不気味に囲繞《いにょう》している。

（オオカミじゃ……）

らんと輝く獣の目であった。

オオカミの殺気に満ちた双眸《そうぼう》が、森の闖入者《ちんにゅう》である秀吉を冷たく見すえているのだ。あまりの恐怖に、心の臓が凍りつきそうになった。

（血の匂いを嗅《か》ぎつけてきたのか）

敵中を斬《き》り抜け、斬り抜け、逃げのびてきた秀吉の具足には、生臭い血の匂いが沁みついている。それが、オオカミの群れを誘ったらしい。

獣の唸《うな》りが、地を這うように低く響いた。

秀吉は闇にひそむオオカミの群れを牽制しつつ、腰の刀をしずかに抜いた。体の前で刀を斜《なな》めに構えながら、

――ジリ、ジリ
と、横へ動く。こちらの動きにつれ、オオカミの青い目も一緒についてくる。

秀吉はもともと、刀術に自信のあるほうではない。知恵だけで織田家の一将にまでのし上がってきた。それゆえ、たったひとりで獰猛《どうもう》なオオカミの群れと闘うなど、どだい無理な話である。

（このままでは、食い殺される……）

死にたくなかった。

戦場ではなばなしい戦死を遂《と》げるならともかく、山中で人知れずオオカミの餌《えさ》になって死ぬなど、それではあまりに木下藤吉郎という男の人生が寂《さび》しすぎる。

（あきらめてはならぬ。知恵をはたらかせるのだ、知恵を……）

闇のなかの目は、動かない。じっとこちらをうかがっている。

瞬間――。

秀吉は身をひるがえすや、獣の群れとは反対の方向に向かって走りだしていた。

座して死を待つより、走り走って活路を開くつもりだった。

だが、自分の考えが甘かったのを、秀吉はすぐに思い知らされた。背後から黒いつむじ風が忍び寄ったかと思うと、足首に衝撃が走った。

見ると、臑当《すねあて》の裏側に、オオカミが牙《きば》を立てている。激しい痛みが、脳天まで一気に突き抜けた。

「くそッ！」

秀吉は手にした刀で、獣の背中をたたき斬った。

悲鳴を上げ、オオカミが転がる。が、仲間の血の匂いを嗅いでなおさら猛《たけ》り立ったのか、獣の群れがあとからあとから、秀吉めがけて食らいついてくる。

秀吉は刀を無我夢中で振りまわした。二、三匹斬ったまでは覚えているが、いくら斬ってもきりがない。

刀を振りまわしているうちに、足をすべらせ、どっと倒れた。オオカミの群れが、胸にのしかかってくる。

(だめだッ。もはや、これまでじゃ……)

血臭の立ち込める闇のなかで、秀吉はいつしか気を失っていた。

二

明かりが見える。

橙《だいだい》色の、あたたかみのある柔らかい明かりである。

深い眠りの底から目覚めた秀吉は、ちろちろと揺れ動く明かりを見つめた。

白濁していた意識が、しだいに鮮明になってくる。

橙色の明かりは、焚火であった。地面に横たわった秀吉の目の前に、あかあかと焚火がたかれている。

(わしは生きておるのか)

オオカミの群れに襲われたことを思い出し、秀吉は寝そべったまま、あたりを見まわした。

オオカミの姿はない。どうやら、自分がいるのは森ではなく、天井の高い洞窟のなかのようだった。

（なぜ、わしがこのようなところに……）

まだ、はっきりとしない頭を揺すりながら、秀吉が身を起こしたとき、

「おう、気がつきおったか」

焚火の向こうから声をかけてきた者がいる。

頭を剃り、黒い衣《ころも》に身をつつんだ行者《ぎょうじゃ》姿の男だった。大男である。立ち上がったら、ゆうに身の丈《たけ》六尺（約百八十センチ）はあるだろう。

目、鼻、口の造りが大きい。しかし、それなりにととのっていて、押し出しのきくアクの強い面体《めんてい》である。

肌は浅黒く日焼けし、目の光が炯々《けいけい》としていた。

年は、三十なかばの秀吉と同じくらいか、やや上に見えた。

「傷は手当しておいてやったぞ。ありがたく思え」

男は傲岸とも思える口ぶりで言った。

言われて見ると、なるほど獣に咬《か》まれた足首に、晒《さらし》が巻いてある。まだ鈍い痛みは残っているが、動かそうとして動かせぬことはなさそうだった。

「御坊《ごぼう》がわしを助けてくれたのか」

「そういうことになる」

「しかし、わしに襲いかかってきたオオカミの群れは……」

「わしが追い払ってやった」

大男はこともなげに言い、焚火にブナの木の粗朶《そだ》を放り込んだ。かわいた枝が音を立て、火の粉が天井に舞い上がる。

「御坊ひとりで、あの猛り立ったオオカミの群れを？」

「そうだ」

「どうやって……」

「造作《ぞうさ》もないこと」

男は大づくりな唇をゆがめて、ふてぶてしく笑い、

「オオカミどもは、行者ニンニクの臭いを嫌いおる。行者ニンニクの葉を陰干ししたものに火をつけ、風上から燻《む》したれば、たちまちのうちに退散していきおったわ」

「御坊はいつも、そのような草の葉を持ち歩いているのか」

秀吉が聞くと、

「夜の山中で修行するには、山のことを知りつくしておらねば、命がいくつあっても足りぬ」

男は野太く言い放った。

（密教《みっきょう》修行の行者なのか……）

秀吉は、朽木谷の東側の山並みが比良《ひら》山系に通じていることを思い出した。

比良山系は、天台《てんだい》密教の根本道場、比叡山《ひえいざん》につらなっている。それゆえ、比良山系の山中には、厳しい修行によって超人的な呪術を会得《えとく》せんとする密教の行者が多いと聞いている。

男も山深い岩屋に棲《す》み、日夜、心身の鍛練をおこなっている行者のひとりなのだろう。

最初は男に対する警戒心を捨てきれなかった秀吉だったが、そこまで思い至って、ようやく安堵《あんど》することができた。

「いや、あらためて礼を言う。御坊はわしの命の恩人じゃ。御坊がおらなんだら、わしはいまごろ、オオカミどもの餌食《えじき》であった」

秀吉は、地べたに額《ひたい》を擦《す》りつけるように頭を下げた。

「助けたくて助けたわけではない。獣どもが煩《わずら》わしゅうて修行に身が入らぬゆえ、追い払っただけのこと。そなたを助けたのは、わしの気まぐれよ」

「気まぐれでも何でもよい。命が助かったのは、ありがたい。わしは織田家の将で、木下藤吉郎と申す。御坊は？」

「応其《おうご》だ」

と、巌《いわお》のような男は言った。

「応其どのか」

「人は、わしのことを木食《もくじき》などと呼んでおるがな」

「木食……。木食とはもしや、五穀を食せず、草や木の実を食するという、あれか」

「そうだ」

応其と名乗る男はうなずいた。

密教行者が厳しい修行をおこなうのは、本来、人間の体のなかに眠っているはずの異能の力を顕現《けんげん》させるのが目的である。

みずからの力を呼びさますため、彼らは深山幽谷《しんざんゆうこく》で滝に打たれ、岩屋に閉じ籠《こ》もって陀羅尼《だらに》を唱え、険しい山中を日に十里も、二十里も駆けめぐりつづけるのである。

数ある行《ぎょう》のなかで、おこなうのがもっとも難しいとされるのが、

——木食行

であった。

木食行とは、人間が主食とする米、麦、粟《あわ》、稗《ひえ》、豆の五穀を断ち、草や木の実だけを食いつづけて生きる行である。木食行では、同時に塩も断つ。塩を断ってしまっては人は生きられぬはずだが、天然の草木のなかには、大地から取り入れた塩分がわずかに含まれている。行をおこなう者は、そのごくわずかの塩分で命をつなぐのである。

木食行をつづけて百日もたつと、たいがいの人間は骨と皮ばかりになり、気力、体力ともにいちじるしく衰えてくる。ひどい者は木乃伊《ミイラ》と同じになり、干からびて死ぬこともある。

しかし、その辛《つら》さを乗り越えて、さらに木食行をつづけていくと、肉体のほうが少ない栄養に慣れてしまい、五穀や塩をとらずとも、草や木の実だけで十分に生きていけるようになる。心身は、雲上にあるがごとく軽やかに、人間離れした境地にいたる。

そのような木食行を成し遂げた者を、世の人は、

——木食上人
と呼び、おおいにうやまい、崇《あが》めたてまつってきた。

（どうやら……）

応其なる行者は、この朽木谷の山中で、木食行をおこなっている最中であるらしい。よほど頑健な体質であるのか、行による心身の衰えは男の面貌にいささかも翳《かげ》を落としておらず、むしろ精気横溢《おういつ》としているようにさえ見えた。

いずれにしろ、山中でこのような異人に出会ったことは、秀吉にとって九死に一生の幸運であった。

「応其どの、修行のさまたげをしてすまなんだ。無事、京へもどることができたら、できるかぎりの礼物《れいもつ》を届けさせよう」

「礼物とは、銭か」

応其がさげすむように言った。

「わしのような男に、銭は無用」

「それではこちらの気がすまぬ。何か礼をさせてくれ」

秀吉は、人好きのする愛嬌のある笑顔を行者に向けて言った。

「銭がいらぬのなら、絹の衣《ころも》はどうだ。山中の岩屋にいるならともかく、里へ下りるときは、きらびやかな衣も必要だろう」

みずからが貧しい百姓の出で、食いたいものも食えずに育っただけに、秀吉はそういうところに、じつによく気がまわる。人は秀吉のこまやかな気遣いに、ころりとまいってしまうことが多い。

しかし、応其は、

「いらぬ。衣は、いま身につけているものが一枚あれば不自由はない」

と、にべもない。

「わしは、命の恩人に何としても報《むく》いたいのじゃ」

秀吉は切なげな顔をし、

「仕方がない。ならば、先々、何か困ったことがあれば、この木下藤吉郎を頼って来てくれ。必ず、力になろうほどに」

何げなく言ったひとことが、十五年後、重い意味を持ってこようとは、このときの秀吉は夢にも思っていなかった。

三

「ご無事で何よりでござった」

翌朝、陽がのぼってから朽木の里へ下りた秀吉を、軍師の竹中半兵衛《たけなかはんべえ》が迎えた。秀吉とはぐれた半兵衛たちは、若狭街道に木戸をもうけて敵の追撃を警戒するとともに、山中に兵を出し、必死になって秀吉の行方《ゆくえ》を探していたという。

「浅井の勢は、いかがした」

秀吉は真っ先に、気にかかっていた敵の動きを聞いた。

「それなれば、もはや気づかいはござらぬ。浅井勢は朽木谷の手前で鉄砲を威嚇《いかく》射撃したのみで、それ以上深追いせず、引き揚げてまいりました」

「おお……」

ひとまず、危機は去ったと言っていい。

「じつは、半兵衛。昨夜このようなことがあったのじゃ」

秀吉は半兵衛に、近習たちと別れてから山中であった出来事を語って聞かせた。

黙って話に耳をかたむけていた半兵衛は、

「それは危ういところでございましたな」

知性をたたえた色白の顔をくもらせた。

「であろう。あの者があらわれなければ、もう少しでオオカミに喉笛《のどぶえ》を食いちぎられるところであった。まったく、思い出しただけで背中に冷や汗が湧《わ》く」

「危ういと申し上げたのは、そのことではございませぬ」

「と申すと？」

「わたくしが危ういと申したのは、その木食応其なる行者のほうです。応其がよくぞ、あなたさまに害をなさなかったものだと存じましてな」

「どういうことじゃ」

「ご存じなかったかもしれませぬが、あの者は近江佐々木氏の一族です」

「なに、佐々木の一族……」

秀吉は目を剝《む》いた。

佐々木氏といえば、近江の名族である。二年前、信長が上洛を果たすさい、近江観音寺《かんのんじ》城に立て籠もる佐々木氏の棟梁《とうりよう》、六角承禎《ろつかくじようてい》を打ち滅ぼした。以来、佐々木一門は国を逐《お》われ、諸国に散り散りになった。

秀吉が山中で出会った応其という行者は、その織田軍に滅ぼされた六角承禎の遠縁にあたるという。

半兵衛の言うとおり、佐々木氏の血を引く応其にとって、織田軍の将である秀吉は敵も同然。

たしかに、

（よくぞ、命を奪われなかった……）

ものである。

相手は凶暴なオオカミの群れを苦もなく退散させるほどの行者、それが織田に深い恨《うら》みを抱《いだ》く佐々木氏の一族だったと思うと、いまさらながら背筋が寒くなる。

「あやつ、なにゆえわしに手を出さなんだのか」

向こうがその気になれば、いくらでも危害を加える機会はあった。だが、秀吉が織田家の将と名乗ったあとも、応其の態度はいささかも変わらず、今朝《けさ》などはふもとの街道近くまで、わざわざ道案内してくれた。

「木食行をおこなっているほどの男ゆえ、俗世の恨みも、すでに捨て去っているのであろうか」

「さて……」

「獣同然に生きる、あのような行者の心は、わしにはわからぬ」

秀吉は首をひねった。

金ケ崎の退《の》き口《ぐち》で殿軍をつとめたことにより、織田家における秀吉の人望、地位は一挙に高まった。

三年後の天正元年、信長が小谷城《おだに》の浅井長政を攻め滅ぼすと、秀吉は東近江三郡の支配を命じられ、琵琶湖《びわこ》のほとりに長浜城を築いて城持ちの大名におさまった。

秀吉の出世は、さらにとどまるところを知らない。

信長の信望を得て、柴田勝家、明智光秀《あけちみつひで》と並ぶ織田家三重臣のひとりにまでのし上がった秀吉は、毛利《もうり》との合戦で中国筋を転戦。三木城、鳥取城を兵糧《ひょうろう》攻めで陥落させ、天下に名をとどろかせた。

備中《びっちゅう》高松城攻めの最中、主君の織田信長が、明智光秀の謀叛《むほん》により、天下取りのこころざし半ばにして京の本能寺に斃《たお》れた。

秀吉は、ただちに毛利方との講和を取りまとめ、西国《さいごく》街道を取って返すや、山崎の合戦で明智軍を打ち破る。

かくして、信長の後継者に名乗りを上げた秀吉は、つづいて賤《しず》ヶ岳《たけ》の合戦で柴田勝家を撃破、天下人への道を駆けのぼった。

天正十一年、秀吉は大坂の地に、おのれの武威をしめす巨城を築いた。

——大坂城

である。

（夢まぼろしのような……）

五層八階の大天守から眼下の櫓《やぐら》群を眺め下ろしながら、秀吉は幾度、めまいにも似た恍惚《こうこつ》をおぼえたかしれない。

それもこれも、

（あの金ケ崎の退き口で、命拾いをしたおかげだ）

朽木谷の山中で自分を救ってくれた行者、応其の眼光炯々たる顔を、秀吉はおりにふれて思い出した。

じつを言えば、あれから三月後、秀吉は朽木谷の山中に使いの者を送り、命の恩人の応其を探しまわった。

――礼などいらぬ。

と、応其は言ったが、何か礼でもしなければ、自分自身の気がすまなかった。

たたき上げで身を起こした苦労人の秀吉は、人が何によって動くものか、十分に承知しているつもりだった。

秀吉の長い経験によれば、人は〈情〉と〈金〉、そのふたつによって動く。人間の心の奥には、自負心というものがある。それを上手にくすぐられると、人はころりと参ってしまうものである。

秀吉は一度会った人間の顔を、絶対に忘れないという特技を持っていた。たとえ

印象のうすい相手でも、二度目に会ったとき、

「おお、何兵衛どの。息災にしておられたか」

と名を呼び、肩でもたたいてやれば、相手は自分のことを覚えていてくれたのかと感激する。記憶力のよい秀吉は、さらに相手の親兄弟の名、子供の齢《とし》や食い物の好みまで、いちいち克明におぼえていて話題にするから、人はますます秀吉に魅《ひ》きつけられた。

そして、金である。金があって困る人間は、世のなかにはいない。秀吉は、情と金をたくみにあやつることにより、人望を勝ち得てきたのだった。

しかし——。

秀吉がこれまで知り合った人間のなかで、〈情〉と〈金〉が通じない者が二人だけいた。

ひとりは、軍師の竹中半兵衛である。

半兵衛はじつに無欲な男であった。

まだ、秀吉に仕えるより以前、半兵衛はわずか二十数人の家来とともに稲葉山城《いなばやまじょう》を乗っ取った。だが、そのまま城主として居すわることをせず、さっさともとの持ち主の斎藤竜興《さいとうたつおき》に返上して、自分は美濃《みの》の山のなかに隠棲したという変わった経歴

を持っている。

若いころから病《やまい》がちであったせいか、竹中半兵衛は俗世に対する執着がうすく、秀吉もこの相手に対してばかりは、得意の人心操作術を用いることができなかった。その半兵衛は、四年前、三木城攻めの最中に病死した。

いまひとり、秀吉のやり方が通じないのが、木食応其にほかならない。

たとえ山中で修行していても、何かのおりに里へ下りれば、

「木下藤吉郎と呼ばれていた織田家の武将が、大坂にでかい城を築いたそうじゃ」

と、人の噂《うわさ》にくらいは聞くだろう。

聞けば、噂のぬしが、むかし助けてやった男であることを思い出し、礼をもとめて大坂へやって来ても何の不思議はない。人とは、そういうものである。

しかし、いくら探しても応其の行方は杳《よう》として知れなかった。どこに消えたものやら、噂すらも聞かない。

（あれほどの男を、あたら野《や》に置くのは惜しい……）

秀吉は、応其のことを思い出すたびに、唇を嚙《か》まずにいられなかった。

成り上がり者の秀吉には、異能の家臣が多い。種々雑多な人材が、秀吉軍団の強さともなっている。

（応其を見つけ出して、ぜひともわが家臣のひとりに加えたいものだ）

秀吉は大坂城の天守閣で、潮の匂いのする風に吹かれながら思った。

ふたりが、二度目の邂逅《かいこう》を果たしたのは、天正十三年。またしても、奇妙な出会いであった。

四

その年――。

秀吉は四国の長宗我部《ちようそかべ》攻略を前にして、紀州《きしゆう》の雑賀衆《さいか》と根来寺《ねごろじ》を攻めた。

雑賀衆および根来寺は、豊富な資金と鉄砲を背景にして独立割拠。畿内で唯一、秀吉の武威に従っていない勢力だった。

「四国攻めに全精力をかたむけるためにも、その前に、雑賀と根来をたたき潰しておかねばならぬ」

秀吉は合戦に意欲をみせた。

いまや、秀吉は日の出の勢いにあった。得意の鉄砲を駆使して激しく抵抗する雑賀衆と根来寺も、秀吉軍の前には敵ではなかった。

紀ノ川ぞいにある雑賀衆の砦《とりで》は、つぎつぎと陥落。衆徒の立て籠もる根来寺も炎上した。

追いつめられた根来衆は、高野山《こうやさん》へ逃げ込んだ。

「根来の者どもは、高野へ入ったか」

秀吉は軍扇で膝《ひざ》をたたいた。

高野山は、弘法大師空海《こうぼうだいしくうかい》が、修学の場として紀州の深山にひらいた霊場である。真言《しんごん》密教の根本道場として栄え、寺坊、塔頭《たっちゅう》の数二千、僧侶の数三万人を数えた。また、山内には僧侶のほか、仏師、大工、鍛冶師、按摩《あんま》、米屋、油屋、呉服屋などが生活し、巨大な山上都市を築き上げていた。武装した僧兵によって守られた高野山は、秀吉といえどもうかつに手出しできぬ一大宗教勢力となっていたのである。

ちょうど秀吉は、天下支配のために、

（高野山をたたいておかねば……）

と、思っていたところだった。

紀州太田の陣にいた秀吉は、さっそく高野山に交渉の使者を差し向けた。

「山内に逃げ込んだ根来寺の衆徒を引き渡し、兵杖《へいじょう》を捨てよ。命に従わぬときは、根来寺と同じく、一山を焼き払うであろう」

秀吉の通告を受け取った高野山側は、一山の衆徒を集め、善後策を話し合った。

「高野山は、平安の世よりつづく真言密教の根本道場じゃ。成り上がり者の秀吉の申し状など、断固はねつけるべきである」

と、強硬意見を言う者もあったが、衆徒の大半は、

「いやいや、根来寺のみならず、信長に焼き討ちされた比叡山《ひえいざん》の例もある。へたに逆らって機嫌をそこねては、一山の破滅をまねく。ここは、秀吉の要求を甘んじて受け入れるべきではないか」

いまや、天下を席巻《せっけん》せんとしている秀吉に敵対するのは得策でないとした。

衆議の結果、高野山は秀吉に帰順することを決し、太田の陣へ返答の使者が送られることになった。

秀吉は、高野山の使者と対面した。

使者は三人いた。

一山のうちで地位の高い学侶《がくりょ》方を代表して、前検校《さきのけんぎょう》良運《りょううん》。僧兵を擁する行人《ぎょうにん》方を代表して、法眼空雄《ほうげんくうゆう》が陣幕をめくってあらわれた。

いずれも、金襴の豪奢《ごうしゃ》な袈裟《けさ》を身にまとった、齢《よわい》八十近い長老である。一山の命運を懸けた役目に緊張しているためか、ふたりとも顔色が蠟《ろう》のごとく白い。

最後にもうひとり、学侶方にも行人方にも属さない、客僧《きゃくそう》方の使者が陣幕のうちに入ってきた。

壮年の男である。身の丈、六尺あまり。日焼けした堂々たる体軀《たいく》に、黒衣をまとっている。

その大男の傲岸不遜な面構《つらがま》えを見て、秀吉は、

——あッ

と、声を上げそうになった。

(木食応其ではないか……)

高野山の使者としてあらわれた三人目の男は、かつて秀吉が朽木谷で出会った異形の行者にほかならなかった。

応其は秀吉を見ても、まったく表情を動かさない。

(わしのことを忘れておるのか)

秀吉はいぶかった。

命を助けられた自分のほうは、片時も忘れなかったというのに、どうやら、一方の応其のほうは、秀吉の顔を覚えてもいないらしい。

おもしろくもなさそうに床几《しょうぎ》にすわった応其は、ふところから革袋を取り出し、

なかに入っていた松の実をボリボリと大きな皓《しろ》い歯でかじりだした。

「天下さまの御前で、無礼であろうッ！」

秀吉の横にいた石田三成《いしだみつなり》が、声を荒げた。

応其はかすかに口もとをゆがめただけで、松の実をかじるのをやめない。

「何たる無礼……」

刀の柄《つか》に手をかける三成を、

「よい。放っておけ」

秀吉は金の軍扇で制した。応其に、なつかしげな目を向けると、

「久しぶりじゃのう、応其。わしのことを覚えておらぬか」

「………」

応其が秀吉を見た。鋼《はがね》のごとき強い視線である。

「ほれ、いまから十数年前、そなたに朽木谷の山中で助けられた男じゃ」

「朽木谷……」

応其は一瞬、考えるような顔をし、

「オオカミに食われかけた、落ち武者か」

「そうじゃ。その落ち武者よ。そなたに助けられたおかげで、わしもここまで出世

することができた」

「出世したぶん、それだけ人を殺してきたということか」

応其が、ずけりと言った。

「あいかわらず、口の悪い男よのう」

「口が悪いわけではない。わしは、まことのことしか言わぬわさ」

「そなた、まだ木食行をつづけておるのか」

松の実の入った革袋に目をやり、秀吉は聞いた。

「おうさ。わしは、そこにおる売僧《まいす》どもとはちがう」

応其は、横に居並んだ学侶方と行人方の長老を一瞥《いちべつ》した。

高野山のような巨大寺院においては、出世して長老となるのは、厳しい修行を積んだ者ではない。宮家や五摂家《ごせっけ》につらなる門地の高い生まれの者のみが、山内で出世することができた。

長老ともなれば、みな美麗な稚児《ちご》を寵愛し、私的な蓄財にはげみ、美食にうつつを抜かしている。どうやら、応其はそのことを皮肉ったらしい。

「これ、木食ッ」

歯にきぬ着せぬ応其の言葉に、ふたりの長老は苦り切った表情になった。

(おもしろいやつよ……)

秀吉はますます、天を恐れぬ無欲の行者が好きになった。

「そなたとは、会ってさまざま話がしたいと思うておった」

「……………」

「そなたは近江の名族、佐々木氏の一門だそうじゃな」

「いかにも」

「佐々木氏と申せば、織田に滅ぼされた一族じゃ。それがなにゆえ、あのとき、織田軍の将であるわしを殺さなんだ」

「殺して欲しかったのか」

応其が秀吉を睨《にら》んだ。

「いや……」

「この世はすべて、自然《じねん》のことわりで動いている。おぬしが、朽木谷の山中で修行していたわしのもとへ飛び込んできたのも、これまた自然のことわりである。ことわりに逆らうことはできぬ」

「されば、こうしてふたたび、わしとめぐり会ったのも自然のことわりと申すか」

「であろうな」

応其はかすかにうなずいた。

「高野の者ども、もはや弁疏《べんそ》する必要はないぞ」

秀吉は、高野の長老のほうへ目をやった。

「わが恩人である、木食上人のいる山を攻めることはできぬ。木食上人に免じ、高野一山の安泰を約束しよう」

「ま、まことでござりまするか……」

声をうわずらせる長老たちに、

「この秀吉が申すのじゃ。二言はない」

「恐れ入りましてございます」

「よいか、者ども」

高野の長老をはじめ、陣の左右に居並ぶ武将たちを見わたし、

「木食上人は、この秀吉の命の恩人だ。以後、高野の木食と思うべからず、木食の高野と思うべし」

秀吉は大きな声で同じ言葉を二度、繰り返した。

五

秀吉は、木食応其という行者に対し、異様ともいえるほどの好意をしめした。
応其を高野山金堂《こんどう》再興の責任者にすえるや、造営費用として米一万石、黄金一千枚を惜しげもなく与えた。また、金堂が完成すると、今度は奥ノ院の弘法大師廟《びょう》の作り替えのために、莫大《ばくだい》な寄進をおこなった。
（応其は、位を与えても喜ばぬ。銭を与えても喜ばぬ……）
ならばいっそ、応其のいる高野山そのものに肩入れしてやろうと秀吉は考えた。
（わしが寄進すれば、高野山はうるおう。高野の者どもは、一山に隆盛をもたらした応其をうやまい、崇めたてまつるであろう）
高野山内での応其の地位を高めてやることが、自分にできる、せめてもの恩返しに思われた。
秀吉はさらに、
大門
大塔
御影堂《みえどう》

宝蔵
興山寺
青巌寺《せいがんじ》
智荘厳院
など、二十五もの諸堂宇《どうう》を高野山に寄進した。また、高野山のふもとの橋本の朱《しゅ》塗《ぬ》りの橋もあらたに架け替えた。
莫大な寄進を受けた高野一山は、こぞって秀吉になびき、造営に功のあった応其を、
――行基菩薩《ぎょうきぼさつ》の再来
とたたえた。
秀吉の後援を受けた木食応其は、いまや並びなき高野山第一の実力者となった。
しかし、応其はあいかわらず粗衣粗食で、木の実ばかりをかじりつづけている。
(俗世の欲とは、まったく無縁の男じゃ……)
秀吉は応其の無欲さに感心しつつも、一方で、奇妙な居心地《いごこち》の悪さをおぼえずにはいられない。
欲で動く人間なら、秀吉は相手を魅了し、自在にあやつる自信がある。だが、金

も地位も欲しない応其は、どのように扱ってよいものか、秀吉にもわからない。

だからこそ、ますます応其のことが気になる。

「そなた、大坂城へ入り、わしのそばに仕えてくれぬか」

秀吉が、応其を大坂城へ呼び寄せたのは、朝廷から関白《かんぱく》に任じられ、豊臣《とよとみ》姓をたまわって間もなくのことだった。

「家来になれと申すか」

大坂城の黒書院《くろしょいん》にあぐらをかいた応其は、特徴のある大きな目をぎろりと剝き、厚い唇を皮肉にゆがめて言った。

「いや、家来になれというわけではない。そばにいて、わしに助言を与えてくれというのだ。そなたには千石の禄を与えよう。城内に屋敷も用意しよう。望みのことがあれば、何なりとかなえてやろうぞ」

「何度も言わせるな。わしは欲しいものなどない」

「弱ったのう」

やはり、応其は自分の手におえぬ存在だと、秀吉は思った。

(こういう男も、広い世間にはおるのだ……)

たとえて言えば、木食応其は大空を飛ぶ鳥や、山野を勝手気ままに駆けめぐる獣に近い。無理に飼い慣らそうとして、飼い慣らせるものではない。

　一介の百姓からのし上がり、関白の位をつかみ取った秀吉が、薄汚い衣をまとった行者に、かつてないほどの敗北感をおぼえた。

「まことに望みはないのか」

　秀吉はかさねて聞かずにはいられなかった。

　応其といると、自分が欲にまみれた醜悪な存在に思えてならなくなる。それが、秀吉にはたまらなかった。

「いや。じつを言えば、わしにも、たったひとつだけ欲しいものがある」

　応其が口をひらいた。

「何じゃ」

　急に秀吉は嬉しくなった。

　――欲しいものがある。

　その一言で、応其がはじめて人間に見えてきたのである。

「なぜわしが木食行をはじめたのか、わけを話したことはなかったな」

「うむ、聞いたことがない」

　秀吉は興味をそそられた。

「聞かせてくれ。そなたはなにゆえ、世を捨てたのじゃ」

「それはな、わしが人並みはずれて欲深き男であったからよ」

「欲深き男……。そなたが、か」

「ああ」

応其は革袋をふところから取り出して、ヤマモモの実を口に放り込み、

「わしは若いころ、おのれの見るもの、聞くものすべてを手に入れずにはおかぬ、欲心のかたまりのごとき武者であった。それが、あるときを境《さかい》にして変わった」

「ほう……。なぜ変わったのだ」

「恋をしたのよ」

人間離れした魔神のごとき行者が、その顎《あご》の張った、いかつい顔とはおよそ不似合いな言葉を口にした。

「相手は、兄者のいいなずけじゃ」

「兄のいいなずけに横恋慕をなしたのか」

「そうじゃ」

応其は表情を変えずに言った。

「そのころのわしにとっては、相手が兄の嫁になる女であろうが、どうでもよかっ

た。欲しいものは必ず手に入れたいと望んだ。わしは相手の心も聞かず、力ずくで女をおのがものとした」

「応其が、のう」

秀吉は意外の感にうたれた。

「それで、どうなったのじゃ」

「女は、わしと契りを結んでしもうたことを苦にし、自害して果てた」

「何と……」

「そのことがあってからだ。わしが、おのれの強すぎる欲心を捨て去るために山へ入り、木食行をはじめたのは」

「そうであったのか」

同情するような口ぶりとはうらはらに、秀吉の胸には噴き上げるような歓喜が満ちてきた。

(なんだ、応其とて、ただの人ではないか……)

俗世の欲をすべて捨て去ったように見える応其でも、人並みの悩みを抱えていたことがわかった。女人への哀憐の情、それこそは人間のなかに最後に残る煩悩《ぼんのう》であるのかもしれない。

秀吉は、正直、胸の底でほっとした。手におえぬ暴れ馬を、苦心惨憺《さんたん》のすえにようやく乗りこなし、膝下《しっか》にひれ伏させたような気分だった。

相手が色欲を持った人間とわかっただけで、秀吉のなかに余裕が生まれた。いままで抱いていた、木食応其に対する得体の知れぬ恐怖が、厚い霧が晴れるように消えていった。

「して、そなたのたったひとつの望みとは何だ」

秀吉の、応其に対する態度は、しぜん尊大なものとなった。

「聞いてくれるか」

「わしは、天下の関白じゃ。かなえられぬ望みなど、この世にはない」

「されば、申そう」

応其が秀吉の目を、ひたと見つめた。

六

それより、一月《ひとつき》のち——。

大坂城本丸の巽櫓《たつみやぐら》で、秘密の修法がとりおこなわれた。

巽櫓の二階にしつらえた護摩壇《ごまだん》に歓喜天の画像を祀《まつ》り、千日の護摩祈禱《きとう》をつづけるのである。

ただの歓喜天の絵ではない。

歓喜天の画像は、女千人の淫水《いんすい》で墨をとき、同じく千人の女の陰毛でつくった筆で、応其自身が描いたものだった。

「むかし恋した女のおもかげを、千人の淫水と千人の陰毛を用いて歓喜天に描き、千日の修法をおこなうことで、おのれのなかに燃えくすぶる煩悩の根を断ち切りたい」

というのが、木食応其のたったひとつの望みであった。

秀吉は度肝《どぎも》を抜かれたが、約束は約束である。応其の望むとおり、千人の女の淫水と陰毛を用意した。

巽櫓には、昼夜を問わず、陀羅尼を唱える木食の声が流れた。その声は、秀吉が寝起きする本丸御殿まで洩《も》れ聞こえた。

（何をやっておるのか……）

気にかかった秀吉は、夜中、供も連れず、巽櫓までひそかに足を運んだ。

階段をあがって、櫓の二階をのぞき込んだ秀吉は、

――あッ

と、声を上げそうになった。

あかあかと火の燃える護摩壇の前で、応其が陀羅尼を唱えていた。片手で護摩木を炉に投げ込み、もう一方の手で、床に仰向《あおむ》けに寝そべった妙齢の美女の玉のような肌を撫でさすっている。

(とんだ破戒僧《はかい》じゃ)

と、秀吉は眉《まゆ》をひそめた。

だが、立ち込める煙を透《す》かしてよくよく見ると、女体を撫でる応其の面貌には、毛すじほどの淫気もない。ひたすら、厳粛なおももちで修法をつづけている。

那牟毘那夜迦《ナムビナヤカ》、写阿悉地《シヤアシツチ》、
目佉写怛姪他《モクキヤシヤチニヤタ》、阿知耶那智耶《アチヤナチヤ》……

野太い陀羅尼の声が、森閑とした夜の巽櫓に朗々と響きわたった。

(やはり、あやつは手におえぬ……)

秀吉は背筋にうすら寒さをおぼえ、無言のまま櫓を去った。

木食応其はその後、豊臣家のためにさまざまな働きをなした。九州島津《しまづ》攻めのおりには、使僧《しそう》（外交僧）として鹿児島へ乗り込み、講和をまとめている。

また、秀吉が世を去ったあと、天下分け目の関ケ原合戦の機運が高まると、応其は西軍方に協力し、近江大津城に立て籠もる東軍方の京極高次《きょうごくたかつぐ》を説《と》き伏せて開城にみちびいている。

合戦が、徳川家康《とくがわいえやす》ひきいる東軍の勝利におわったのちは、みずから高野山をしりぞいて近江飯道山《はんどうざん》に隠棲した。

木食応其は連歌《れんが》の道にもすぐれ、歌の作法や要諦をしるした『無言抄《むごんしょう》』なる一書をのこしている。

家紋狩り

「桐《キリ》ノタウ菊ヲ文《モン》ニツケバ、可レ為二曲事《クセゴト》一、奈良中ニ触了《フレオワンヌ》」

（『多聞院日記《たもんいんにっき》』天正十九年六月七日）

一

筧隼人《かけいはやと》は火を見つめていた。

杉の枯れ枝がはじけ、とっぷりと暮れた夜闇のなかに、銀色の火の粉が舞い上がっている。

かたわらを、白く泡立つ急流が音をたてて流れていた。

盛夏とはいえ、吉野山から南へ三里（約十二キロ）も入った奥吉野の山中では、さすがに夜風に涼気が漂《ただよ》う。

「小堀《こぼり》どの、気分はどうだ」

隼人は焚火《たきび》に粗朶《そだ》をくべながら、炎の向こう側に声をかけた。

河原に、男が寝そべっていた。

年は四十過ぎ。太りじしで腹がでっぷりと肥え、額《ひたい》がはげ上がっている。炎に照らされた男の顔は、夜目にも青ざめて見えた。

「おかげで、だいぶ良くなってきたようです」

男は亀のように緩慢《かんまん》な動作で顔を上げ、力なく答えた。

小堀源介正久《げんすけまさひさ》――。

大和《やまと》郡山《こおりやま》城主、豊臣秀保《とよとみひでやす》（秀吉《ひでよし》の甥）のもとで馬廻《うままわり》をつとめる二百石取りの侍《さむらい》である。京都所司代《しょしだい》、前田玄以《まえだげんい》のもとから派遣された筧隼人を案内してこの奥吉野に入ったが、途中で腹痛を訴えだし、とうとう一歩も動けなくなってしまった。

「ふもとの下市《しもいち》で食った鮎鮨《あゆずし》が悪かったのでござろう。筧どのには、とんだ迷惑をおかけした」

「いや」

と、隼人は首を横に振った。

隼人のほうは、その鮎鮨を口にしなかったのが幸いし、体に変調はきたしていない。腹痛に特効のある吉野の陀羅尼助《だらにすけ》を小堀に飲ませ、日暮れ前からこの河原で休んでいた。

「大事なお役目《やくめ》の途中でこのていたらくとは、まことに面目ない」

「小堀どの、いまは余計《よけい》なことは考えずに眠られたほうがいい。明日になれば、腹の痛みなど、嘘のように治っておられるだろう」

「そうであろうか」

「ああ」

いくらか気が安まったのか、小堀源介は静かに瞼《まぶた》を閉じた。やがて、半開きの分厚い唇から、軽い寝息が洩《も》れはじめる。

それを見て、隼人も河原に寝転がった。

眠ろうとしたが、目が冴えてなかなか寝つけない。自分が負わされている役目を考えると、気が重くなってきた。

仕事を命じた主君、前田玄以の底光りする目が脳裡《のうり》に浮かぶ。失敗を決してゆるさぬ、峻烈《しゅんれつ》さを秘めた目であった。

川の瀬音が耳につく。

半刻《はんとき》（一時間）ばかりして、隼人はふたたび身を起こした。河原を歩いて、夜風に吹かれようと思ったのだ。

上流に向かい、月明かりのなかをしばらく溯《さかのぼ》っていくと、行く手からとうとうと水のなだれ落ちる音が聞こえてきた。

どうやら、近くに滝があるらしい。

轟音《ごうおん》とともに、湿り気を帯びた涼気が流れてくる。

隼人は音のするほうへ足を向けた。折り重なった河原の岩を乗り越えたとき、

（おや……）

と、隼人は思った。

足もとの乾いた岩の上に、小袖《こそで》が脱ぎ捨てられている。

拾い上げ、月明かりにさらして見ると、それは浅葱《あさぎ》色の地に紅葉を散らしたあでやかな女物の小袖であった。小袖には、ほのかな人肌のぬくみと、持ち主が炷《た》きしめていたらしい甘い沈香《じんこう》のかおりが残っている。

（なぜ、こんなところに……）

不審を抱《いだ》きながら、隼人は顔を上げた。

黒々と密生した木立の向こうに、滝があった。滝とはいっても、さほど落差の大きいものではない。

高さ一間《けん》（約一・八メートル）ばかり。

ちょうど、大人の背丈くらいのものだ。それが、太い水の帯となって、滝壺に落ち込んでいる。暗いのでよくはわからないが、水の泡立ち具合から見て、かなり深い淵であることは間違いない。

小袖を手にしたまま滝に近づいた隼人は、滝壺に浮かぶ白い裸身をみとめ、思わ

ず息を呑《の》んだ。

うら若い娘だった。

まだ、十七、八だろうか。長い黒髪を水に濡《ぬ》らし、天を向きながらゆったりと泳いでいる。

水面から盛り上がった豊かな乳房、長く伸びたしなやかな脚。そして、そのあいだに柔らかい隆起をみせる下腹部の茂みが、水を透《す》かして揺れる。

娘は体をくねらせ、滝壺深く沈むと、離れた場所からふたたび浮かび上がってきた。青白い月明かりを浴びたその姿は、魔性のもののように美しく見える。

眺めているうちに、隼人は内側から体が熱くほてってくるのを感じた。

三十に近い今日まで、隼人が関係を持った女は十指では数え切れない。決して美男ではないが、彫《ほ》りの深い男っぽい風貌《ふうぼう》の隼人に思いを寄せる女は多かった。

その隼人でさえ、これほど見事な肢体《したい》の娘を見るのは初めてだった。

隼人は身につけていた小袖と袴《はかま》を手早く脱ぎ捨てると、下帯ひとつになって、白く泡立つ滝壺へ頭から飛び込んだ。

琵琶湖《びわこ》に面した漁村で生まれ育った隼人は、幼少のころから水練が得意であった。戦《いくさ》慣れしたつわもの揃いの前田家の家来のなかで武芸の腕こそ目立たなかっ

たが、ひとたび水に潜《もぐ》らせれば、

——筧隼人は水神《すいじん》か。

と、噂《うわさ》されるほど泳ぎに長《た》けている。

隼人は冷たい水を掻《か》き、見るまに接近していった。

気配に気づいた娘が、はじかれたように後ろを振り返る。濡れ濡れと光る赤い唇が、一瞬、固く引き締《し》められたかと思うと、娘は水中に身を沈め、隼人の前から姿を消した。

隼人は立ち泳ぎで滝壺に止まり、娘が浮上してくるのをじっと待った。

娘はなかなか浮かんでこない。なだれ落ちる滝の轟音だけが、しんとした夜闇に響き、降りしきるしぶきが隼人の頭髪を濡らした。

(狐《きつね》にでもたぶらかされたのか)

そう思ったとき、横のほうでパシャリと飛沫が上がった。はっとして振り返ると、水中に身を沈めたはずの娘が、滝壺の縁の岩の上に腰を下ろしていた。

熟《う》れきった乳房を隠そうともせず、口もとに妖《あや》しい微笑すら浮かべて隼人を見つめている。まるで、誘っているような熱っぽい眼差《まなざ》しであった。

(狐でも夜叉《やしゃ》でもいい、この娘が欲しい……)

隼人の頭にカッと血がのぼった。

淵を横切って岩場に上がるや、娘を組み伏せ、唇を激しくむさぼる。獣《けもの》の貪欲さで胸を揉《も》みしだくと、そのまま、片手を股間《こかん》の蜜壺へ滑らせた。

それを待っていたのか、娘の秘所はすでに熱く溶けきっていた。

下帯を解《と》こうと、隼人が娘の体から手を離したとき、

「筧どのッ。筧どのッ」

と、呼ぶ声がした。

小堀源介の声だった。隼人の姿が見えないのに気づき、探しに来たのだろう。しだいに足音が近づいてくる。

小堀の声に気を取られたわずかの隙《すき》に、娘がすばやく身をひるがえした。岩の上に落ちていた浅葱色の小袖をつかみ、滝の横にひろがる暗い樹林のなかに駆け込んでいく。

その豊麗な後ろ姿を、隼人は茫然と見送った。

二

翌朝――。

筧隼人と小堀源介は、朝の日を浴びて光る吉野川沿いの道を急いだ。

小堀の顔色は昨夜にくらべ、だいぶ良くなってきている。ときおり、歩きながら腹を押さえているが、たいした痛みではないらしい。

歩く足取りもしっかりしていた。

「それにしても、家紋狩りとは奇妙なお役目ですな」

先を歩いていた小堀源介が、ちらりと隼人を振り返った。

「ああ」

と、隼人はうなずいた。

「関白《かんぱく》さまの御命令とはいえ、槍《やり》一本を頼りに戦場を駆けまわっていたわれらには、なんともわけのわからぬ仕事よ」

ため息まじりに言って、隼人はむせるような山々の緑に目を向けた。

家紋狩り——。

それは、天下統一をなしとげた豊臣秀吉が、土地台帳を作る検地《けんち》や、農民の武器を取り上げる刀狩りなどと同時に行った、国家統治政策のひとつである。

秀吉は朝廷から関白に任じられるとともに、豊臣の姓と桐《きり》紋・菊《きく》紋の使用を許された。桐と菊の紋は古来から天皇家の家紋であり、過去には足利尊氏《あしかがたかうじ》、上杉謙信《うえすぎけんしん》、織田信長《おだのぶなが》ら、数人の武将が下賜《かし》されていたにすぎない。

豊臣家の家紋の価値を高めようと考えた秀吉は、桐紋・菊紋の一般での使用を禁止し、それに逆らう者に対しては厳罰をもってのぞむことにした。

その〝家紋狩り〟の直接の指揮をとったのが筧隼人の主君、前田玄以である。京都所司代職にあった玄以は、手はじめに山城《やましろ》、摂津《せっつ》、和泉《いずみ》、近江《おうみ》など、畿内の近国へお触《ふ》れ書きを出すとともに、巡察使《じゅんさつし》として数名の家臣を派遣した。

隼人はそのうち、大和一国の巡察を命ぜられたのだった。

京を出立《しゅったつ》した隼人は、大和の領主である豊臣秀保の居城、大和郡山城におもむき、城代の藤堂高虎《とうどうたかとら》と会見した。

高虎は、

「お役目ご苦労」

と、隼人の労をねぎらい、現地の案内役として小堀正次《まさつぐ》(遠州《えんしゅう》の父)の一族、小堀源介正久をつけてくれた。

大和には、古くから朝廷とつながりを持つ寺院や神社が多い。

隼人と小堀は、それらの寺社をひとつひとつたずね歩き、菊紋、桐紋をつけた山門の扉や仏堂の幔幕《まんまく》を見つけるたびに、それらを破棄させた。なかには、古い権威をたてにとって首を縦《たて》に振らない寺もあったが、秀吉直筆の下《くだ》し文《ぶみ》を見せると、渋々ながら命令に従った。

かつて、勇猛な僧兵軍団を擁し、戦国武将に伍《ご》して戦った大和の古寺社に、昔日《せきじつ》の面影はすでにない。隼人は、大和国内の家紋狩りを行いながら、秀吉の天下統一とはどういうことだったのか――それをあらためて思い知らされる気がした。

「あんなところに集落が……」

隼人は山を見上げてつぶやいた。

隼人と小堀は、国中《くんなか》と呼ばれる大和の平野部の巡察を半月がかりで終え、いまは大和南部の奥吉野と呼ばれる山間部に入っている。

奥吉野は山また山の土地で、そのあいだを、目もくらむような急流が縦横に流れている。そのため、古くから栄えた飛鳥や奈良などの国中とは、人の暮らしも風俗もまるで異なっていた。

「あれくらいで、驚いてはなりませぬぞ」

額にふき出た玉のような汗を拭いながら、小堀源介が言った。

「先へ行けば、それこそ、鹿も歩けないような急斜面に家が立っておりますでな」

「妙だな」

と、隼人は首をかしげた。

「川沿いに家を造ったほうが、水の心配がなくてよかろうに」

「私も最初はそう思いました」

小堀がかすかに笑った。

「だが、里人の話をよく聞いてみると、彼らは水よりもっと大切なものがあると言うのです」

「水よりも大事なもの？」

「さよう」

「いったい何だ」

「お天道《てんとう》さまです」

と、小堀は空を仰いだ。

風に揺れる樹々のあいだから、明るい木洩れ日がさんさんと降りそそいでいる。

「川に沿った谷あいだと、どうしても日の当たる時間が短うござろう。それが、山の上ならほとんど一日中、お天道さまが拝める。このあたりの里人は、日の光を求めて山の上に集落を造るのですよ」

「ほお」

「あとで、登ってみればよくわかります」

二人は、蟬《せみ》しぐれが降りしきる山中の道を休みなく歩き通し、夕暮れ近くに川上《かわかみ》郷《ごう》の上谷《こうだに》の集落に着いた。

振り向くと、登ってきた山道にはすでに重い闇が落ちていたが、山上の集落はまばゆい黄金の光につつまれている。

あらかじめ使いを出していたため、上谷の庄屋をつとめる百目木《どうめき》庄《しよう》右衛門《えもん》が、隼人たちを村はずれで出迎えてくれた。

庄右衛門は、鶴《つる》のように痩《や》せた七十過ぎの老人であった。

「ここでは、お天道さまだけが御馳走《ごちそう》じゃで」

沈みゆく夕日に目を細めながら、庄右衛門はつぶやくように言った。たしかに、お天道さまだけしかないような、痩せた土地であった。

庄右衛門は愛想《あいそ》笑いもせず、二人を椿《つばき》の生け垣《いがき》に囲まれた黒い冠木門《かぶきもん》の家に案内していった。

三

庭に篝火《かがりび》が焚《た》かれている。篝火の向こうには、赤茶色い荒壁《あらかべ》の土蔵が三棟、軒《のき》を寄せあうようにして建ち並んでいた。

川上郷上谷の庄屋、百目木家の屋敷の庭である。

筧隼人と小堀源介は、庭の中央に用意された床几《しょうぎ》にすわり、あたりのようすを眺め渡していた。

二人の前にはゴザが敷かれ、ごわごわした麻《あさ》の裃《かみしも》をつけた男たちが二十数人、彼らと向かい合って正座している。いずれも、川上郷の各地に点在する集落の村長《むらおさ》たちであった。

眉《まゆ》が白く垂れ下がった老人もいれば、真っ黒に日焼けした壮年の男もいる。

この家の当主、百目木庄右衛門は、ややこわばった面持《おもも》ちで、村長たちの最前列に控えていた。

やがて、小堀源介が床几から立ち上がった。眠そうな細い目をしばたたかせながら、

「すでに、川上郷の惣代《そうだい》をつとめる百目木庄右衛門を通じ、みなの者も聞き及んでいると思うが」

と、話を切り出した。

「さる六月、関白豊臣秀吉さまより、家紋に関する禁令が下された。ここにおられ

る筧隼人どのは、関白さまの禁令を徹底させるため、この地へ遣《つか》わされた方である。これより、筧どのが関白殿下の下し文を披露されるので、みな、つつしんで拝見するように」

そう言って、小堀源介は隼人のほうに視線を送った。

隼人は立ち上がり、手にしていた錦《にしき》の袋から一巻の巻物《まきもの》を取り出した。上下をつかんでさっと広げ、一同の前にそれをかざす。

村長たちは一瞬、目を光らせて巻物に目をやったが、すぐに頭《こうべ》を垂れ、ははっと平伏した。

隼人は下し文を巻き上げ、元通り錦の袋に収める。

「こうして見たところ、紋服《もんぷく》に菊の紋をつけた者が多いようだが、今後一切、その着用は許されない。菊、桐の紋の入った手鏡《てかがみ》、櫛《くし》、手箱《てばこ》、また、太刀《たち》や槍などの武具は、すべて焼き払うように」

隼人は厳しい口調で言った。

「筧さま、それは即刻やらねばならないのでしょうか」

百目木庄右衛門が、痩せこけた顔を上げてたずねる。

「いや、すぐにとは言わん。明朝、辰《たつ》の刻《こく》（午前八時）までに、この庭に紋章入りの衣服や道具類を集めさせるがいい。われらがまとめて火を放つことにする」

「みな燃やしてしまうのでございますか」

庄右衛門の目の奥に、暗い影がよぎった。

「では、先祖の位牌《いはい》も……」

「位牌に関しては、特別の御沙汰《さた》をもって免除する。ただし、紋が描かれたところを墨で黒く塗《ぬ》りつぶしてもらうが」

「はあ」

集まった村長たちのあいだから、安堵《あんど》とも、憤懣《ふんまん》ともつかないどよめきが洩れてくる。

百目木庄右衛門が皺首《しわくび》をひねり、後ろを振り返った。

「みなの衆、話はわかったな。菊紋、桐紋を使用している者は、お達しの通り、家紋の入った品々を刻限までにここへすべて持ってくるがよい。おのおのの村の者にも、今夜のうちにそれを伝えておいてくれ」

そのとき、

「惣代ッ！」

と、後ろのほうから声が上がった。

「なんだ」

庄右衛門が、声のしたほうへジロリと目を向ける。

隼人も見た。

村長たちの列の最後尾に、柿の木を背にしてあぐらをかいている男がいた。図体のでかい男らしく、ほかの者たちより頭ひとつぶん飛び出している。

篝火に照らされたその男は、総髪《そうはつ》を伸び放題にした、見るからに汗くさい顔つきをしていた。

「伯母谷《おばだに》の将監《しょうげん》か。どうした、何か聞きたいことでもあるのか」

「そうじゃねえ」

庄右衛門の言葉に、男は首を横に振った。

「関白さまだか何だか知らねぇが、みな、意気地《いくじ》がなさすぎるんじゃねえのか」

「なに……」

「この川上郷には、吉野に隠れ住んだ南朝《なんちょう》の宮さまから特別に菊紋、桐紋を賜《たまわ》った者が多いんだ。それを、百姓上がりの秀吉の命令であっさり捨てちまうのかよ」

「黙れ、将監ッ」

庄右衛門が声を張り上げた。唇から血の気が失《う》せ、骨張った肩が小刻《こきざ》みに震えている。

「巡察使さまの前で、なんという無礼なことを」

「惣代、あんただってそうだ」

将監と呼ばれた男は、庄右衛門をねめつけるように見た。

「あんたの家には、南朝の後亀山《ごかめやま》天皇の皇子、小倉宮《おぐらのみや》さまからじきじきに下された菊紋入りの手箱があるじゃねえか。惣代は、関白のためなら、そいつも喜んで燃やすのか」

「……」

それを聞くと、百目木庄右衛門は唇をかみしめて黙り込んでしまった。

血相を変えて何か言おうとした小堀源介を押しとどめ、隼人は一歩前に進み出た。

「伯母谷の将監とやら」

将監が、隼人のほうを見た。

「おまえの言い分はよくわかった。たしかにこの川上郷は、昔から勤王の志の篤《あつ》い土地柄だと聞いている。南北朝の時代、不運な南朝の皇子たちを助け、獅子奮迅《ししふんじん》の働きをした武勲の数々も承知している。菊紋、桐紋も、そのおりの褒美《ほうび》だろう。さりながら……」

と、隼人は顔つきを引き締め、

「すでに、世は変わったのだ。天下は関白さまによって統一された。やがては、唐《から》、天竺《てんじく》までも兵を進められるだろう。その関白さまに逆らって、いったい何の益がある」

「……」

「わかってくれるな」

隼人は男の目をじっと見つめた。

伯母谷の将監は、無言で席を立った。巨体を揺すりながら庭を横切って、闇につつまれた杉林のなかを下っていく。

それをしおに、ほかの村長衆も立ち上がった。提灯《ちょうちん》に火をともし、隼人たちに一礼してそそくさと斜面を下っていく。

男たちが去ると、気を取り直した百目木庄右衛門が、腰をかがめて将監の非礼を丁重《ていちょう》に詫《わ》び、あちらで酒肴《しゅこう》の用意をさせますからと言って母屋《おもや》に引き下がった。

「なんとも、不愉快な騒ぎでしたな」

そう言って、小堀源介が頭をかいた。

「それにしても、あの場を丸くおさめた筧どののお手並み、お若いに似合わずたいしたものだ」

「いや」

隼人は、そっけなく首を横に振った。

「謙遜なさることはありますまい。じつは、この奥吉野の川上郷、北山《きたやま》郷一帯は、古くから無主《むしゅ》の地と言われておりましてな。大和に入ったわれわれが、初めて検地を行ったときも、激しい抵抗にあって手を焼いたものです」

「無主の地とは？」

隼人は聞き返した。

「なんでも、関白秀吉さまの力が及ぶまで、奥吉野には決まった領主がおらなんだそうです。われら郡山城の者も、奥吉野の郷士《ごうし》を相手に一時は戦まで覚悟したのですが、いまでは豊臣家のご威光を恐れて、みな従順な領民になっております」

「従順か……」

隼人は伯母谷の将監の、暗い目を思い出していた。

「そんなことより、われわれも母屋に戻りましょう。そろそろ、酒の支度もできているはずです」

ああ、とうなずいて、隼人は背後の杉林を振り返った。

村長たちのかかげる提灯の列が、闇に浮かぶ狐火《きつねび》のように見える。それを見つめる隼人の胸に、なぜか茫漠《ぼうばく》とした不安がよぎった。

四

翌朝、百目木家の庭には川上郷の各集落から集められた菊紋、桐紋入りの品々が堆《うずたか》く積み上げられた。

櫛、扇子《せんす》、提灯、漆《うるし》塗《ぬ》りの桶《おけ》もあれば、椀《わん》、瓶子《へいじ》、杯《さかずき》などの食器類もあった。大きなところでは、嫁入り道具だったらしい箪笥《たんす》、唐櫃《からびつ》のたぐいまで運び込まれている。

小堀源介の指示で、百目木家の小者《こもの》が道具の山の上に乾いた藁《わら》を乗せ、里人が凝《ぎょう》然《ぜん》と見守るなかで火を放った。

めらめらと炎が燃え上がり、空に白い煙をたなびかせる。

「これでひと仕事かたづきましたな」

小堀が、かたわらの隼人にほっとしたような調子で声をかけた。

すでに、二人とも旅支度をととのえている。今日は、川上郷からさらに山あいへ入った北山郷まで足を延ばすつもりだった。

隼人は編笠《あみがさ》を目深《まぶか》にかぶり、顎紐《あごひも》をきつく締めた。

「では、行くか」

「そうしましょう」

小堀がうなずいた。

家紋狩りをはじめてから、隼人は家紋を染《そ》め抜いた品々が燃え尽きるのを、最後まで見届けたことはない。

見るのがつらかった。

それを、唯一の誇りとして生きてきた人々の魂を焼くような気がして、なにか割り切れぬ思いが残った。どうやら、小堀源介も同じ気持ちらしい。

百目木庄右衛門は、二人を見送って村境《むらざかい》までついてきた。

「雲が動いておりますなあ」

別れぎわ、庄右衛門がそう言って空を見上げた。相変わらず、笑顔を見せない。

「伯母《おば》ケ峯《みね》に雲がかかっているから、天気が崩《くず》れるかもしれません」

「その伯母ケ峯を越えたところが北山郷か」

隼人が聞いた。

庄右衛門は目をしばたたかせて、深くうなずく。

「北山の者は、われら川上郷の衆より何倍も気性が荒いから、あなたがたもお気をつけになるがよろしかろう」

「気をつけろとは、どういうことだ」

隼人は眉をひそめて聞いた。

「なに、長いこと無主の志を貫いてきた里でございます。なかには、不穏な考えを持つやからもおるということです」

「………」

「ことに、伯母ケ峯を越えて三里ばかり行ったところにある、皇子谷《おうじだに》の者たちにはご用心なされ」

「皇子谷？」

「はい。その昔、南朝方の七人の落人《おちうど》が小倉宮の皇子とともに隠れ住み、土地を切り開いたという由緒ある村ですじゃ。里人はいまでも気位《きぐらい》が高く、わしら近在の村の者とも婚姻《こんいん》などは一切いたしません」

「では、家紋も……」

「はあ。三十戸ばかりある集落すべてが、菊紋か桐紋、いずれかを使っておりまする」

「そうか」

隼人は低くつぶやいた。

「そのこと、しかと心に留めておこう」

深々と頭を下げる庄右衛門をその場に残し、隼人と小堀は杉林の道を歩きだした。樹間からこぼれる日差しを受けて、道は白っぽく乾いている。

「皇子谷へ行ってみる気ですか」

肩を並べて歩きながら、小堀源介が不安そうな目で隼人を見た。

「うむ」

「私はよしたほうがいいと思います」

小堀が強い調子で言った。

「なぜだ」

「百目木庄右衛門が言っていた通り、同じ奥吉野とはいっても、北山郷の者は、川上郷や十津川《とつがわ》郷の者とは明らかに気質が違うのです。何年か前、叔父《おじ》の小堀正次が、部下を率いて検地に入ったときも、北山郷だけは最後まで激しく抵抗し、双方ともかなりの死者が出たといいます」

「それで、検地は無事終わったのか」

隼人は聞いた。

「郡山城に援軍を頼み、反抗する者どもを力でねじ伏せて、なんとか検地を行ったそうです。しかし、ただ一か所だけ、検地の竿《さお》が入ることを頑《がん》として受けつけなかった集落がありまして……」

「それが、皇子谷か」

「はい」

小堀がうなずいた。

「そういう集落であれば、なおさら行ってみる必要があろう」

「生きて帰れぬかもしれませぬぞ」

まさかと思って、隼人は小堀の顔色をうかがったが、その表情はいつになく真剣そのものだった。

二人は杉木立につつまれた道を半里（約二キロ）ばかり歩き、伯母谷の集落に出た。杉林のなかの急斜面に、石置き屋根の貧しげな家々が十数軒見える。

石灰岩《せっかいがん》の白い大絶壁を背負った小さな集落は、どことなく暗鬱《あんうつ》な表情を見せていた。

伯母谷を過ぎると、道は上りになった。

上り五里、下り五里といわれる、伯母ケ峯へつづく山道である。

一里ほどは、谷川沿いにゆるやかな斜面を登ったが、やがて、道は九十九折《つづら》りの急坂に変わった。

周囲の樹々も杉林から、ブナ、カエデ、シイなどの広葉樹に変わり、枝からツタが垂れ下がる、うっそうとした原生林の様相を見せだした。

ルリビタキが、ヒッ、チョロチョロと鳴きながら、谷を渡っていく。

「霧が出てまいりましたのう」

小堀が言った。

樹間に湿り気を帯びた白いものが漂いだしている。霧は見るまに濃さを増し、二人の周囲をねっとりと覆《おお》いつくした。

一本道なので迷う気づかいはなかったが、しばらく歩くうちに、大粒の雨が地面を濡らしはじめた。

隼人と小堀は、用意してきた油紙の雨合羽《あまがっぱ》の紐を首に掛け、体を肩からすっぽりとつつんだ。

風が出てきた。

密生した樹々の梢《こずえ》が、ざわざわと揺れ動く。

二人は激しい雨に追い立てられるように、早足で山を登った。編笠の隙間から冷たいしずくが垂れ、首筋を濡らす。

伯母ケ峯の峠の上にある地蔵《じぞう》堂に、ようやくの思いでたどり着いたのは、正午《しょうご》をかなり過ぎたころだった。

五

隼人と小堀は雨合羽を脱ぎ捨て、御堂のなかに入った。そこで、しばらく雨をしのごうと思ったのだ。

地蔵堂のなかは二間《けん》（約三・六メートル）四方。奥に赤い前掛《まえか》けをかけた石の地蔵が祀《まつ》られ、その前に干からびた餅《もち》が供えてある。

隼人は入り口の格子戸《こうしど》を閉め、濡れた首筋をぬぐって御堂の隅《すみ》に腰を下ろした。

吹きつける風で、扉がガタガタと音をたてている。

小堀はと見ると、埃《ほこり》をかぶった板床《いたどこ》に片膝《かたひざ》を立て、地蔵の足もとに賽銭《さいせん》を置いて手を合わせていた。

「どうされた、道中の安全祈願か」

その後ろ姿に向かって、隼人はたずねた。

小堀は振り返って、いえいえと手を横に振り、

「とりあえず、飯でも食いましょう」

そう言いながら、背中の包みを下ろした。上谷の百目木家で用意してくれた弁当である。竹皮をはぐと、なかには白米《はくまい》の握り飯が六つ入っていた。端に、山ごぼうの味噌《みそ》漬《づ》けが添えられている。

「白米か……。庄右衛門め、だいぶ無理をしましたな」

「まったくだ」

隼人がうなずく。

「白米など、里人が口にすることさえ滅多にあるまいに」

「さよう。山を切り開いて造ったこのあたりの田畑では、せいぜい稗《ひえ》や粟《あわ》くらいしか育ちませんからのう」

心づくしの握り飯に向かって軽く目礼すると、二人はそれを手にとって頬《ほお》ばりはじめた。塩味の握り飯が、峠越えで疲労した体に染《し》み渡るようにうまかった。

「じつを申せば、拙者《せっしゃ》の女房がこれでして」

昼飯をすませてから、小堀が片手で腹を撫《な》でる仕草《しぐさ》をした。

「子供が生まれるのか？」

隼人の問いに、小堀は照れたようにうなずいた。

「女房とは、連れ添《そ》って五年になりますが、これまでに二度、流産しておりましてね。今度こそは、なんとか無事に生まれて欲しいものと……」

「それで、地蔵に祈っていたのだな」

「はい」

「よい女房どのとみえる」

「拙者の口から言うのもなんですが、じつに気立《きだ》てのいい、働き者の女でして。奈良漬けを漬けるのもうまいが、夜のほうも滅法《めっぽう》うまい」

ぬけぬけと言うと、小堀は歯ぐきを剝《む》き出して笑った。

「このへんでは、大和女《やまとおんな》は金のわらじを履《は》いてでも探せと申します。どうです、寛どのも大和の女を妻にされてはいかがですか。拙者がよい娘をお世話しますよ」

隼人は苦笑して手を横に振った。

（大和の女か……）

ふと、昨夜、滝壺で出会った乙女のことが思い出された。目を閉じると、水に濡れたたおやかな肢体がありありと瞼に浮かぶ。

（あの娘、いったい何者だったのか……）

ただの村娘ではないようだった。隼人を見つめた黒目がちの瞳《ひとみ》には、都の上臈《じょうろう》にすら稀《まれ》な、冒《おか》しがたい気品がそなわっていた。

それがなぜ、夜更《よふ》け過ぎに山中で水浴びなどしていたのか――考えたが、答えは出なかった。女の肌の冷たさだけが、隼人の手のなかにいまも残っている。

一刻《いっとき》（二時間）後――。

雨が止《や》んだ。二人は地蔵堂を後にして、山道を歩きはじめた。

伯母ケ峯の峠を南へ下ると、そこが北山郷である。

だが、隼人たちはその道をたどらなかった。大台《おおだい》ケ原《はら》につづく、草に埋もれた尾《お》根《ね》道へと入っていく。

その尾根道を三里ほど行った大台ケ原の南斜面に、南朝の落人が住むという皇子谷の集落があるという。

心なしか、小堀源介の足取りが重く見えた。隼人の主張で皇子谷へ入ることになったが、やはり、気が進まないのだろう。

「十分に用心して下さいよ」

小堀が振り返って、何度も念を押した。

雨に濡れたクマザサをかきわけ、つま先上がりの道を登る。飛び散った雫《しずく》で、袴が冷たく湿った。

風のせいか、雲の流れが早い。

雲間から差し込む日の光が、クマザサにおおわれた斜面をさあっとよぎっていった。

笹原のなかに、白い肌をみせるブナの木が何本か佇立《ちょりつ》している。そのブナの木陰で何度か足を止め、竹筒の水で渇いた喉《のど》をうるおした。

二度目に休憩したとき、

「あれが果無山《はてなしやま》です」

と、小堀がはるかかなたの山並みを指さした。

見ると、幾重《いくえ》にも刻まれた谷の向こうに、雲をのせた青い山並みが鋸《のこぎり》のように連なっている。

「あのあたりは、もう紀州《きしゅう》ですよ」

小堀が言った。

二人は道に戻り、先を急いだ。尾根道の両側に巨石がごろごろと転がっている。

巨石のあいだを縫《ぬ》って、見通しのいいクマザサの斜面に出た瞬間、風がうなった。

「危ないッ！」

叫びざま、隼人は小堀の太った体を横に突き飛ばしていた。小堀のかぶっていた編笠が空中に吹っ飛び、草の上に転がる。

編笠のど真ん中に、矢が突き刺さっていた。

「ひッ！」

小堀が悲鳴を上げる間もなく、ばらばらと矢が飛来してくる。二人はクマザサのなかに深く身を沈め、息を押し殺した。

六

「皇子谷の者でしょうか」

と、小堀が肩を寄せてきた。

「わからんな」

あたりの気配に気を配りながら、隼人はつぶやいた。

たしかに、皇子谷の連中のしわざかもしれなかった。

隼人たちが川上郷で家紋狩りを行ったという噂は、すでに近在の村にまで広まっているはずである。つぎは伯母ケ峯を越え、北山郷に入ってくると予想した皇子谷の里人が、先手を打って襲撃してきたとしても不思議はない。何といっても皇子谷は、豊臣政権の検地を最後まで拒否し通した排他的な村である。

素直に家紋狩りに応じるはずはなかった。この場で隼人たちを殺し、死体を山に埋めてしまえば何の証拠も残らないだろう。あとは口を拭って、知らぬ存ぜぬを押し通せばそれで事はすむ。

隼人は腰の刀に手をかけ、草むらに目を凝らした。あれきり矢は飛んでこない。だが、敵はクマザサの陰に身をひそめ、こちらの隙をじっとうかがっているようだ。重い静寂のなかに、牙《きば》をとぐ狼どもの息づかいが感じられる。

クマザサが風に揺れた。

右で、左で。

いや、風ではない。人が移動しているのだ。五人、十人……。二十人近くはいるだろうか。じわじわと包囲をせばめ、隼人たちに迫ってくる。

「か、筧どのは、腕に覚えがおありか」

うわずった声で、小堀がささやいた。

「いや」

「恥ずかしい話だが、拙者はからきし自信がない。合戦のおりには、いつも後方で食糧や金の調達《ちょうたつ》に走りまわっていたもので、実戦で斬《き》り合った経験が一度もないのだ」

なるほど、小堀の顔面は蒼白になっていた。肩が小刻みに震えている。刀の鯉口《こいぐち》を切るのさえ忘れていた。

だが、それを笑えるほど、隼人のほうも戦いに熟達しているわけではない。天正十二年の小牧《こまき》・長久手《ながくて》の戦いをはじめ、いくつかの合戦に出陣してはいたが、いまだに華々しい武功は立てたことがなかった。

まして、いまは多勢に無勢である。一気に襲いかかられたら、ひとたまりもないだろう。

隼人の背筋を冷たいものが流れる。

ふたたび、笹がざわめいた。

見えない敵は、しだいに接近しつつある。

隼人は後ろに視線を投げ、それほど遠くない場所にブナ林があるのを確かめると、小堀に目配せして、膝をついたまま笹のなかを後退しはじめた。

敵に気づかれずに斜面を下れば、うっそうとしたブナ林にまぎれこめる。そこから二手に分かれ、敵を分散させて難を逃《のが》れようと思った。

小堀も身をかがめ、隼人につづいて後じさる。

一間、二間……。

五間（約九メートル）ほど後退したとき、濡れたクマザサで小堀が足を滑らせた。

斜面をもんどりうって転がっていく。

ガサガサと茂みが揺れ動いた。

それを目印に、敵がいっせいに矢を射かけてくる。

――ギャッ！

小堀が悲鳴を上げた。

斜面にうずくまったまま、動かない。

「小堀どの」

隼人は斜面を慎重に下りて、小堀の体を抱き起こした。

「大丈夫か、小堀どの」

「や、やられました……」

見ると、肩口と右腕に二本、矢が突き刺さっていた。鮮血が、紺色の小袖を濡らしていたが、いずれも致命傷《ちめいしょう》というわけではない。

「これしきの傷、大したことはない。起き上がって走るのだ」

隼人は叫んだ。

「だめです、動けない。腰が、腰が抜けてしまった」

小堀の足もとから、白い湯気が立ちのぼっていた。恐怖のあまり、失禁《しっきん》してしまったらしい。

「立て、立つんだ。生きて、女房に会いたくはないのか」

隼人は小堀の片腕をつかみ、無理やり引きずり上げた。のろのろと、小堀が重い腰を浮かせる。

二人は転げるように斜面を下った。

背後から、風を切ってつづけざまに矢が降ってくる。

突然、隼人の左脚に鋭い痛みが走った。

太腿《ふともも》に矢が生《は》えている。それでも、隼人は足を止めなかった。小堀の腕をつかんだまま、ブナ林に飛び込む。

むっとした草いきれが鼻をついた。

「小堀どの、走るぞ」

そう言って、隼人が横を向いたとき、鈍い音がした。

隼人のかたわらに立っていた小堀が、地面に昏倒し、全身を苦しげに痙攣《けいれん》させる。その喉もとに、ふかぶかと矢が突き刺さっていた。

「小堀どの……」

かがみ込んで小堀の肩を揺すったが、すでに手遅れだった。カッと見開かれた目が、虚空《こくう》をうつろに見つめている。

「ふはは……」

そのとき、あざ笑うような高笑いが響いてきた。隼人が顔を上げると、

「関白の犬どもめ、思い知ったか」

口をゆがめてののしりながら、丸木《まるき》の弓を手にした男が、前方のブナ林の陰から姿をあらわした。総髪を伸ばした、土くさい顔の大男である。

「おまえは……」

その顔を見て、隼人はうめいた。

男は昨夜、川上郷の村長の集まりで、ただひとり反抗的な態度をとった、伯母谷の将監であった。

「なぜ、きさまがこんなところに」

「おまえらが伯母谷を通ったときから、後をつけていたのよ」

「こんな真似をして、ただですむと思うのか」

隼人は目をいからせた。

「ふん」

将監が鼻を鳴らす。

「峠でオオカミに食われたとでも言えば、誰も不思議に思やしねえ。なにしろ、この奥吉野の山中には、血に飢《う》えた獰猛《どうもう》なオオカミが多いんだ。おまえらの死骸も、オオカミが骨まで始末してくれるだろう」

「……」

小堀の亡骸《なきがら》から手を離し、隼人は立ち上がった。

「おれたちを殺して何になる。抵抗したとて、最後には関白さまのご威光にひれ伏すしかないのだぞ」

「うるせえッ」

将監が怒鳴った。

「おまえらに、おれたちの気持ちがわかるかよ。おれたちが、唯一の誇りにしてきた由緒ある家紋を灰にしやがって」

将監は背中にくくりつけた矢壺《やつぼ》に手をやると、矢を一本引き抜いた。弓につがえ、ギリギリと引き絞《しぼ》る。

その距離、三間（約五メートル）とないだろう。

斜面を下って追いついてきた将監の仲間が、隼人の周囲を取り囲んだ。もはや、逃げ場は残されていない。

心臓が、喉からせり上がりそうになった。むやみに唇が乾く。

（こんなところで死ねるか）

と思ったとたん、妙に肚《はら》がすわってきた。

隼人は腰の刀を抜き放ちざま、将監めがけて斬りかかった。

将監の弓から矢が放たれるのが見えた。そそけ立った頬に風が当たる。

どうやって矢を避けたのか、記憶にない。

瞬間、目の前がゆがみ、すべての物音が耳に入らなくなった。ふたたび、風のざわめきが聞こえてきたときには、首を失った将監の巨体がクマザサの上にゆっくりと倒れていくところだった。

刀が鮮血に濡れている。

将監の首は笹の葉陰に埋もれたのか、どこにも見当たらない。

膝頭《ひざがしら》がふるえた。

おそろしい怒声とともに、後ろから矢が飛んでくる。

隼人は茂みをかきわけ、踊るように走りだした。矢が、音をたてて耳の横を擦過する。

木の根につまずき、転げてはまた走った。

腕を、脚を、生ぬるい血潮《ちしお》がぬらぬらと濡らしたが、不思議と痛みは感じなかった。生き延びようという本能だけが、隼人の傷ついた体をつき動かした。

尾根を二つ越え、谷に出た。

崖下に、夏の日ざしにきらめく清冽《せいれつ》な流れが見えた。何という名の川かはわからない。だが、川づたいに下っていけば、いずれは里に出られるはずだ。

隼人は崖をまわり込み、河原へ下りた。

早い流れの川だった。深さは、隼人の臑《すね》くらいまであるだろう。

背中に斑点のあるイワナが、岩陰でじっとしている。人に対する警戒心を知らないのか、手を差し伸べれば、簡単にわしづかみできそうだった。

むろん、いまの隼人にそんな余裕はない。

追っ手が近づく前に、少しでも距離をかせいでおかねばならなかった。

隼人は、水を蹴《け》立《た》てて走りだした。

早瀬に流されるようにして川を下り、岩につかまって白く泡立つ奔湍《ほんたん》を乗りきった。

半刻ばかり走ったところで、後ろを振り返った。

追跡者の影はどこにも見えない。あるいは、隼人の姿を見失い、あきらめて引き返したのかもしれない。

安堵感が胸をひたした。

と同時に、それまで忘れていた傷の痛みが、にわかによみがえってきた。

太腿が灼《や》けつくように痛む。

全身をさぐると、太腿のほかに右の上腕部《じようわんぶ》にも浅手《あさで》を負っていた。渓流の水で傷口を洗い、袴を引き裂《さ》いた布で血止めをして、ふたたび川を下りはじめる。

行けども、行けども、里は見えてこなかった。川の両岸には、サワグルミやカエデなどの樹木が重なり合い、どこまでも広がっている。

足がガクガクした。膝が笑っている。

それから、どれほど歩きつづけたのかわからない。気がついたときには川幅が広くなり、流れがゆるやかになっていた。

樹々の向こうに吊《つ》り橋がかかっているのが見える。

藤の蔓《つる》を編《あ》んだ、粗末《そまつ》な吊り橋であった。

吊り橋の岸辺に、茅葺《かやぶ》きの屋根をのせた民家が数十軒、肩を寄せ合うようにして建ち並んでいる。

(集落だ……)

隼人は岸へ上がるため、川べりに突き出た岩に手をかけた。岩壁の裂けめに足を乗せ、さらに上の岩をつかむ。

そのとたん、頭上から投網《とあみ》のようなものが降ってきた。はずみで、つかまった岩がぐらりと揺らぎ、隼人の体は岩もろとも川底にたたきつけられた。

目の前に闇が落ち、意識がふっと遠くなっていく。

七

庭がある。

白砂《はくさ》は大海、岩は海に浮かぶ七つの島々——。

白砂と岩のみで海をあらわした、枯山水《かれさんすい》の庭であった。庭の三方は褐色《かっしょく》の練《ね》り塀《べい》でかこまれ、北側だけが檜皮葺《ひわだぶ》きの建物になっている。

筧隼人は、その庭の白砂の上に引き据《す》えられていた。

両手は背中で後ろ手に縛り上げられている。

隼人の両脇には、白い水干《すいかん》姿の衛士《えじ》が二人、六尺棒《ろくしゃくぼう》を持って立っていた。

隼人の顔面は、川底に転落したときの擦《す》り傷で腫《ふ》れ上がり、唇の端からしたたった血が、顎のところでどす黒くかたまっている。

ぼんやりとかすむ目で正面を見ると、庭に面した建物の広縁《ひろえん》に、数人の人影が見えた。

白粉《おしろい》を厚く塗った顔に、垂纓《すいえい》の冠、黒い束帯《そくたい》。堂上《とうしょう》の公卿《くぎょう》の格好《かっこう》をした男たちである。

ずらりと居並んだ男たちのなかで、いちばん年かさに見える白髪《しらが》頭の老人が、

「これ、そなた」

と、隼人に声をかけてきた。

「この皇子谷は、よそ者が決して足を踏み入れてはならぬ地じゃ。それを知ったうえで、ここへ参ったのか」

「皇子谷……。ここは皇子谷の集落なのか」

隼人は驚きの声を上げた。

皇子谷と言えば、隼人が小堀源介とともに訪ねるはずだった北山郷の山里である。

「おれは怪しい者ではない」

隼人は言った。

「京都所司代前田玄以さまの家臣、筧隼人という者だ。大坂城におられる関白さまの御命令で、不正に使われている家紋を取締りに来た。すぐに、この縄《なわ》を解いてくれ」

「ほ、関白の命令とな」

と、白髪頭の老公卿がけげんそうに首をかしげる。

「大坂の関白とは、いったい何のことじゃ。関白は大坂になどおらぬぞよ」

「なに……」

「それに、家紋を取り調べろなどという命を下した覚えもないが」

老公卿は、まわりにいる束帯姿の男たちと目を見かわした。男たちはうすく紅を差した唇をすぼめ、首を縦に振る。

「そんなはずはない。おれのふところに入っている、関白秀吉さまの下し文を見ればすべては一目瞭然だ……」

「秀吉じゃと？　誰じゃ、それは」

「いいかげんに、とぼけるのはやめろ。関白と言えば、豊臣秀吉さまのことに決まっているではないか」

隼人が言い返すと、居並んだ男たちは手にした笏《しやく》で口もとを押さえ、さざめくように笑いだした。

「いったい、何がおかしい」

「ほほほ、これが笑わずにいられるものか。この世のなかで関白と申せば、このわし、一条良隆《いちじようよしたか》しかおらぬというに」

「おまえが、関白だと」

「そうじゃ」

老公卿が、しごく当然といった表情でうなずいた。

「平安の昔から、関白になれるのは藤原《ふじわら》一門、それも、藤原北家《ほつけ》の近衛《このえ》、九条《くじよう》、二《に》条《じよう》、一条、鷹司《たかつかさ》の五家の者のみと決まっておる。豊臣などという姓は、聞いたこともないぞよ」

「……」

隼人は言葉を失った。

老公卿の言う通り、かつて関白職は藤原氏出身の公家《くげ》だけのものとされてきた。それを、天下人となった秀吉が強引にねじ曲げたのだが、その秀吉の名すら知らないとは、この里の連中は奇妙すぎる。まして、おのれを関白だと名乗るにいたっては、異常としか言いようがない。

「さような、にせ関白の下し文を所持しておるとは、怪しいやつめ。どうしてくれようかのう、みなの衆」

皺に埋もれた目の奥を光らせ、老公卿が一同を見渡した。

「土牢《つちろう》に閉じ込め、餓死《がし》させるのがよろしいと思いますが」

いちばん端にいた、うすい口髭《くちひげ》の男が言った。

「それは、手ぬるいぞ。刑部卿《ぎようぶきよう》どの」

と、別の男が口をはさむ。

「即刻、この場で首をはねたほうが、手間がはぶけてよい」

「いやいや。女御《にようご》の入内《じゆだい》が近々迫っておじゃるに、村を血で汚すのは感心せぬが」

男たちは、口々に隼人の処分を協議しはじめた。もったいぶった顔はしているが、人を殺すぶっそうな話に、嬉々として興じているように見える。

「みな、静まるがよい」

一条良隆と名乗る老公卿が声を張り上げ、男たちを制した。

「こうして、われらだけで協議していてもはじまらぬ。ここは、宮さまの直裁を仰ごうではないか」

おおそうじゃ、という声が男たちのあいだから上がった。

「刑部卿、幔幕をめくり申し上げろ」

「はっ」

口髭の男が席を立ち、広縁の奥へ入っていく。

そこには、目もあやな綾羅錦繍《りょうらきんしゅう》の幔幕が掛かっていた。幔幕の左右に、巨大な紋章が金糸で縫い取られている。

向かって右側に、十六弁《べん》の菊の紋。

左側に、五七《ごしち》の桐。

その幔幕に向かい、公卿たちがいっせいに頭を垂れた。刑部卿が紐を引き、しずしずと幔幕をめくり上げていく。

格子が見えた。

金箔《きんぱく》でも貼ってあるのだろう、格子は金色に輝いている。目を凝らすと、格子の向こうの暗がりに、何かうごめくものがいた。

「宮さま。この者、いかがいたしましょうか」

一条良隆が、格子の奥に向かって厳《おごそ》かな口調でたずねる。

――ギエッ、ギギッギィ
そいつは黄金《こがね》色の格子をつかみながら、牙を鋭く剝き出した。

大猿だった。

しかも、全身、ふさふさとした白い毛におおわれている。

「ははっ、さようでございますか。土牢に閉じ込めておけと……。さっそく、御意《ぎょい》のままに取り計らいましてございます」

良隆の合図で幕が下ろされると、男たちはその前で、うやうやしげに平伏した。

(こいつら、狂っている……)

隼人は、肌があわだつ思いがした。

八

暗い土牢だった。

断崖の土壁に穴を掘り、入り口に太格子《ふとごうし》をはめ込んだものである。

隼人は両手に縄をかけられたまま、土牢の床に横たわっていた。傷口から血の匂いがするせいか、蠅《はえ》ほどもある大きなヤブ蚊が近くに寄ってくる。追い払うことはできなかった。汗と埃にまみれた手足が赤く腫れ上がり、おそろしくむずがゆい。

太格子の向こうに、集落の屋根が見えた。

夜更け過ぎの村は、青白い月明かりに濡れながら、死んだように寝静まっている。

（奇妙な村だ）

隼人は思った。

この皇子谷に、南朝の落人が住み着くようになってから、すでに二百年近くの時が流れていることになる。

おそらく最初は、落人狩りが怖さに外界との接触を断ったのだろう。それが十年経ち、二十年経つうちに、どこか狂った閉鎖社会を生み出してしまったものらしい。

（この穴蔵《あなぐら》で、やつらの狂気の生《い》け贄《にえ》になるのか……）

大坂城下の騒々しいばかりの賑わいや、京の町家《まちや》のしっとりとした灯《あか》りが、むしように懐かしかった。

寝つかれないまま、隼人が瞼をうすく閉じたとき、突然、耳の底に草履《ぞうり》の音が響いてきた。

あたりをはばかるような、ひそやかな足音だった。早足で坂をのぼり、しだいに土牢に近づいてくる。

隼人は目を凝らし、外を見た。

女だった。暗くて顔はよくわからないが、ほっそりとした体つきの、若い娘のようである。

女は灌木《かんぼく》の茂みを抜け、牢の前まで来ると、格子をつかんで身をかがめた。

「おまえはッ」

思わず声を上げた隼人に向かって、女は人差し指を唇に当て、お静かに、と低くささやいた。

滝壺で出会った、あの娘であった。

抱きすくめた白い裸身が、いまも強烈な記憶となって隼人の脳裡に焼きついている。

「なぜ、おまえがこんなところに」

「私はこの皇子谷の者よ」

「おまえが皇子谷の……」

隼人は格子ごしに、娘の美しい顔をまじまじと見つめた。

「私の名は千草《ちぐさ》。あなたは、筧隼人さまね」

「どうしておれの名を知っている？」

「村人たちの話を、盗み聞きしていたのよ」

千草は目を伏せると、太格子の扉にかかっていた閂《かんぬき》を外しはじめた。

「なにをするつもりだ。おれを逃がせば、おまえが咎《とが》められるだろう」

「いいの」

千草がほほ笑んだ。

「私も、あなたと一緒にここから逃げるから」

「逃げるだと……」

「ええ。こんな狂った村にいるのは、もういや。さっき、村の者が女御の入内が近いと言っていたでしょう」

「ああ、たしかに」

隼人は男たちの会話を思い出してうなずいた。

「あの女御というのは私のことなの。私は、村人に〝宮さま〟と呼ばれてあがめられている白猿に、生け贄としてささげられることになっているのよ」

「ばかな」

隼人が吐き捨てた。

「いいえ、本当のことよ。この村では、ずっと以前から白猿を村の守り神として祀り、穢《けが》れのない処女《おとめ》を猿の妻にする決まりになっているの。昨夜《ゆうべ》、私が滝壺で身を清めていたのも、すべてその儀式のため……」

千草は憂《うれ》いを含んだ目で、隼人を見た。

千草の話によれば、かつて、この谷に逃れてきた南朝の落人の一行は、あるじの皇子を中心に、たがいを関白や内大臣などと呼びならわし、山里の寂しさから心まぎらわしていたのだという。数年後、皇子が病《やまい》で亡くなってからは、皇子が可愛《かわい》がっていた白猿を〝宮〟の身代わりとしてあがめるようになったらしい。

「それ以来、先代の猿が死ぬと、どこからか新しい白猿をつかまえてきては、よその里からさらってきた娘をささげるの。私も子供のころにさらわれてきて、ずっとここで育てられたのよ。以前は運命だと思ってあきらめていたけれど、あなたに出会って外の世界を知ってから、この村は狂っているとはっきり気づいたわ」

「そうだったのか……」

　隼人は低くつぶやいた。

　千草の華奢《きゃしゃ》な手が閂を外した。扉を開けて土牢のなかに入り、懐刀《ふところがたな》で隼人の手首をいましめていた縄を断ち切る。

「私と一緒に逃げてくれる？」

「むろんだ」

　隼人は縄を払い落とし、しなやかな黒髪ごと、千草の肩を抱き締めた。

「行くぞ」

　隼人は千草の手を引いて外へ出た。

　木立の向こうに、濡れるような闇が広がっている。頬をなぶる風が、妙になまあたたかい。

　女の手引きで、隼人は集落の背後にある黒い森に入った。

「この森を抜けると、どこへ出るのだ」

　走りながら、隼人が聞いた。

「下流の川岸よ。そこに、村の者が使う筏《いかだ》がつないであるわ。川を下れば、熊野の海まで出られるはずよ」

がする。

「わかった」

二人は下草に埋もれた細い道を走った。森の奥で、ホウホウと梟《ふくろう》の陰気な鳴き声

ときおり、傷の痛みのために足もとをふらつかせる隼人を、千草が横から支えた。たおやかな外見に似合わず、芯《しん》の強い娘らしい。

やがて、山の尾根に出た。

皇子谷の集落が、はるか足もとに沈んで見える。

「こっちよ」

と言って、尾根道を下ろうとした千草の足が、ふと止まった。

「どうしたのだ?」

「どうやら囲まれてしまったらしいわ」

千草の白い顔が、みるみるうちに青ざめていった。

九

杉木立の樹上に、青い点が光っている。邪悪な目だった。

見まわすと、右にも左にも無数の目が光り、二人をじっと見下ろしている。

「あれは、人間ではないわ……」

震える声で千草が言った。

「人間ではない？」

「猿よ」

「猿……」

なるほど、闇に光る目は人間のそれではない。ギッギッという、敵意に満ちた鳴き声も聞こえる。

隼人は地面から小石を拾い上げると、樹上の猿に向かって投げつけようとした。その手を、横から千草が押さえる。

「待って。そんなことをしたら危ない」

「たかが猿だ、案ずることはない。少し脅《おど》してやれば、すぐに逃げていくだろう」

そう言うなり、隼人は石を投げつけた。

――ギャッ
獣の悲鳴が上がった。ガサガサッと枝が揺れ、猿が転げ落ちてくる。石が急所に命中したのか、地面に落下した猿は、それきり動かない。

にわかに、樹上の猿たちがざわめきだした。

枝から枝へ飛び移り、凶暴な雄叫《おたけ》びを上げて木立を駆けまわる。

「いけない……。やつらを怒らせてしまった」

隼人の袖に、千草がすがりついた。

突然、頭上の太枝が揺れ、猿が跳躍してきた。千草の肩にしがみつき、小袖の上から歯をたてる。

「くそッー」

隼人は手を伸ばし、猿をたたき落とした。

しかし、猿はあとからあとから二人めがけて襲いかかってくる。頭に、首に、腕に、足に、毛の生えた猿の手が巻きつき、隼人は地面に引き倒された。

すぐそばで、女の悲鳴が上がった。

隼人は必死に顔をねじ曲げ、声のするほうを見た。

千草の上に、巨大な影がおおいかぶさっている。白猿だ。皇子谷の連中が、〝宮さま〟とあがめていた猿である。

大猿は、千草の小袖をめくり上げ、太腿を撫で上げていた。

「おやめッ！　おやめったら」

千草は叱責《しっせき》するように声を上げたが、しょせん、相手はけだものである。猛《たけ》り狂った逞《たくま》しい陽物を誇示するように近づけてきた。

「いやッ……」

千草が苦痛に顔をゆがめる。

「このやろうッ！」

隼人は群がる猿どもを渾身《こんしん》の力ではねのけ、後ろから白猿につかみかかった。白猿とともに、草むらを転がる。
二、三回転したところで、杉の根もとにぶち当たって止まった。すばやく身を起こすと、隼人は足もとに落ちていた杉の枝を拾い上げ、牙を剝き出して襲いかかる白猿の顔面に、鋭くとがった枝の先端を突き出した。
猿の左目に、ふかぶかと枝が突き刺さる。

あふれだす鮮血で、白い毛がたちまち真っ赤に染まっていった。

白猿は顔を押さえ、低い唸《うな》りを上げながら後じさっていく。隼人が威嚇《いかく》するように一歩、足を踏み出すと、とてもかなわないとでも思ったのか、大猿は風をくらったように林の奥へ走り去った。

その後ろ姿を見送って、隼人は荒い息をととのえた。

振り返ると、あれほどたくさんいた猿どもが、いつのまにか姿を消している。

隼人は千草のところへ戻り、手を取って立ち上がらせた。千草は乱れた小袖の裾《すそ》を直し、隼人を見上げる。

「行きましょう」

娘に導かれ、隼人は坂を駆け下りた。

坂の下は、荒涼とした谷になっていた。穂の白いすすき野原の向こうに、岩を嚙《か》む川の音が聞こえる。

千草が言っていた通り、川べりに打ち込まれた杭《くい》には、筏が五、六艘《そう》つないであった。藤蔓《ふじづる》で丸太を組んだ、頑丈《がんじょう》そうな筏である。

筏は、杉の丸太を材木の集散地である熊野の新宮《しんぐう》まで流すためのものだろう。皇子谷のような山奥の村では、伐採した材木が貴重な収入源なのだ。

「さあ、早く」

千草がうながした。

草むらに転がっている竹竿《たけざお》を拾い上げ、敏捷《びんしょう》な動作で筏に飛び移る。つづいて、隼人も飛び乗った。

川岸の杭に結びつけられた縄を、隼人がほどきかけたとき、

「追っ手だわ……」

千草が凍りついたような声を上げた。

見ると、斜面を下って松明《たいまつ》の群れが近づいてくる。さきほどの大猿との死闘を、皇子谷の集落の者たちに聞きつけられてしまったのだろう。

隼人は、高鳴る鼓動を押さえながら縄をほどき、川岸を足で蹴って筏を流れに押し出した。

十

筏がゆっくりと岸を離れた。

千草の手から竹竿を受け取り、隼人は川底を強く突いた。川の中央まで出ると、筏は流れに乗り、急激に速度を増しはじめる。

一足遅れで岸に降り立った衛士たちが、怒声を上げてこっちを指さしている。男たちは手にした松明を投げ捨て、二艘の筏に三、四人ずつばらばらと飛び乗って追跡をはじめた。

激流が丸太のふちを洗う。

川中に突き出た岩に何度もぶち当たりながら、筏は早瀬を落下するように下っていく。泡立つ奔湍としぶきが、夜目にも白い。

木の葉のように、筏が激しく浮き沈みした。

「しっかりつかまれッ!」

隼人は、千草に向かって声を投げた。千草は筏の上にべったりと座り込み、必死に藤蔓にしがみついている。

目前に、大岩が迫ってきた。

このまま行けば、筏は正面から岩にぶつかって木っ端みじんだろう。隼人は竹竿で岩を突き、間一髪、難を逃れた。

「衛士たちが近づいてきたわ」

千草の声に後ろを振り向くと、追っ手との距離はわずか十間(約十八メートル)ほどに迫っていた。

村人のほうが、筏の扱いに熟達している。岩に筏の角をぶつけながら川を下る隼人たちに比べ、彼らは筏をうまく流れに乗せて滑るように下ってくる。

手に手に、六尺棒を構えた男たちの姿が見えた。接近して、隼人をたたき伏せるつもりなのだろう。どの男も、目の奥をらんらんと光らせている。

「危ないッ」

千草が叫んだ。

敵に注意を奪われているあいだに、流れが大きく右へ蛇行《だこう》した。力いっぱい崖を竿で突き、どうにか曲がり切ったと思ったところへ、岩が立ちふさがった。

——あッ！

と思ったときには、筏は正面から岩に激突していた。

藤蔓がちぎれ、丸太がばらけた。

六本あった丸太が左右、三本ずつに分かれて、散り散りに流されていく。隼人と千草は、同じ右側のほうの片割れに必死にしがみついていた。

筏は半分になりながらも、どうにか川を下っていく。

隼人は後ろを振り返った。

水しぶきをもろに浴び、千草の黒髪がぐっしょり濡れて首筋に貼り付いている。

「けがはないか」

「ええ、大丈夫」

千草が血の気の引いた顔でうなずく。

いまの衝撃で、竹竿は失われていた。あとは、運を天にまかせて流れに乗っていくしかない。

筏が跳《は》ね上がった。

必死に丸太にしがみつく。流れては岩にぶつかり、ぶつかっては流されていくうちに、追っ手がしだいに接近してきた。

その距離、わずか三間とない。

敵の筏のうちの一艘が、隼人たちのすぐ間近まで迫った。

「やろう、逃がすものかッ！」

先頭にいたあばた面《づら》の男が、身を乗り出し、腕を伸ばして千草の衿首《えりくび》をつかんできた。その指に、千草が思い切り嚙みつく。

男は顔をゆがめ、体勢を崩して水中に落下した。男の姿は急流にもまれ、すぐに見えなくなる。

瀬がさらに早くなった。

近づいてきた敵の筏が、隼人たちの筏の横に並び、激しくぶつかってくる。

「女をこちらへ渡せッ」

と、男のひとりがわめいた。

「女は、宮さまに女御としてささげるのだ。すなおに渡せば、命だけは助けてやるぞ」

「断るッ」

隼人は叫んだ。

「何が宮さまだ。あいつは、ただの猿ではないか」

「なにをッ」

男は顔面を朱《しゅ》に染め、いきなり六尺棒を振り上げた。隼人の頭上めがけて棒をぶん回してくる。

隼人はとっさに首をすくめ、手で水をすくって相手の顔にぶっかけた。目標を見失った男は、見当違いの岩をしたたかに叩《たた》く。

「これを使って」

千草が、後ろから隼人に自分の懐刀を手渡した。隼人が刃物を抜き放つより早く、横合いから六尺棒が突き出される。

身を引いて攻撃をやり過ごすと、隼人は丸太を蹴って敵の筏に飛び移った。船端にいた男のふところに飛び込み、抜き放った短刀を腹に突き刺す。

虚《きょ》をつかれた男は、六尺棒を握ったまま、血しぶきを上げて筏から転げ落ちた。

「やりやがったなッ」

男たちが六尺棒を捨て、腰の太刀を引き抜いた。氷のような白刃が、月明かりを浴びて鈍く輝く。

隼人はじりじりと後ろへ下がった。

男たちが迫る。

狭い筏のうえでは、すぐに逃げ場がなくなった。隼人は筏の後尾に追い詰められる。足もとでは、激流が渦を巻いている。

男たちの顔は、獲物を追いつめた喜びで奇妙にゆがんで見えた。

隼人は、全身の血が逆流してカッと熱くなるのを感じた。

そのときだった。筏の行く手に巨岩がたちふさがった。隼人が川に飛び込むのと、筏が岩にぶつかるのは同時だった。

丸太がねじれるようにはじけ飛び、後ろから来たもう一艘も、渦に巻き込まれて巨岩に激突する。

男たちは岩にたたきつけられ、激流に呑み込まれた。

隼人は奔湍から浮かび上がった。

急流の向こうに、千草の乗った筏が見えた。

その筏をめざし、隼人は抜き手をきってゆっくりと泳ぎだした。

卜《ぼく》伝《でん》花《はな》斬《ぎ》り

一

梅雨《つゆ》があけたばかりの空は真っ青に晴れ渡り、強烈な日差しが、家々の屋根に、白く乾いた道に照りつけている。木陰にいても、背中や首筋がじっとりと汗ばんでくるほどである。

黒革の裁《た》っ着け袴《ばかま》に、火炎を思わせる色あざやかな猩々緋《しょうじょうひ》の袖なし羽織《ばおり》をつけた塚原新右衛門《つかはらしんえもん》――すなわち後《のち》の卜伝《ぼくでん》は、灼《や》けつくような日差しの下を歩いていた。腰に朱鞘《しゅざや》の大小《だいしょう》をたばさみ、肩幅の広い長身の背中に、鹿革の袋に入った枇杷《びわ》の木刀《ぼくとう》をかついでいる。

卜伝、二十五歳。

廻国《かいこく》修行のため、十七歳で故郷の常陸鹿島《ひたちかしま》をあとにして以来、八年の歳月がたつ。そのあいだ、立ち合った相手はじつに百五人。ただの一度も敵におくれを取ったことがないばかりか、一筋の傷さえ負わされたことがない。

（たまらぬ暑さだ……）

剣技鬼神のごとき卜伝も、さすがに身を焦《こ》がすような暑さには勝てない。

卜伝がいるのは、南国薩摩《さつま》である。

戦国時代はじめの永正《えいしょう》年間、薩摩国は守護の島津《しまづ》氏が領していた。島津氏の城下鹿児島に卜伝が入ったのは、ちょうど梅雨の終わり。雷鳴とともに梅雨があけると、こんどは南風にのって桜島《さくらじま》の火山灰が降ってくる。

空いちめんが鉛色《なまりいろ》に染《そ》まり、細《こま》かい火山灰が降ってきたときは、卜伝はこの世の終わりではないかとおどろいたが、土地の者たちはいたって慣れたもので、頭に菅《すげ》笠《がさ》をかぶったり、蓑《みの》を着たりして灰をしのいでいる。

卜伝はもうもうと灰の立ちこめる鹿児島の城下に三日滞在したあと、峯尾《みねお》峠を越えて枕崎《まくらざき》へ出て、さらに一路、九州の南の果てとも言うべき坊津《ぼうのつ》の地をめざした。

廻国修行中の卜伝が、坊津へおもむくことになったのには、いささかわけがある。

豊後府内《ぶんごふない》で立ち寄った先の山崎宗伯《やまざきそうはく》なる漢方医から、薩摩の坊津に古今無双のすばらしい刀術の使い手がいるという話を聞いたからである。

「名は一官《いっかん》。明《みん》の福州《ふくしゅう》から渡ってきた唐人《とうじん》で、その腕前たるや、明国《みんこく》皇帝の御前において武技を披露し、〝海南《かいなん》第一〟の称号を賜《たまわ》ったほどの達人でござります。卜伝どのも天下一の兵法者《へいほうしゃ》をめざすつもりなら、いちど異国の剣というものをご覧になってみてはいかがでございます」

漢方医の言葉に、卜伝はおおいに心を動かされた。

宗伯は、さらに言葉を付け加え、

「薩摩坊津は、さながら碧玉《へきぎょく》のように美しい湊《みなと》町でございますぞ。兵法もいいが、たまには浮世ばなれした南国の地で、心を安んじられるのもよろしかろう」

と、笑って、坊津で海商をいとなむ自分の知人に紹介状をしたためてくれた。

かくして、豊後府内を発《た》ってから半月後、卜伝は坊津の湊を見下ろす丘の上に立つことになった。

あいかわらず暑い。灰の降る鹿児島を離れていっそう、照りつける日差しは強くなったようである。

しかし、丘の上から坊津の湊を見下ろした卜伝は、その暑ささえ忘れるほど、眼前にあらわれた景色の美しさに心を奪われた。

――碧玉のようだ。

と言っていた漢方医の言葉は、けっしておおげさではなかった。

寺の多い土地なのか、黒瓦《くろがわら》をのせた大寺の屋根が二十も、三十も見え、そのあいだに商家や民家がまるで貝殻を散らしたように、背後の山から海ぎわの平地までびっしりと建ち並んでいる。家並みの向こうは、目のさめるように美しい蒼々《あおあお》とした南国の湊で、その湊を両側から抱くようにのびた岬が、濃い緑の木立につつまれていた。

湊の出入り口には、小さな島がひとつふたつ浮かび、かなたには、ひろびろと広がる東シナ海が群青《ぐんじょう》色に光っている。丘の上に吹き上げてくる風まで海の色に染まってしまいそうな風景である。

常陸の荒涼とした海を見て育った卜伝には、その南国の明るい海の景色はひどく新鮮にうつった。

坊津は、はるか遣唐使船《けんとうしせん》のむかしから、大陸との貿易の一大拠点として栄えてきた。南から、坊浦《ぼううら》、泊浦《とまりうら》、久志浦《くしうら》、秋目浦《あきめうら》とつらなる四つの入江があり、その天然の良港に足跡をしるした者も多い。古くは、艱難辛苦《かんなんしんく》のすえに日本へ渡海した鑑《がん》真和上《じんわじょう》、臨済《りんざい》禅の祖栄西《ようさい》、曹洞《そうとう》禅の祖道元《どうげん》、さらには画僧として高名な雪舟《せっしゅう》――坊津の地に上陸し、あるいはこの地から大陸へ船出していった者は数知れない。

その繁栄は戦国の世に入ってもなおつづき、卜伝がおとずれた当時、坊津の入江には琉球《りゅうきゅう》船や唐船《からぶね》が、日本の船にまじって幾艘《そう》も見受けられた。

卜伝は、豊後の漢方医から紹介された海商の屋敷を捜して坊津の町を歩きまわった。

町は褐色《かっしょく》の石畳《いしだたみ》がつづき、道の両側に石塀でかこわれた家々が軒《のき》をつらねている。浜沿いには白壁やナマコ壁の蔵が建ち並び、そのあいだを海からの潮風が吹き抜けていた。

強い日差しのせいか、通りを行きかう者は少なく、昼下がりの湊町は死んだようにひっそりと静まりかえっている。

潮の匂いを嗅《か》ぎながら石畳の道を歩いていた卜伝は、とある一軒の民家の前で、ふと足をとめた。

(これはめずらしい……)

卜伝の視線をとらえたのは、民家の石塀のきわに咲く大きな白い花だった。

南国の陽光を浴びて輝くその花は、人の背丈よりも高い草の葉陰に、さながらしずくのように無数に垂れ下がっている。形は百合《ゆり》に似ているが、それよりもずっと大きく、甘くみずみずしい芳香をあたりに惜しげもなく漂《ただよ》わせていた。

ほかの地方では見たこともない、不思議な花である。

「南国の花か……」

卜伝がつぶやき、手をのばして花の一輪に触れたときだった。

「それは、朝鮮朝顔《ちょうせんあさがお》と申します」

すぐ近くで、ものやわらかな女の声がした。

はっとして卜伝が振り返ると、石畳の道の途中にうら若い娘が立っている。まだ二十歳まえであろう。卯《う》の花色《はないろ》の涼やかな小袖《こそで》を着た娘は、面長《おもなが》で、花よりも白い臈《ろう》たけた顔をしている。

南国薩摩では、色浅黒く、丸顔の者が多いが、この娘はそうではなかった。あるいは、唐人の血がまじっているのかもしれない。

卜伝は娘の顔から花のほうに目をそらすと、

「朝鮮朝顔というと、これは朝鮮から渡ってきたものなのか」

「いえ。もっと、南の国から伝わってきたものと聞いております」

娘は打てば響くようにこたえた。

「南の国から伝わった花に朝鮮の名が冠せられるとは、ずいぶんと不思議な話だな」

「ええ、ほんとうに」

「このあたりには、異国伝来の草花が多いのか」

「海商たちが異国の草花を持ち帰り、屋敷の庭に植えては楽しんでおります。朝鮮朝顔も、海商の誰かがこの湊に持ち帰ったものなのでしょう。いまでは、坊津の寺や家のどこの庭にでも咲いております」

「なるほど……」

卜伝はさきほどから、娘の話よりも、南国の花の匂いにまじってそこはかとなく漂ってくる、娘の甘い髪の香りのほうに気を取られていた。女に心を動かすなど、兵法者にあるまじきことと思い、つとめて無表情な顔を娘のほうに向ける。

「ときに娘御、このあたりに入来加兵衛《いりきかへえ》という海商の屋敷はないか」

「入来加兵衛……」

「知り合いに紹介され、その御仁《ごじん》の屋敷をたずねるところなのだ」

「入来さまのお屋敷でしたら」

娘は自分がやって来た石畳の道の背後を振り返り、

「この道をまっすぐ行って、一乗寺《いちじようじ》というお寺の角を左へ折れ、倉浜《くらはま》に面した豪商屋敷の一画にございます」

「かたじけない」

卜伝は娘に礼を言うと、日ざかりの道を足早に歩きだした。

二

「ほう、廻国の兵法者とはめずらしい」

漢方医の紹介状から顔を上げた入来加兵衛が、目を細めて卜伝を見た。

年は五十近くになるだろう。入来加兵衛は、頑健な体軀《たいく》を持った大柄な男である。異国の海をまたにかけて商《あきな》いをしているだけあって、顔は浅黒く陽に焼け、全身に精気が満ち満ちていた。

入来家は、坊津の海商のなかでも三本の指に入るであろうといわれる豪商で、倉浜に面したその屋敷も、けた外れに豪壮なものである。卜伝が通された客間からは、青く透《す》き通った坊津の海をまぢかに望むことができ、黒檀《こくたん》の円卓や椅子、沈花《ちんか》牡丹紋《ぼたんもん》の青磁《せいじ》の壺などが置かれた部屋には、なんともいえぬ異国情緒が漂っていた。

「塚原どのは、これまで何人の武芸者と太刀《たち》をまじえられたのか」

入来加兵衛が興味津々《しんしん》といったようすで、たずねてきた。

加兵衛が興味を持つのも無理はない。このような南の果ての地では、卜伝のごとき廻国修行者がたずねて来ることはごくまれなことなのである。

「それがし、過去に百人を超える武芸者と立ち合い、いまだかつて一度もおくれを取ったことがござらぬ」

卜伝がこたえると、

「それは、たいしたものだ」

加兵衛は素直に驚いてみせ、卜伝の武勇伝や仕合《しあい》のようすを熱心に聞きたがった。卜伝は、十七歳のときに故郷の鹿島を旅立ち、京の清水寺《きよみずでら》の境内《けいだい》で落合《おちあい》庄右衛門《しょうえもん》を破って以来の仕合の数々を、淡々と語った。

よほど武芸好きなのか、壮年の海商は、

「ほう」

とか、

「おお」

とか感嘆の声を洩《も》らし、小半刻《こはんとき》（約三十分）もたつころには、わが子のように年の若い卜伝の腕前に、すっかり感じ入ってしまった。

入来加兵衛は、唐《から》渡りの茶を、卜伝にすすめながら、

「近々ぜひ、あなたの剣技を目の前で披露していただきたいものですな」

「否《いな》やはござらぬ」

卜伝はうなずき、

「じつは、それがしが坊津へ来たのは、この地に唐人の刀術の達人がいると聞いた

からでござる。加兵衛どのは、なにか噂《うわさ》を聞いておられぬか」

「唐人の刀術の達人というと、久志浦の一官のことですな」

「ご存じでしたか」

「知っているもなにも、一官は長年、琉球や明とのあいだを行き来する手前どもの船に乗り込み、積み荷を守る保鏢《ほびょう》（用心棒《ようじんぼう》）の役目をつとめておりました」

「荷船の護衛役をつとめるとは、やはり、その一官とやらは相当に腕が立つのでありましょうな」

「それはもう」

入来加兵衛は、力を込めてうなずいた。

加兵衛の話によれば、唐人の一官は、明国のなかでもとくに武術のさかんな土地として名高い河北《かほく》の滄州《そうしゅう》の出身であるという。先祖代々伝わる槍術《そうじゅつ》の使い手として、河北一帯では知らぬ者がなかったが、あるとき、さらに腕を磨《みが》こうと思い立ち、広大な中国大陸を旅して歩いた。江南《こうなん》の寧波《ニンポー》あたりまで来たとき、邑《むら》を荒らしている倭寇《わこう》にでくわし、得意の槍術をもってこれをたちまち撃退した。

この一官のはたらきを、たまたま目撃したのが、武芸の達人といわれた明国将軍の戚継光《せきけいこう》であった。一官の腕を見込んだ戚継光は、自分の部隊にかれを招き入れ、

みずからが編《あ》み出した、

——苗刀《びょうとう》

なる刀術を伝授する。かくして、苗刀の使い手となった一官は、将軍の死後、流れ流れて日本へ渡り、坊津の地で船の護衛をする保鏢となって暮らしていたのである。

「一官とは、苗刀の使い手でござったか……」

卜伝はうめくように言った。

「塚原どのは苗刀をご存じでしたか」

「噂には聞いたことがござる」

卜伝が苗刀の噂を聞いたのは、肥前松浦《ひぜんまつら》の地をたずねたときのことであった。

松浦は松浦海賊の根拠地だけあって、若いころ大陸で暴れまわったという倭寇の老人が少なくない。卜伝は、そうしたひとりから、大陸には倭寇を撃退するために編み出された、苗刀なる刀術があると聞かされたのである。

「かの国にはもともと、わが国における剣術のような、精妙な刀術がなかった。それを、剣を使って沿岸の邑々を荒らしまわる倭寇の一団に対抗すべく、明の一将戚継光が実戦的な刀術を考え出したのじゃ」

老人の話を聞いてから、卜伝は苗刀に興味を持つようになった。いつか苗刀の使い手と立ち合いたいと願っていただけに、いまここで、一官にめぐり会えたのは千《せん》載一遇《ざいいちぐう》の好機といえた。

苗刀に使う刀は刃渡り三尺八寸（約百十五センチ）。これに対し、日本刀の定寸は二尺六寸（約七十八センチ）、長い刀でも三尺二、三寸（百センチ弱）が限界である。両者を較べれば、苗刀がいかに長いものであるかわかる。しかも、苗刀は柄《つか》も一尺二寸（約三十六センチ）と長いため、全体で五尺（約百五十センチ）におよぶ長大なものになる。

苗刀に使う刀のもうひとつの特徴は、身幅の細さである。幅が一寸二分（約四センチ）ときわめて細く、刃渡りも長いため、その形が稲の苗のように見えるところから「苗刀」の名で呼ばれるようになった。

さらに、苗刀には、ほかの中国の刀術と決定的に違うところがある。それは、両手で柄を持ち、相手に斬りかかる点である。中国の刀術は、ふつう刀を片手であやつるものだが、苗刀にかぎっては日本の剣術と同じように、刀を両手であやつるのである。あきらかに、倭寇に対抗するため、日本刀の長所を取り入れたものといえる。

苗刀の前には、さすがの勇猛果敢な倭寇もたじたじとなったというから、その刀術のすさまじさが知れよう。

「加兵衛どの。さっそくだが、その一官とやらの住まいを教えてはもらえぬか」

卜伝は早くも黒檀の椅子から腰を浮かせていた。

その卜伝を、入来加兵衛が手で制し、

「教えるのは結構ですが、そこへまいられても一官に会うことはかないませぬぞ」

「船に乗り込んで、ひと働きしているのか」

「いえ。じつは、一官は三月《みつき》前、持病の腎《じん》の病《やまい》のために死んだのです。老いてなお、刀術の腕前は鬼神のごとき男でしたが、病には勝てなかったのでしょう」

「そうか……」

卜伝は総身《そうみ》から力が抜け落ちるような落胆を感じた。苗刀に対する期待が大きかっただけに、一官の死はいかにも無念である。

「一官に弟子はいないのか」

卜伝は、あきらめきれずに聞いた。

「弟子なら、たった一人だけおります。久志浦の唐人町にある一官の家に住み込み、一官じきじきに苗刀の技を教え込まれた日本人の若者でございます」

「では、その男と立ち合えば、苗刀がわかるというわけだな」

「はい」

「その男の名は？」

「松井林助《まついりんすけ》」

口にしてから、加兵衛は恰幅《かっぷく》のいい顔をふと曇らせ、

「しかし、卜伝どの。あの男はいけませぬぞ」

「どういうことだ」

「師匠から技を教え込まれたまではよいが、いざ戦いとなると、臆病風を吹かせて逃げてしまうのです。保鏢としても、まったく役に立たず、土地の者たちからあざけり笑われております」

「その男、いまも一官の家に住んでいるのか」

「はい。ほかに身寄りのない男にございますれば」

「会ってみたい」

「たぶん、お会いになっても、がっかりなさるだけと思いますが……」

「いや、会えば何か得るところがあるはずだ」

三

卜伝は、入来家の小舟に乗って海へ出た。

入来加兵衛の屋敷は、坊津でもっとも南の坊浦にある。そこから岬をひとつ北へまわり込んだところが泊浦、唐人一官の弟子が住むという久志浦には、さらにもうひとつ岬をまわり込んで行かねばならない。

青く凪《な》いだ海の上を、ときおり、さあっ、さあっと、針をたばねたような光が走り去るのが見える。

「あれは何だ」

卜伝は舟をあやつる水夫《かこ》に聞いた。

潮《しお》焼けした水夫は、べつだんめずらしくもないといった顔で、

「キビナゴの群れがシイラに追われているのでごぜえますよ」

とこたえた。

岬を二つまわり込むと、ひろびろとした入江があらわれる。久志浦であった。

小舟はその久志浦の船着き場ではなく、少し離れた小さな湊に入っていく。土地の言葉で、〝江籠潭《えごんたん》〟と呼ばれるその湊は、腸《ちょう》のように細長く内陸に入り込み、鏡の

ごとく静謐《せいひつ》な深緑色の水面をみせている。

卜伝は、江籠潭で舟をおりた。

江籠潭の奥は、唐人町になっている。明の福州から移り住んだ唐人の家々が、三百軒あまりかたまって一種独特の風情《ふぜい》の町をなしている。風除《よ》けの石垣が家のまわりを取り巻いているのは、坊津のほかの民家と変わらぬが、そこが唐人の住まいである証拠に、入り口の門はすべてけばけばしいまでの朱《しゅ》で赤く色あざやかに塗《ぬ》られていた。門を赤く塗るのは、福を呼び込むための唐人の習慣である。

卜伝は通りすがりの唐人に、一官の家へ行く道をたずねた。ここに住む唐人は、みな倭語《わご》を解するらしく、日本人と変わらぬ言葉づかいでめざす家を教えてくれる。

一官の家は、航海の女神〝娘媽《ろうめ》〟を祀《まつ》った娘媽堂のすぐそばにあった。そこは唐人町の南はずれで、裏は小高い山である。

家の門は、やはり赤く塗られ、開け放したままになっていた。

卜伝は門をくぐった。入ってすぐのところに広い前庭があり、庭の片隅《かたすみ》に純白の花が繚乱《りょうらん》と咲き乱れている。

(朝鮮朝顔か……)

卜伝がその花に目をとめていると、庭に面した家の縁側のほうに人の気配がした。

「まあ、あなたは……」

驚いたように声をあげたのは、今朝《けさ》ほど、卜伝に道を教えてくれた若い娘だった。縁側から卜伝を見下ろし、白い頬《ほお》にほのかな朱を立ちのぼらせている。

「この家のお方か」

卜伝はあらたまった口調でたずねた。

はいと小さくうなずく娘に、卜伝はさらに重ねて、

「では、あなたはもしや、一官どのの娘御……」

「父の名をご存じですか」

「知っている。申し遅れたが、それがし塚原新右衛門と申す旅の武芸者。お父上より苗刀の秘技をご教示願いたいとやってきた」

「それは、何と申し上げてよいやら」

花よりも美しい娘の顔に、みるみる困惑の色がひろがる。

「遠路はるばるおたずねいただいたのに、父はすでに……」

「三月ほどまえに、病で亡くなられたそうだな」

「はい。ですから、あなたさまのお望みは残念ながらかないませぬ」

娘は、卜伝に家のなかへ上がるようにすすめた。卜伝はそれを断わり、ここでいいと言って、縁側に腰をおろす。

「あなたのお名前は」

「薇琴《びきん》と申します」

「薇琴どのか……。唐《から》の国の名だな」

「わたくしの父は、海のむこうから渡って来た唐人です。縁あって日本人の妻を迎え、わたくしが生まれました。父は、故郷を忘れぬために、わたくしに唐の国の名をつけたのでしょう」

「母上はどうされた」

「母は十年前、わたくしがまだ九つのときにみまかりました」

「林助という内弟子がいると聞いていたが」

卜伝はさりげなくたずねてみた。

「林助どのですか」

「うむ」

「林助どのは昔から家族も同然で、女のわたくしの手に余る畑仕事から薪《まき》割りまで、何でもよくやってくれます」

「お父上からじきじきに苗刀を学んだそうだが、腕のほうはかなり立つのか」

「ええ、腕が立つことはたしかなのです。稽古《けいこ》でも、三度に一度は父を破るほどの腕前でした。ただ……」

「ただ、何なのだ」

「あの方は、お気がやさしすぎるのです」

薇琴は秀麗な眉《まゆ》をくもらせた。

「亡き父が、よくこぼしておりました。林助は気性がやさしすぎる。それは並の人間にとっては美徳だが、武芸を志《こころざ》す者にはかえって仇《あだ》になると」

「…………」

たしかに一官の言うとおりであろうと、卜伝は思った。武芸者にとって人並みなやさしさとは、心をくもらす邪念以外の何物でもない。

「保鏢をやっていて、実戦の場で使いものにならなかったとも聞いた」

「ええ。林助どのは、たった一度船に乗ったきりで、あとは父がどんなにすすめても、自分の技を実戦で使おうとはしませんでした」

「しかし、妙な話だ」

卜伝は首をひねった。

「それほど気のやさしい男が、みずから進んで苗刀などという異国の武術を習おうとするとは……。争いが嫌なら、最初から武術など志さねばよいものを」

「林助どのが父の弟子になったのは、あの方の生い立ちのせいです」

薇琴の話によれば、松井林助はもともと豊前椎田《ぶぜんしいだ》の生まれだったが、津元《つもと》（網元《あみもと》）であった父が箕島《みのしま》の海賊と利権をめぐって争い、林助三歳のとき、生家が焼き討ちを受けるはめになった。海賊の手によって、林助の父と母は惨殺。海の荒くれ男たちが家族を殺戮《さつりく》し、家に火をつけまわるさまを、ただ一人生き残った林助は、物陰からじっと見ていたという。

その悲惨な事件の後、薩摩の身寄りのもとで育てられた林助は、成長するにつれ、家族を殺した海賊への復讐の念やみがたく、近在に苗刀の達人として知れ渡っていた坊津の一官のもとへ弟子入りすることになったのである。

「そういうことか」

薇琴の話を聞いて、卜伝は納得がいった。

「その林助という男、さだめし、幼少のときの恐ろしい体験が骨の髄《ずい》まで染《し》みついているのであろう。そのため、みずから刀をふるい、人の命を奪うことができなくなった」

「わたくしは、林助どのはそれでよいと思っております。むしろ保鏢などやらずに、この浦で魚でも漁《すなど》って暮らしたほうが、あの方のためです」

「林助はいま、この家で暮らしているのか」

「ええ。でも、師の娘であるわたしをはばかって、納屋《なや》のほうで寝起きしています。林助どのは、そういう心のこまやかなお人なのです」

「では、林助はいま納屋にいるのか」

卜伝は庭の奥にある納屋のほうに目をやった。

「いいえ。さきほどから、裏山にのぼっております」

「裏山に？」

「餅《もち》をつつむ月桃《げっとう》の葉を採《と》りにいくと言って、出ていったままです。あなたさまは、林助どのにお会いになりたいのですか」

「うむ。苗刀の話など、聞きたい」

「それなら、ここでお待ちになればよろしゅうございましょう。日暮れまでにはもどってまいりましょうほどに」

しかし、卜伝は一官の屋敷では待たず、裏山へその男を探しに行くことにした。

四

裏山は雑木林《ぞうきばやし》につつまれていた。

雑木林といっても、卜伝の育った関東あたりの閑寂《かんじゃく》なたたずまいの雑木林とはまったく違う。アコウ、ヤブニッケイ、マテバシイ、タブ、ソテツなどの暖地性の常緑樹がうっそうと生《お》い茂り、その樹木の下に、バショウやヘゴといった羊歯《しだ》植物があおあおと葉を伸ばしている。木々の梢《こずえ》からは、名も知れぬ南国の花が垂れ下がり、あたりは息苦しいような草いきれにつつまれていた。

樹林のなかに延びる一筋の道を、卜伝は男の姿を探しながらのぼった。山の中腹あたりまで来たとき、どこか林の奥から、

カッ

カッ

と、木を打ち合わせるような鋭い音が聞こえてくる。

(何の音だ……)

卜伝は立ち止まって、耳をすました。

どうやら音は、山のいただきのほうから響いてくるようである。歯切れのいい音

は、一向にやむ気配をみせず、規則正しくつづいている。

卜伝は、首筋に噴き出た汗を袖でぬぐうと、その音をめざし、足を早めて山道をふたたびのぼりはじめた。

山頂に出たとき、さしもの南国の長い日もようやく暮れかかり、眼下に見える坊津の海を夕映えがつつんでいた。海から吹き上げる風が、汗ばんだ肌に心地よい。

卜伝があたりを見まわすと、裏山のいただきは草地になっていて、その草地の真ん中に椎《しい》の巨木がただ一本、亭々《ていてい》とそびえ立っていた。

さきほど、卜伝が林のなかで耳にした音は、その椎の木の周囲から響いてくる。木を打つ音とともに、激しい気合の声が聞こえ、それがあたり一帯の空気をびりびりと震《ふる》わせていた。

「あれは……」

音のみなもとに目をやった卜伝は、思わず息を呑《の》んだ。

椎の木の下に、一人の若者がいた。年は卜伝よりひとつふたつ下か、あるいはもっと若いかもしれない。

その若者が、手に一振りの木刀を持ち、巨木に向かってさかんに打ち込み稽古をしているのである。

「トウッ」

「リャーッ」

男の口から激しい気合がほとばしり、椎の幹《みき》を打ち込むたびに太枝が波のように揺れた。男の体にみなぎる気迫、動きの軽捷《けいしょう》さ、一目見ただけでも尋常のものではない。

しかも、男が使っているのは、ただの木刀ではなかった。

木刀の手元には木製の鍔《つば》がはめられ、刀身と柄の境《さかい》をしめしているのだが、その刀身が異様に長い。ゆうに三尺八寸はあろう。柄も一尺二寸はあるように見えた。

刀身、柄あわせて五尺は、まさに苗刀に使用する長大な刀の長さである。

（苗刀の稽古をしているのだ……）

卜伝にはそれが、一官の弟子の松井林助だとすぐにわかった。

裏山に月桃の葉を採りにいくというのは口実で、林助は誰の目にもふれぬところで稽古をしていたのであろう。あるいは、師の生前も、そうしてひそかに稽古をつづけていたのかもしれない。

卜伝は藪《やぶ》に身を隠し、打ち込み稽古をつづける林助の動きを見つめた。

最初のうち林助は、日本刀による打ち込み稽古と同じように、木の二股になったところをめがけ、上段から打ちおろすだけの単調な稽古を繰り返していた。だが、やがて、突如、猿《ましら》のごとく地を蹴《け》って跳び上がるや、木の高いところにある太枝めがけて、空中から裂帛《れっぱく》の気合とともに斬りつける。

バキッと音をたてて太枝が折れ、林助が着地するのとほとんど同時に、地面に落ちて草の上を転がった。

（この技は……）

卜伝は目を細めた。

このような奇怪な身のこなしは、日本の剣技にほとんど皆無といってもいい。唯一、似たような動きをするのは、短刀術の場合だけである。

短刀術は、「小具足《こぐそく》」あるいは「鎧組討ち《よろいくみうち》」と呼ばれ、右手に短刀を持って敵に躍りかかり、至近距離から相手を刺殺する武術である。敵に接近するのに敏捷《びんしょう》な動きを要求されるため、跳んだりはねたりすることが多い。

しかし、この短刀術を別とすれば、わが国の剣術において、刀を持ったまま高く跳躍したりするような技はない。ただでさえ重量のある太刀を持っての跳躍は、態勢を崩《くず》すだけで、何の利点もないのである。

卜伝が見ているうちに、林助の動きが激しくなった。さっと横へ跳んで斬り下ろしたり、頭から地面に転がって足元を斬り払ったり、急に前へ踏み込み、槍《やり》のように切っ先を突き出したりと、じつに異様な動きをみせる。

（外道《げどう》だ……）

卜伝は思った。林助がおこなっているような奇怪な剣技は、わが国では外道の剣としてもっとも忌《い》み嫌われる。様式美を重んじる剣の世界では、邪剣、妖剣のたぐいにしかすぎないのである。

（だが、邪剣ときめつけてしまってよいものか）

卜伝は、林助の奇怪な動きが、けっして見た目の派手《はで》さのみを狙《ねら》ってやっているのではないことに、やがて気がついた。

その動きは一見、奇矯《ききょう》だが、きわめて理にかなっている。ひとつひとつの動きがやわらかく、無駄《むだ》がないのである。唐の国には、古くから伝わる素手《すで》の格闘技拳法《けんぽう》があるというが、どうやらその拳法の動きを苗刀は取り入れているらしい。

日本の剣術には「斬」と「突」しか技法がないが、拳法の動きを取り入れた苗刀には、「劈《へき》」「截《せつ》」「推《すい》」「刺《し》」「滑《かつ》」「崩《ほう》」「抜《ばつ》」「纏《てん》」「削《さく》」など、二十種あまりのさまざまな技法がある。林助の変幻自在な動きを見て、卜伝がおどろいたのも無理はない。

（この男と立ち合うとして、苗刀の多彩な動きをどう封じればよい……）

卜伝は、男の動きに何か致命的な欠点はないか、夕闇のなかにひらめく孤独な影を食い入るように見つめた。

そのとき——。

椎の巨木に挑みかかっていた林助が、不意に動きを止めた。木刀をだらりと垂らし、卜伝のひそむ藪のほうにするどい一瞥《いちべつ》をくれる。

「誰だッ！」

林助が声を発した。

卜伝は、いまさら逃げ隠れするまでもないと思い、藪のかげから出て、若者に歩み寄る。

「見事な技だった。唐土《とうど》伝来の苗刀の妙技、ほとほと感服いたした」

「あなたは……」

困惑したような顔をする林助に、卜伝はおのれの名と、苗刀の使い手、一官をたずねて来たいきさつを話した。

「ただいまの技を見て、ぜひとも貴殿と刀をまじえてみたくなった。もしよければ、いまここで仕合をしていただくわけにはいくまいか」

「仕合を……」

「さよう」

「それは、真剣の勝負ということですか」

林助の、武芸者にはめずらしい優しげな顔に、かすかに怯《おび》えの色が浮かぶのを、卜伝は見逃《みのが》さなかった。

「真剣が嫌ならば、木刀でもよい」

卜伝の申し出に、林助はしばらく考えていたが、やがて、

「せっかくだが、お断わりします。私は根っからの臆病者、あなたのような戦い慣れした兵法者相手では、とても勝負にならない」

「そのようなことはない。おぬしの技の切れ、動きのするどさ、尋常のものならずと見た」

卜伝はさらに、口をきわめて仕合をするように口説《くど》いたが、林助は頑《がん》としてそれを受けつけようとはしなかった。

「おぬし、それほどの技を持ちながら、なぜ実戦の場でおのが力を使わぬ。聞けば、おぬしは殺された親の仇討《あだう》ちをするため、一官どのに刀術を習ったそうではないか」

卜伝は挑発するように言った。

それを聞いた林助は、自嘲するようにうすく笑うと、

「仇討ちなど、いまにして考えれば私には及びもつかぬこと。私は目の前で父母が殺されたのを見たその日から、人の血を見るのが恐ろしくなってしまったのです」

「ならば、なにゆえ苗刀の稽古をつづけている。人に刀をふるわないのなら、なにも技を磨く必要はないではないか」

「それはお嬢さまを悲しませぬため……」

「お嬢さまとは、薇琴どののことか」

卜伝の問いに、林助は無言でうなずき、

「私がこの技を磨かねば、亡き一官さまがこの国に伝えた苗刀を教えひろめる者がなくなる。それでは、薇琴お嬢さまが嘆き悲しまれるでしょう」

「おぬしの思いすごしではないのか」

「いや、私はお嬢さまのために強くなりたい。強くなって、この臆病な心を克服したいのです」

「………」

卜伝がふと目をやると、海に夕日が沈もうとしていた。黄金の帯が海上に神々《こうごう》し

いまでに伸びている。

五

卜伝はその日から、海商の入来家に寝泊まりし、毎日のように唐人町の一官の家をたずねた。

林助の技はすでに、裏山で一度は見ていたが、苗刀の技がそれだけとは思えなかった。実際に剣をまじえてみねば、真の凄《すご》さはわからぬものである。

(木刀でもいいから、林助と立ち合ってみたい)

卜伝は、熱病にも似た執念を感じた。

ところが――。

一方の林助には、それがいたって迷惑らしい。卜伝が行くと、急に用事を思い出したと言っては、逃げるようにそそくさと家を出ていく。しかも、二、三日たつうちに、卜伝のたずねる刻限の見当がついたのか、わざと顔を合わせぬように、最初から外へ出てもどって来ないようになった。

「申しわけございませぬ」

すまなそうに頭を下げる薇琴に、

「あなたがあやまることはない。無理を承知で押しかけているのは、こちらのほうなのだ。それに、立ち合うも立ち合わざるも、すべては本人の気持ち次第のこと」

卜伝は、林助の気持ちを動かすため、唐人町へ通いつづけた。

林助の場合、幼いときの体験が障害になっているだけで、それさえなくなれば、剣をとって卜伝と五分五分の勝負になることは間違いない。あるいは、五分五分以上、場合によっては卜伝のほうが、苗刀の変幻自在な剣によって打ち倒されるかもしれない。

それでも卜伝が、林助との立ち合いをのぞむのは、卜伝自身、そこから日本の剣技にはない、まったく斬新な刀術の技法を学びたいためだが、その一方で、林助という苗刀の使い手の才を惜しむからでもあった。

(木の幹を相手にいくら技を磨いても意味はない。命を賭けた勝負に打ち勝ってこそ、真の達人になれるのだ)

それは、十七歳のときから廻国修行をつづけてきた卜伝の信念でもあった。

卜伝が一官の家に通いつづけて半月がすぎた。そのあいだ、林助はほとんど卜伝と顔を合わせることはなく、留守宅をたずねる卜伝を、いつも薇琴が一人でもてなした。

「いくらお通いになっても、無駄ではございませぬか」

その日、唐人風のうすい絹の衣服に身をつつんで縁側にあらわれた薇琴は、つねよりもいっそう美しく見えた。卜伝は娘の姿を、まばゆいような思いで見上げながら、

「薇琴どのは、ときにそうした唐人風のなりをなされるのか」

「今日は唐人町の娘媽堂の祭礼があるので、とくべつなのです」

薇琴が恥じらうような顔をする。

（美しい……）

と卜伝は思った。じっさい、卜伝が毎日のように唐人町をたずね、顔を合わせているうちに、薇琴は磨きがかかったように美しくなった気がする。

薇琴が自分に好意を抱《いだ》いていることは、なんとなく、卜伝にもわかっていた。

卜伝のほうでも、この清楚可憐《せいそかれん》な娘に心を動かされぬわけがない。いや、むしろ、卜伝が日をおかず唐人町に通いつめたのは、なかば薇琴に会いたいがためだったといってもいい。

（兵法者にあるまじきこと……）

卜伝はおのれをいましめた。

いまだ修行中の身にとって、女人に心を奪われるのがどれほど危険なことか。卜伝とてよくわかっている。天賦《てんぷ》の才がありながら、女人によって身を滅ぼした兵法者を卜伝は何人も知っていた。

(このままでは、林助と立ち合うどころか、自分自身がおのれを見失ってしまう)

卜伝は腸《はらわた》を断ち切られるような思いで、無心にほほ笑んでいる薇琴の顔から目をそらした。庭には、あいかわらず朝鮮朝顔の白い花が、みずみずしい芳香をまき散らしながら咲きほこっている。

「薇琴どの。わたしは明日、坊津を発ちます」

「明日、お発ちになる……。では、林助どのとの仕合はおあきらめになったのですね」

ついさきほどまで、卜伝に仕合をやめるようにすすめておきながら、薇琴の声はかすかにふるえている。卜伝がこれほど突然、坊津を去るとは思ってもいなかったのだろう。

「林助との仕合はあきらめる。さもなければ、わたしはこのまま坊津の地にとどまり、すべてを捨てて、薇琴どのとともに南の青い海を眺めて暮らしたくなるような気がする」

「塚原さま……」

薇琴があえぐように吐息を洩らしたとき、納屋のほうで物音がした。

卜伝が音のするほうを見ると、いつもどって来たのか、林助が打ち込み稽古用の木刀を手にしたまま、憎悪《ぞうお》に満ちた目で、庭先に立つ卜伝を睨《にら》んでいる。

（この男も、薇琴どのに惚《ほ》れているのだ……）

卜伝は、相手に同病相憐《あいあわ》れむような気持ちをおぼえた。林助も恋ゆえに悩み、苦しんでいるのだろう。

（やはり恋は、武芸を志す者にとって妨げにしかならぬ）

と、思ったとき、卜伝の心にかかっていた迷いの雲が豁然《かつぜん》と晴れた。こちらをじっと見ている林助の視線を、卜伝は十分に意識しながら、

「失礼つかまつる、薇琴どの」

言うが早いか、縁側に立っていた薇琴の手首をぐいとつかみ、唐人服を着た華奢《きやしや》でたおやかな体を胸元に引き寄せる。薇琴があっと声をあげるまもなく、卜伝は娘の白い顔におのが顔を近づけ、その唇を吸った。

娘の甘い髪の匂いに五感が痺《しび》れそうになるのを、卜伝は必死にこらえた。

そのまま、唇を重ねてどれほどたったころか——。

「お嬢さまから離れろッ！」

怒気を含んだ男の声が、背後から降ってきた。

卜伝は娘の体を離し、ゆっくりと振り返る。

「お嬢さまに無体《むたい》な真似をするやつは許さぬッ！」

庭に立つ林助の形相が一変していた。いつもの臆病者のおもかげは跡形《あとかた》もなく消えてなくなり、双眸《そうぼう》が闘う武芸者のそれになっている。

「刀を抜けッ、真剣で勝負だ」

その言葉こそ、まさに卜伝が待っていたものであった。

六

四半刻《しはんとき》（三十分）後――。

卜伝と松井林助は、一官の屋敷の庭で太刀を構え、睨み合っていた。

両者の立ち合いの原因ともなった薇琴は、庭の隅で顔をかたくし、ことの成り行きを見守っている。

卜伝の太刀は三尺（約九十センチ）。

右八双《はっそう》に構え、凪いだ海のごとくしずかな目で、松井林助を真正面から見すえる。

対する林助のほうは、むろん、刃渡り三尺八寸の苗刀である。灼熱の日差しを受けて光る長刀《ちようとう》は、さながら狐《きつね》の尾のように反《そ》り返っている。

林助のかまえは中段。

刀を中段にかまえると、ふつうその切っ先は目の高さにくるものだが、苗刀はあまりに長いため、切っ先が使い手の頭の上にくる。林助が両手で握った長い白木《しらき》の柄も、二握り以上を残し、その末端は膝《ひざ》のあたりまで届いていた。

真夏の陽光の下、両者は動かない。

いずれも相手の出方をうかがっているのである。とくに卜伝の場合、相手の動きが予測しがたいだけに、うかつに仕掛けることは禁物であった。

重苦しい沈黙が流れたのち――。

やがて、

「チェーッ!」

するどい気合とともに、先に仕掛けたのは、林助のほうであった。

右足を踏み出し、身を低くするや、卜伝の足元をいきなり払ってくる。細身の長い刀が、うなりをあげて足元を薙《な》ぐ。

卜伝はとっさに、うしろへ跳んでそれを避けた。一度、苗刀の変則的な動きを目にしていたからよいものの、さもなければ、切っ先が脚を斬ったところである。

林助は間髪《かんはつ》を入れず、地を蹴って跳び、真っ向から打ち込んできた。

（早い……）

卜伝は今度は引かず、降りかかる敵の太刀を受け止める。

──ガッ
と、火花が散る。

強い金気《かなけ》が匂った。

卜伝はそのまま、力まかせに押しつけて鍔ぜり合いをしたが、動かずと見て、みずからうしろへさっと引いた。

その瞬間、林助が踏み込み、大上段から斬りつけてくる。

卜伝は間合いを見切ってかわした。

信じがたいことが起きたのは、まさにそのときである。

十分に間合いを見切ってかわしたはずの卜伝の腕を、林助の剣先がかすめ、縦《たて》に真一文字に赤い線が走った。赤い線から朱の玉が噴き出し、肘《ひじ》をつたって血がしたたり落ちる。

（ばかな……）

卜伝はおのが目を疑った。

林助の一撃は、十分に間合いを見切ってかわしたはずである。見切りが失敗するなど、百戦錬磨の卜伝にはありえないことだった。

（なぜだ）

愕然《がくぜん》とする卜伝めがけ、林助が近づき、太刀を斬り下ろしてきた。

卜伝は見切ってうしろへ下がる。

だが、ぎりぎりのところで避《よ》けたと思ったときには、右腕をざくりとやられていた。今度のほうが、傷は深い。

（なぜだ。見切っているはずなのに、どうして敵の太刀先がこちらに達するのだ……）

首筋から湧《わ》き出した冷たい汗が、衣《ころも》の衿《えり》ににじむ。

見切りをあやまるのは、敵の苗刀が日本刀より長いからではない。刀の長短に応じて間合いを見切ることは、卜伝にとって難しいことではない。

林助がじりじりと間合いをつめてきた。

卜伝は内心、焦《あせ》りを感じはじめていた。これまで、数多くの剣の達人と闘った経験はあるが、これほど一方的に斬り立てられたことはない。相手の勢いに、完全に圧倒されてしまっている。

(このままでは、むざむざやられるだけだ。なんとか、態勢を立て直さねば……)

卜伝はツッと横へ動いた。

動きつつ、林助の打ち込みを払い、相手が崩れるところをすかさず踏み込んで斬りつける。

林助の小手《こて》から、パッと血しぶきが散った。卜伝の意外な反撃に、一瞬、身をかわすのが遅れたのである。

「くそッ」

林助が舌打ちし、柄を持つ手を下にずらした。

それを見た卜伝の目が、ぎらりと光る。

(そうか、そうだったのか……)

ようやく卜伝には秘密がわかった。

林助は刀を打ち込む瞬間、柄の握りをずらしていたのである。そのため、間合いを見切っているはずの卜伝の体に、切っ先が達することになった。苗刀の柄が長いからこそできる秘技である。

（ならば……）

卜伝は低く踏み込みざま、刀を横に薙ぎ払った。狙ったのは苗刀の柄である。

苗刀の長い柄が真ん中から断ち切られ、乾いた音をたてて地面に転がる。

——あっ

と、林助が驚いた顔をした。

次の瞬間——。

卜伝の剣先が林助の肩に吸い込まれ、夏の日差しに銀光を放ちながら斜《なな》めに流れる。

林助の手から刀がこぼれた。

肩を押さえた林助の指のあいだから鮮血が噴き出し、腕を濡らして、白く乾いた地面に点々としたたり落ちる。

「わたしの負けだ。やはりわたしは、臆病者以外の何者でもなかった……」

林助がうめく。

肩で大きく息をし、荒くなった呼吸をととのえた卜伝は、

「おぬしは臆病者などではない。その証拠に、おぬしはいささかの臆するところもなく、堂々と渡り合ったではないか」

「……」

無言で首をうなだれている林助から、卜伝は、庭の片隅に立ちつくす唐人服の女人のほうに目をうつした。

「薇琴どの、すぐに医師を呼び、この男の手当をしてやってくれ。二度と苗刀は使えぬだろうが、薇琴どののために畑を耕し、魚を漁ることはできるであろう」

「塚原さま、あなたさまは……」

と言って、薇琴は凍りついたような瞳《ひとみ》を卜伝に向けると、

「あなたさまは、林助どのが逆上すると知っていて、わざと、わたくしにあのような真似をなさったのですね」

「あの場合、ほかに林助を奮《ふる》い立たせる手立てはなかった」

「あなたという方は……。鬼のような方です」

薇琴が声をふるわせながら言う。

「あなたさまがそのようにお心の冷たい方とは、思ってもみませんでした」

「いかにも、おれは冷たい」

卜伝は娘にではなく、おのれ自身に言い聞かせるように、

「しかし、女人への情や人並みな愛憐《あいれん》の心を断ち切る道を、おれは故郷をあとにし

たときに選んだのだ。いまさら引き返すことは許されぬ」

卜伝は刀を血ぶるいした。

見上げると、すぐ手の届く近さに朝鮮朝顔の花が咲いている。

（この南国の甘い花の香りが、おれの心をいっとき迷わせたのだ……）

卜伝の太刀が颯《さっ》とひらめき、鞘《さや》におさまったときには、純白の花びらがはかなく地面に散っている。

卜伝はそれきり二度と振り返らず、濃い影が落ちる石畳の道を歩きだした。

戦国かぶき者

一

ことが終わったとき、雨の音が聞こえた。

茶屋の二階から見える寺の大屋根が冷たい雨に濡《ぬ》れ、黒々と光っている。

白くけぶる雨脚を眺めながら、星影左門《ほしかげさもん》は剣巻き竜の彫《ほ》り物が入った銀の長煙管《ながぎせる》を浅く吸った。煙草《たばこ》のけむりが、鼻から眉間《みけん》にしんとしみわたる。

「あんた、この町に何しにきたの」

しとねから身を起こした女が、そう言って赤いちりめんの襦袢《じゆばん》を肩にはおった。

寂しげな細《ほそ》おもてに似合わない、熟《う》れた体をしている。

「おまえのような、いい女を抱きにきたのさ」

「よく言うわ」

女は口もとに手を当ててあだっぽく笑い、裸に剝《む》き出されたままの左門の胸に体をすり寄せてきた。

鋼《はがね》のようにかたく引き締《し》まった左門の筋肉が頰《ほお》に触れると、女の顔に陶然《とうぜん》とした甘美な表情がひろがる。

「たくましいのね……。この町に来る前に、いったい何人の女を泣かせてきたのかしら」

「さあ、忘れたな」

「憎いひと」

女の瞳《ひとみ》の奥に、ふたたび貪婪《どんらん》な欲望の火が燃えてきたのを目のはしで冷ややかに眺めると、星影左門は長煙管を口から離し、雁首《がんくび》を煙草盆にたたきつけて灰を落とした。

左門が女と出会ったのは、今朝方《けさがた》のことだった。

人波でにぎわう東《ひがし》ノ切《きり》の朝市で菜や魚をもとめていた女に、左門のほうから声をかけたのだ。野性味を帯びた左門の視線に射すくめられただけで、女は顔を上気《じょうき》させ、痺《しび》れたように動けなくなった。

どちらが誘うともなく茶屋の二階に上がり込むと、獣《けもの》のような左門のはげしさに女は三度も絶頂をきわめた。

「ねえ、もう一度だけいい夢を見させて」

「夢か……。夢なら、いやになるほどたっぷり見させてやるさ。おれがこの町にいるあいだはな」

凄《すご》みのある片笑いを端正な顔に刻《きざ》むと、左門はしなだれかかる女の白い手をはらいのけた。素肌の上に、黒い小袖《こそで》と袴《はかま》をつけ、使い込んだ白銀《しろがね》造りの長煙管を腰にぶち込んで立ち上がる。

黒い装束《しょうぞく》は、引き締まった左門の長身によく似合った。

「まだ、名前を聞いていなかったな」

左門が女を見下ろした。

「お浅《あさ》っていうのよ。宮ノ切の浄土寺《じょうどじ》の裏に住んでいるわ。気が向いたら、いつでも寄って」

「浄土寺の裏か」

さびた声だけを女に与え、左門は茶屋をあとにした。

琵琶湖《びわこ》に面した湖西《こせい》、堅田《かたた》の町——。

夏の終わりの冷たい雨が、寒々とした町並みに音もなく降りそそぐ。

左門は傘もささず、雨に沈黙した町を歩いた。

中世、堅田の町は、琵琶湖の漁業、水運、関務《せきむ》を一手に支配して、

——きわめて富裕なる町。

と、ポルトガル人宣教師ルイス・フロイスが驚いたほどの、湖国随一の自治都市であった。だが、天下統一をめざした織田信長《おだのぶなが》の力の前に屈し、その政権を受け継

いだ豊臣秀吉《とよとみひでよし》によって湖上の権利を奪われたいまは、昔日《せきじつ》の面影はない。町を縦横に走る深緑色の堀や、白塀《しらべい》の旧家だけが、かつての栄華をしのばせるだけである。

街路に人影が少なく、どこか重くよどんだ空気がたちこめているのは、そのためであった。

星影左門は堅田の町を徘徊《はいかい》した。狭い町なので、およその地理はすぐに頭にたたき込むことができる。

歩いているうちに雨は小降りになった。

左門が、商家の白塀でかこまれた狭い四つ辻《つじ》の角を曲がったとき、向こうから来た男と出会いがしらに肩が触れた。

肩衣袴《かたぎぬばかま》をつけた壮年の侍《さむらい》だった。もうひとり連れがいる。

男たちは、地面に引きずらんばかりの長い朱鞘《しゅざや》の太刀《たち》を腰に差し、これまた普通の倍はあろうかという長大な脇差《わきざし》をぶち込んでいた。

左門はねめつけるような二人の視線を無視し、背を向けた。

「ちょっと待て」

侍のひとりが、とがった声で左門を呼びとめた。顎《あご》がかまきりのように細長く、唇のうすい酷薄《こくはく》な顔つきをした男だ。

男はすえた光を放つ目で、長身の左門を見上げた。

「おい、きさま。あやまったらどうだ」

「あやまれとは？」

「人にぶつかっといて、挨拶《あいさつ》のひとつもできないのかッ」

気が短いのか、男はこめかみに青筋をたてて声を荒げた。

ぷんと酒の匂いがする。

だいぶ、酒を呑《の》んでいるらしい。連れの侍の顔も、酔いのせいか赤紫色にむくんで見えた。

「だいたい、きさまのような若いものが昼間からぶらぶらしているから、この町はすたれたんだ。このおれが、根性をたたき直してやる」

しつこく絡《から》んでくる侍に、左門は口のはしを吊《つ》り上げ、冷たく薄ら笑いした。

「なにがおかしい？」

「昼間から酒をくらっているやつが、よく言うと思ってな」

「なに……」

と言って、食ってかかろうとする男の肩を、もうひとりの平べったい顔をした侍が押さえた。

「おれたちは聖蓮院《しょうれんいん》さまのところの寺侍《てらざむらい》よ。おまえのような無頼者《ぶらいもの》とはわけが違う」

男の顔には、あからさまな軽蔑の色が浮かんでいる。

「聖蓮院とは誰だ」

「こいつは驚いた。おまえ、この堅田一の名僧の名も知らぬのか」

「おれはよそ者だからな」

左門は突き放すように言った。

「聖蓮院さまは、本願寺《ほんがんじ》から派遣された高僧よ。あの方は無頼者の取り締まりには、ことのほか力を入れておられるからな。冷たい水牢《みずろう》にぶち込まれたくなかったら、その高そうな銀の長煙管でも置いていってもらおうか」

「このおれに脅《おど》しをかけているのか」

「脅しとは人聞きの悪い。堅田に入ったよそ者は、通行税をおさめるのが昔からのしきたりだ。黙っておれたちの言うとおりにするがいい」

かまきり顔の侍がにやりと笑った。

二

男は左手を腰の太刀にやり、親指で鍔《つば》を押し上げてパチンと鯉口《こいぐち》を切った。金目のものを渡さなければ、斬《き》るという意味であろう。

寺侍と言えば聞こえはいいが、追いはぎも同然の、薄汚れたどぶねずみのような連中である。

左門は頬を冷たくゆがめ、肩をすくめてみせた。

「それほど欲しいなら、持っていくがいいぜ」

と声をかけると、腰の長煙管を引き抜きざま、野生獣のすばやさで相手のふところへ飛び込み、煙管の先を回転させた。

瞬間、凶器と化した長煙管の雁首が銀色の光芒《こうぼう》を放ち、男の薄っぺらい鼻柱《はなばしら》を打ち砕《くだ》く。

鼻から血の花を散らしてうめく男の鳩尾《みぞおち》に、左門は蹴《け》り上げた右足を正確に食い込ませた。

「うげッ！」

つぶれた蛙《かえる》のようなうめき声が、男の喉《のど》から押し出される。

男はよろめき、道端《みちばた》の商家の白塀に寄りすがった。雨に濡れた塀に、男の吐いた血のかたまりが飛び散る。

「きさま、許さぬぞッ」

偏平《へんぺい》な顔の侍が刀を引き抜いた。凶暴な目つきになっている。

「だれも、許して欲しいなどとは言っていない」

左門は凄みのきいた笑いを浮かべ、目を細めた。

右手につかんだ長煙管を顔の前で斜《なな》めに構える。やや前かがみになった背中が、たわめた弓のような強靭《きようじん》さをみなぎらせる。

いつしか雨はやみ、白い靄気《あいき》のようなものが町ぜんたいに漂《ただよ》いはじめていた。遠くの寺の鐘《かね》の音が、静寂に満ちた空気をかすかに震《ふる》わせる。

男の額《ひたい》に、にぶく光る汗の玉が浮き上がるのが見えた。

奇声を発し、男が斬り込んできた。

左門は振り下ろされる刃を横に身をひらめかせてかわした。切っ先が地面に食い込み、石に当たって火花を散らす。

その瞬間、左門の長煙管が男の手首を打ち砕いた。

太刀を取りこぼした男の股間《こかん》を、左門は足を伸ばしてすくい上げる。男は苦痛のあまり、前かがみになった。その顔面に、すかさず鋭角的な膝蹴《ひざげ》りをぶち込む。顔を醜《みにく》く変形させた男が、下腹を押さえながら虫けらのように地面をのたうちまわる。

左門は、塀ぎわにうずくまっているもうひとりの男に近づいた。鼻柱をおられ、顔面を血で染《そ》めたかまきり顔の侍は、すっかり戦意を喪失し、がくがくと肩を震わせている。

「た、助けてくれ……」

男があわれっぽく哀願した。男の袴の前は薄汚いしょうべんで濡れ、白い湯気をたてている。

「こいつが欲しかったんじゃないのか」

左門は長煙管の雁首で、すっと男の顎を撫《な》で上げた。男はだらしなく頬を引きつらせる。

「もう結構です。早いところ、その物騒《ぶっそう》な煙管を収めてください」

「あいにくだが、こいつはおまえの血をもっと吸いたがっている」

「ひえッ」

男が目を剝いたとき、後ろから近づいてくる草履《ぞうり》の音がした。左門はさっと横へ飛びすさり、刺すような視線を向ける。

「御前さまッ！」

かまきり顔の侍が悲鳴に近い声を上げた。

やって来たのは一挺《いっちょう》の駕籠《かご》だった。

屈強《くっきょう》な二人の男にかつがれた黒塗《ぬ》りの駕籠は、雨に濡れ、暗い光沢をはなっている。駕籠の胴《どう》には、高貴の者にしか使用を許されない下がり藤の紋が、金泥《こんでい》を使って描かれていた。

黒塗りの駕籠は左門たちの前まで来ると、そこで動きを止めた。

男たちが駕籠を静かに地面におろす。

ややあって、小窓がすっと内側から開けられた。

駕籠のなかに、人影がある。

駕籠のなかの影は、さんざんに痛めつけられ、腰をぬかしている寺侍たちを一瞥《いちべつ》してから、左門のほうに目を向けた。

内部が暗いので、駕籠の主《あるじ》の人相《にんそう》はよく見えない。

「銀二十枚でどうかの？」

低くしゃがれた声で、駕籠の主が言った。

「なんのことだ」

左門が鋭く問い返す。

「そなたの腕の値じゃ。不足ならば、もっと出してもよい」

「おれの腕を買おうというのか」

「さよう」

「おまえは何者だ」

「そこで、ぶざまに倒れている者どものあるじよ」

「聖蓮院か」

男は答えず、喉の奥から絞《しぼ》り出したようなうす気味悪い笑いをもらした。

「おれを買ってどうする」

「引き受けてくれたら話そう。その気になったら、今日の夕刻《ゆうこく》までに、浄土寺をたずねて参るがよい」

小窓が閉まり、駕籠が動き出した。

左門に打ちのめされた寺侍たちは、あわてて起き上がり、足もとをふらつかせながら駕籠のあとを追いかけた。

三

中世の堅田は商《あきな》いの町であると同時に、寺の町でもあった。

比叡山延暦寺《ひえいざんえんりやくじ》をはじめ、臨済宗《りんざいしゅう》、浄土真宗《じょうどしんしゅう》などが堅田に進出して支院《しいん》を築き、近江《おうみ》一帯の布教の拠点とした。織田信長が比叡山の焼き打ちをおこなったとき、堅田も同時に焼き払ったのは、まさにそのためであった。

堅田に集まった富と人は、宗教組織にとっても大いなる魅力だったわけである。

星影左門は、浄土寺客殿《きやくでん》の書院にあぐらをかいてすわっていた。

金箔《きんぱく》張りの豪奢《ごうしや》なふすまに緑青《ろくしよう》で竹林が描かれた、三十畳ばかりの大広間である。奥に、上段の間がついている。

書院の縁側の先は白砂《はくさ》のまかれた枯山水《かれさんすい》の庭になっていて、その向こうに夕日をうつした琵琶湖がひろがっている。風がわたると、湖面に細《こま》かいちりめんの波が立った。

「楽にいたせ」

上段の間で脇息《きょうそく》にもたれた聖蓮院が、低い声を投げた。

猪首《いくび》で脂《あぶら》ぎった顔つきをした、六十過ぎの僧侶である。

肥満《ひまん》した体を紫色の法衣《ほうえ》につつみ、肉の厚い瞼《まぶた》の奥に埋もれた無感情な目で、左門を冷たく見下ろしている。

「まだ、おぬしの名を聞いていなかった」

「星影左門」

「星影……。どこかで耳にしたことのある名じゃが」

と言って、聖蓮院は眉間に皺《しわ》を寄せた。

茶台の上から、透《す》けるようにうすい白磁《はくじ》の茶碗を手に取り、分厚い唇をあて煎《せん》茶《ちゃ》をすすり込む。

「思い出したわ」

茶碗を置いた聖蓮院は膝を打ち、左門の目をのぞき込んだ。

「京の徒者《いたずらもの》の頭《かしら》に、たしかそんな名の者がおったはずだ。茨組《いばらぐみ》の首領、星影左門……。どうじゃ、ちがうか」

左門は不敵な笑いに頬をゆがめ、無言でうなずいた。

文禄年間――。

戦国の世が治まり、豊臣政権下に入った京の都には、

「茨組」

「皮袴組《かわばかまぐみ》」

という二つの徒者——すなわち、無頼者の集団があらわれた。

茨組とは、苛烈なること茨のごとしの意味で、茨組の男たちは素肌に茜色《あかね》の褌《ふんどし》を締め、臑《すね》に黒い脚絆《きゃはん》をつけ、熊手《くまで》やマサカリをかついで市中をわがもの顔に横行した。一方の皮袴組は、皮袴をはいていれば茨にも刺されまいと言って茨組に対抗し、つねに皮製の袴を身につけていた。

その茨組の組頭《くみがしら》が星影左門、皮袴組は筑右衛門《ちくえもん》という人物が統率し、それぞれ五、六十人の手下を従えていたと、江戸時代の古記録『当代記《とうだいき》』にはしるされている。

また、同記によれば、二つの組は煙草を媒介として結成されたとあるので、当初はポルトガルによってもたらされた南蛮《なんばん》渡来の煙草を吸っていた無頼者たちが、その入手を容易にするため、いつしか集団を形成していったものであろう——。

「その茨組の星影が、なにゆえ、堅田あたりをうろついておる」

聖蓮院が目をしばたたかせた。

「京の都が住みにくくなったものでな」

左門は言った。

「それは、取り締まりが厳しくなったということかの」

「お察しのとおりだ。京都所司代《しよしだい》の前田玄以《まえだげんい》が、われら徒者の締めつけをはじめたのよ」

「なるほど……。ほとぼりがさめるまで、首領のおぬしが京から姿をくらましたというわけか」

「……」

左門は唇をふてぶてしく引き結んだまま、なにも答えない。

「まあ、よい」

聖蓮院がうっそりと笑った。

「どんな事情があるのかは知らぬが、わしにとってはいたって好都合。ちょうど、おまえのような腕の立つ男が欲しかったところじゃ」

と言うと、聖蓮院は両手をたたいた。

縁側をあるく足音がして、前髪姿《まえがみ》もういういしい十二、三の美童《びどう》があらわれる。僧侶の性の奴隷《どれい》となる稚児《ちご》であろう。

美童は、紫色の袱紗《ふくさ》包みがのった檜《ひのき》の折敷《おしき》を左門の前に置くと、折り目正しく一礼して姿を消した。

「銀二十枚ある。たしかめるがよい」

「その必要はない。あんたを信用する。で、おれに何をしろと」

「うむ」

とうなずいて、聖蓮院は肥《こ》えた体を大儀《たいぎ》そうに揺すった。黒漆《くろうるし》を塗った脇息が、いまにも折れそうに悲鳴を上げる。

「この堅田の町に、刀禰甚兵衛《とうねじんべえ》というやり手の商人がおる」

「刀禰？」

「そうよ。刀禰は、居初《いぞめ》、小月《おづき》らと並ぶ殿原衆《とのばらしゅう》のひとりでな。堅田でも屈指の旧家のあるじなのだが、これが近ごろおかしなことをはじめおった……」

聖蓮院の説明によれば、刀禰ら堅田の商人たちは、かつて琵琶湖の廻船《かいせん》業を一手に取り仕切り、たいそうな威勢をみせていたのだという。それが、太閤《たいこう》秀吉の命により、湖東《ことう》の芦浦《あしうら》にある観音寺の住持、詮舜《せんしゅん》が湖水奉行《こすいぶぎょう》に任じられてからは、そちらに廻船の利権を奪われ、刀禰たちの商売は閑古鳥《かんこどり》が鳴くようになってしまった。

「弱りはてた刀禰は一計を案じ、とんでもない商売を考え出しおったのじゃ」

「その商売とは？」

「おちょろ船よ」

声をひそめ、聖蓮院が言った。

おちょろ船とは、遊女を乗せて売春行為をおこなう船のことである。

「刀禰たちは、いままで荷船として使っていた持ち船に遊女を乗せ、湖上で春をひさぐ商売をはじめるつもりなのだ」

「ふん、考えたものだな」

左門はうっすらと笑った。

「笑いごとではないわ」

苦りきった表情で吐き捨てると、聖蓮院が垂れ下がった二重顎《にじゅうあご》を太い指で撫《な》でた。

「この堅田は、古来、商いの町であるとともに、真宗門徒《もんと》の多い仏の町でもあったのだ。そのような御仏《みほとけ》のおひざもとでいかがわしい商売をされては、信心ぶかい町の門徒衆が黙っていない」

「……」

「わしは堅田の真宗門徒を束《たば》ねる者として、いかがわしい企《くわだ》てをやめるよう、刀禰甚兵衛に申し入れた。だが、やつは頑《がん》として聞き入れぬどころか、流れ者の浪人や武芸者をつぎつぎと雇《やと》い入れ、公然と寺にいやがらせをする始末よ。こちらも寺侍の数を増やしてはいるのだが、なかなかやつらに対抗できる者がいなくて弱っておったところじゃ」

「つまり、おれは寺の用心棒《ようじんぼう》というわけか」

「そういうことだ」

「しかし、銀二十枚とは、たんなる用心棒代としては高すぎるようだが」

「おぬし、腕だけでなく、頭のほうもなかなか切れるようだの」

聖蓮院がぎらりと目の奥を光らせる。

「じつは、やって欲しいことがある」

「難題だな」

「ふふ……。おぬしの腕をもってすれば、さして難しいことでもなかろう」

「もったいぶらずに、早く言え」

「今晩、刀禰がこの堅田の津に大船を浮かべ、宴席をもうける。宴席に呼ばれているのは、敦賀《つるが》、小浜《おばま》、今津《いまづ》、垂井《たるい》など、各地の人買い商人が十人ほどじゃ」

「美妓《びぎ》の買いつけの相談というわけか」

「そのとおり」

聖蓮院がうなずく。

「おぬしはそこに乗り込み、宴席をぶち壊してやつの顔をつぶして欲しいのだ」

「船には、向こうの用心棒も乗り込んでいるのだろう?」

「刀禰の身辺は、つねに二十人ばかりの屈強な男たちで護《まも》られておる」

「ひとりでは、少々、骨の折れる仕事だな」

「むろん、おぬしひとりでやれとは言っておらん。わしのところの寺侍を、七人ばかりつけよう」

「さっき町で出くわした、腰抜け侍どもの仲間か」

左門が、小ばかにしたように鼻を鳴らす。

「あやつらは、すでに寺からたたき出したわ。今夜の襲撃に加わるのは、えりすぐりの手だれぞろいじゃ。どうだ、やってくれるか」

「危険な仕事だ。さらに、銀二十枚いただくとしよう」

「さすがに京で名高い茨組の組頭、なかなか抜け目がないわ」

聖蓮院は喉の奥から不気味な笑いを絞り出すと、左門の出した条件をあっさりと承知した。

「今宵、亥《い》ノ刻《こく》(午後十時)、この寺のわきの舟着き場から二艘《そう》の小舟を出すことになっている。それまでは書院で休むなり、厨《くりや》で酒をくらうなり、好きにしておるがよい」

「わかった」

目でうなずき、左門は紫の袱紗につつまれた銀の山をふところにねじ込んだ。

四

聖蓮院が出ていったあと、左門は畳《たたみ》に横たわっていたが、しばらくして起き上がり、縁側へ出た。

日はすでに西の山に沈み、琵琶湖を染めていた残照も消え果て、湖水が暗く波立っている。

あたりに人影がないのをたしかめると、左門は沓脱《くつぬ》ぎ石の上にあった寺の草履を引っかけ、庭へ下りた。

書院の建物にそって歩いていく。

書院の向こうは渡り廊下になっていて、そのはずれに屋根の上に煙り出しをのせた庫裡《くり》がつづいている。庫裡の横に風呂があるらしく、初老の寺男がかまどに薪《まき》をくべ、うちわで火をおこしている。

左門は寺男に気づかれないように足音を忍ばせ、物置小屋の裏へまわり込んで庫裡の向こうの雑木林《ぞうきばやし》に入った。

コナラやエゴノキの幹《みき》が並ぶ雑木林を抜けていくと、つきあたりに土塀《どべい》があらわれた。

左門は猫のような身軽さで塀によじのぼり、外の往来へ飛び下りた。

寺の裏手は町家《まちや》が立て込んでいる。

通りすがりの者に聞くと、お浅の家はすぐにわかった。

「あら」

左門の精悍《せいかん》な顔をひとめ見て、お浅は小さく声を上げた。

「驚かせたようだな」

「ええ……。ほんとうに来てくれるなんて思わなかった」

「迷惑だったか」

「とんでもない」

お浅は左門をなかへ招き入れ、戸を閉めて内から閂《かんぬき》をかけた。

入り口から奥にむかって土間《どま》が伸び、土間の奥は水屋になっている。土間の左側に、六畳くらいの部屋が三間つづいていた。

お浅は、いちばん手前の座敷へ左門を通した。

床《とこ》の間《ま》に山水画《さんすいが》がかかり、その下の伊賀焼《いがやき》の花入れに、桃色の菊が活《い》けてある。貴船菊《きぶねぎく》であろう。

「小粋《こいき》な住まいだな。ただし、ぶっそうなものもある」

あたりを見渡した左門の視線が、部屋の隅《すみ》にあった違《ちが》い棚《だな》の上でとまった。

漆《うるし》塗りの棚の上に、馬上筒《ばじょうづつ》――すなわち短筒《たんづつ》があった。

白樫《しろがし》の台座に金の象眼《ぞうがん》をほどこした見事な造りのものだ。磨《みが》き抜かれた銃身が、黒々と光っている。

左門は手に取ってみた。

銃身が横に並んで二つある。当時、きわめて珍しい二連発銃だった。よほどの名工でなければ造ることはできない。

「それは、死んだ亭主が造ったものよ」

左門のそばに擦《す》り寄りながら、お浅が言った。

「亭主だと？」

左門は片目をつむり、照星《しょうせい》をにらんで銃を撃つまねをした。

「ええ。いっしょになって、わずか一年で死んでしまったけれど。国友《くにとも》の鉄砲鍛冶《てっぽうかじ》だったのよ」

「湖東の国友の里か……。それがどうして堅田へなど出てきた」

「亭主が死んだあと、村の若い衆がうるさくてね」

「夜這《よば》いでもかけられたのか」

「そう」

と、お浅はうなずく。

「はじめのうちは追い返していたけれど、入れかわり立ちかわり毎晩のようにやって来るのよ。近所でも妙な噂《うわさ》はたつし、いっそ知らない町のほうが住みやすいだろうと思って、堅田へやって来たの」

「まさか、この銃で撃退していたんじゃないだろうな」

「そうよ」

女はしらじらした顔で言った。

「おもしろい女だ。それが、どうしておれの言うなりになった」

「あんたに惚《ほ》れたからよ」

お浅の細い指が、白い小蛇のように左門の胸にまつわりついた。早くも今朝方の激しい交《まじ》わりを想い出したらしい。目のまわりが、ぼうっと紅色に染まっている。

左門は、お浅の濡れ濡れとした表情を目で楽しみながら、

「煙草盆はあるか」

と、銃を棚に置いた。

「女の一人住まいですもの、そんなものはないわ。ふつうの盆じゃだめ？」

「欠けた古茶碗《ふるちゃわん》でいい。底に灰を敷いて、熾火《おきび》を入れてきてくれ」

「わかったわ」

女は厨《くりや》へ行き、左門に言われたものを用意してもどってきた。

左門は腰の印籠《いんろう》から茶色く乾燥させた煙草の葉をつまみ出し、銀製の長煙管の雁首に詰め込んだ。雁首を熾火に近づけ、長煙管を吸う。

雁首の煙草が、狼の目のように赤くなった。

左門はゆっくりと吸い、吐いた。紫色の煙が、鼻からひんやりと立ちのぼる。

「おいしいの」

お浅が聞いた。

「ああ、うまい」

「ねえ、私にも吸わせて」

左門は長煙管を女に渡した。銀の長煙管を重そうに持ち上げて、お浅は煙を吸い込んだ。

「くらくらするわ」

「最初はみなそうだ」

と言うと、左門はお浅の手から長煙管を奪い取った。お浅は目を陶然とうるませ、まだ吸いたそうなそぶりをみせる。

「今夜はゆっくりしていけるんでしょ」

「いや、仕事がある」

「仕事?」

「この裏の、浄土寺の和尚《おしょう》に野暮《やぼ》用を頼まれてな」

「浄土寺の和尚に……」

女の白い顔に、影が走った。

「どうした」

「いえ……。近ごろ、浄土寺で腕利《うでき》きの寺侍をやとっていると聞いたから。まさか、危ない仕事じゃないんでしょうね」

「それは承知のうえよ」

左門は煙管を一口ふかし、女の肩を抱き寄せて野太く笑った。

五

堅田の港は、琵琶湖西岸の尼前《あまうせ》ケ浜にあった。

――尼前ケ浜に波やらいの石を長々と突き出す。汀《なぎさ》には土居《どい》にサイカチを植へたり。

と、『本福寺跡書《ほんぷくじあとがき》』は、もっとも栄えたころの堅田港のようすを書き記している。

この港に停泊するのはおもに大船で、小舟は町中のいたるところを走る水路の岸に横付けし、また琵琶湖に面した商家や寺院は、それぞれ専用の舟着き場を持っていた。

浄土寺東門《とうもん》わきの舟着き場に星影左門が姿をあらわしたのは、約束の亥ノ刻を少し過ぎたころだった。

夜更《よふ》けの湖は、漁火《いさりび》を焚《た》いて漁に出る舟もなく、ひっそりと静まり返っている。葦《あし》の茂る岸辺にゆるい波が寄せ、月明かりに照らされて白い曲線を描く。

葦原を分けるように桟橋《さんばし》が伸び、その先端に小舟が二艘つながれていた。船首をヘイタで形作った琵琶湖独特の丸子舟《まるこぶね》である。

左門が桟橋を歩いていくと、手前の小舟のなかで人影が立ち上がった。

「月影か……」

と、声をかけてくる。

左門は足をとめた。小舟のなかを凝視する。

手前の舟に三人、奥の舟に四人、目の奥をぎらつかせてこっちを見ている。

「月影だな」

もう一度呼びかけた男の左手が、腰の刀に伸び、鯉口を切る音がした。

「おれは星影左門だ」

「そうか。ならばよい」

男は納得したようにうなずき、

「こっちに乗れ」

と、自分の乗った舟を指さした。

左門は舟端をまたぎ、鞭《むち》のように引き締まった長身を舟のなかに移動させる。

「おれの名は、荒木田釆女《あらきだうねめ》。浄土寺の寺侍の頭をつとめている」

顎の張った鬼瓦《おにがわら》のような顔を左門に向け、男が名乗った。

「なぜ、月影などと聞いたのだ」

「なに、あんたが外から来たんで、ちょいと確かめさせてもらったのよ。聖蓮院さまの話では、あんたは寺の書院で寝ていたはずだったが……」

「独り寝は寂しいからな。女と寝てきた」

「いい女か」

「はぜたホオズキの実のような、極上《ごくじょう》ものの女だったぜ」

「ちッ！」

男はいまいましげに舌打ちし、仲間に舟を出すよう命じた。

ひとりの男が桟橋に結びつけてあったともづなを外し、別の男が舟の最後尾で櫓《ろ》を漕《こ》ぎ出す。

二艘の舟は、夜の琵琶湖へ音もなく漂い出た。

「荒木田とやら、今夜の作戦を聞かせてくれ」

冷たく波立つ湖面を見つめながら、左門が言った。

「ああ」

とうなずき、荒木田采女は左門のかたわらへにじり寄ってくる。

「やつらの船は、堅田から一里（約四キロ）ほど北の中浜の沖に浮かんでいる」

「どれくらいの大きさだ」

「五百石船よ」

「ほう、でかいな」

左門は唇をまるめ、ヒュッと口笛を吹いた。

「その船に、刀禰甚兵衛はじめ、やつに招かれた十人の人買い商人が乗り込んでいるはずだ」

「護衛の数は？」

「刀禰が雇った落武者くずれと無頼者が二十人ばかり。なかでも、辻月潭《つじげったん》という武芸者はおそろしく腕が立つという噂だ。ほかに、人買いたちが連れてきた用心棒が、十人近くはいるだろう」

「総勢、三十人か」

「まあ、そんなところだ。あとは宴席に呼ばれた今津の妓女《ぎじょ》と船の水夫《かこ》が乗っているが、これは関係ない」

「で、どうやって船に乗り込むつもりだ」

「弓矢が用意してある」

と言って、荒木田釆女は船尾に積んである薦《こも》づつみをたたいてみせた。

「船に矢を射かけて、敵を混乱させようというわけか」

「そうだ。やつらの注意が矢を放った一艘の舟に向けられたとき、もう一艘が裏側にまわり込んでひそかに近づき、大船に乗り移って暴れ回ろうという算段だ。むろん、あんたには斬り込み隊長をつとめてもらう」

「刀禰甚兵衛をたたっ斬ればいいんだな」

「いや、それはやり過ぎだ。われわれは仮にも、清浄なるみほとけの法を護る浄土寺の手の者だからな。殺生《せっしょう》はまずい」

「みほとけの法か……。ふん、おれにはどっちでもいいことだが」

片頬をゆがめて左門がニヤリと笑う。

「それで、おれにどうしろと？」

「刀禰本人よりも、むしろ人買い商人のほうに一太刀《ひとたち》、二太刀、浴びせてほしい。招かれた連中が傷を負えば、刀禰甚兵衛の顔はまるつぶれ、やつに女を仲介しようという者はいなくなる」

「なるほど」

「それから、これだけは一言ことわっておくが……」

「なんだ？」

左門は小うるさそうに目を上げた。

「聖蓮院さまがどれほどあんたをかっているか知らないが、勝手な行動はおれが許さんぞ。いいな」

「あいにくだが、おれは人に命令されるのが何より嫌いでな」

「なに……」

思わず声をうわずらせた荒木田を尻目に、左門は舟底に片肘《かたひじ》をついてのうのうと寝ころがる。

「無駄《むだ》な力を使わぬのがおれのやり方だ。襲撃の前には誰しも緊張する。あんたも顔を引きつらせていないで、少しは肩の力を抜いたほうがいいぜ」

荒木田はむっとした顔になって左門に背を向けると、自分の首筋をもみだした。

六

二艘の小舟は、向かい風をついて琵琶湖を北へ進んだ。舟の舳先《へさき》が、くりかえし押し寄せる波をかんで白いしぶきを散らせる。

遠く、岸辺にぽつりぽつりと明かりが見える。対岸の集落の灯《あかり》であろう。

小舟は、堅田の北にある松林につつまれた和邇《わに》の岬を避け、遠まわりに迂回していく。

風がいっそう強まった。

波に揺られながら湖面を進んでゆくと、やがて、三町（約三百三十メートル）ばかり先に一艘の船が見えてきた。船上にあかあかと焚かれた篝火《かがりび》が、黒く沈んだ船影をくっきりと浮かび上がらせている。

伊勢船《いせぶね》であった。

伊勢船とは、室町時代から戦国時代にかけて、商用や軍用に使われた大型構造船のことである。船に甲板《かんぱん》と呼べるものはほとんどなく、船上は総矢倉《そうやぐら》、すなわち全面が屋形《やかた》になっていて、その屋上部分が垣立《かきたつ》（手すり）でかこわれている。現在の観光遊覧船を想像すると、あるいはそれに近いかもしれない。

「おい」

荒木田釆女が、横を走っていたもう一艘の舟の男たちに声をかけた。

「おれたちは、やつらの舟の裏側へまわり込む。おれたちがまわり込んだら、おまえらは大船に接近して、いっせいに矢を射かけるんだ。わかったな」

四人の男たちが、顔を硬くしてうなずく。

左門と荒木田らを乗せた小舟が大型船の裏側へまわり込み、わずか半町（約五十メートル）の距離まで近づいたのは、それから四半刻《しはんとき》（三十分）ほどたってからだった。

大型船の屋形の窓は閉じられ、わずかな明かりも洩《も》れてこない。おそらく、刀禰甚兵衛はその密室のなかで、人買い商人たちと商談をかわしているのだろう。

垣立にかこまれた矢倉の上では、用心棒らしい浪人者が三人、篝火のまわりに集まって賭博《とばく》に興じていた。ほかの連中は矢倉や船倉のなかにいるのか、彼ら以外に人影は見えない。

荒木田の指示で、左門たちは全員、舟の床に腹ばいに寝そべった。両手を伸ばし、音をたてないように水をかいて敵船に接近する。

その距離、二十間《けん》（約三十六メートル）。

男たちは賭博に夢中になっていて、左門たちの小舟が近づくのに気づくようすはなかった。

十間。

空を星が流れた。

船上の男たちは、まだ気づかない。あいかわらず、サイコロの目に一喜一憂している。

大船の上の浪人者のひとりが立ち上がった。大きく伸びをして、何げなくこっちを見る。だらしなく間のびした顔が、驚愕の表情に変わった。

「しまったッ」

荒木田の頬が引きつった。

大船に接舷《せつげん》する前に見つかっては、勝機はない。

男が声を上げたとき、空《くう》を切って飛来した矢が、男の側頭部に突き刺さった。寺侍の別働隊が放った矢である。

頭に矢を生《は》やした男は、よろめき、垣立を乗り越えて真っ逆さまに湖水に呑み込まれた。

矢がつぎつぎと射込まれる。

矢倉の垣立や床に突き刺さり、尾を震わせる。

残った二人の浪人者は、床を転がって弓矢を引っつかみ、矢を放つ湖上の小舟に応戦した。

「いまだッ」

荒木田が叫んだ。

大船に接舷した左門たちの小舟から、縄《なわ》ばしごが投げ上げられた。鋭い鉤爪《かぎづめ》が垣立を嚙《か》む。

真っ先に動いたのは、左門だった。

縄ばしごをつたってすばやく駆け上がり、敵船の矢倉の垣立に片足をかける。

浪人者のひとりが振り向いた。左門と目が合う。

男の弓には、矢がつがえられたままだった。

驚きに顔をゆがめた男が、左門に向かって弓を引き絞ったその刹那《せつな》、左門は垣立を蹴って跳躍した。

——ヒョッ!

弓から放たれた矢が、空気を震わせて夜闇のなかにむなしく吸い込まれる。むささびのごとき跳躍をみせた左門は、男の首を締めつけながら、床に転がっていた。

うめく相手の頸動脈《けいどうみゃく》めがけ、強烈な手刀を振り下ろす。

男はがっくりと首を垂れ、白目《しろめ》を剥いて気を失った。

「やろうッ」

背中から、冷たい刀の風が襲った。

左門は斬りかかる敵の足もとへ、滑るように転がり、足首をつかんで引き倒す。

倒れた男の鼻柱に、すかさず肘打ちを食い込ませた。

顔面を血で染めた浪人者は、うんともいわずに気絶する。

「あざやかなものだな」

立ち上がった左門に、後ろから近づいてきた荒木田釆女が声をかけてきた。つづいて、寺侍たちも垣立を乗り越えて矢倉の上へのぼってくる。

荒木田が手で合図を送ると、湖上で矢を射ていた別働隊がぴたりと攻撃を停止した。櫓を操って、舟を漕ぎ寄せる。

「さいわい、船のなかの連中はまだ騒ぎに気づいていないようだ。やつらが油断しているあいだに、奇襲をかける。手筈《てはず》どおり、斬り込みはあんたにまかせたぞ」

荒木田がにやりとした。

「よかろう。もらった金の分だけは働かせてもらう。で、おまえは」

「おれはここに残って見張り番をする。挟《はさ》み撃《う》ちにでもあって、退路を断たれるとまずいからな」

「……」

「いいか、適当にやったらすぐに引き上げるんだぜ。くれぐれも、深追いはしないようにな」

「わかっている」

左門は、矢倉の上に集まった寺侍たちを見まわした。

あとから加わった別働隊の者も加えて、七人いる。左門のすさまじい動きに度胆《どぎも》をぬかれたのか、男たちの目には畏怖《いふ》の表情が浮かんでいる。

「いくぜ」

押し殺した左門の声に、寺侍たちはうなずき、腰の刀を引き抜いた。

船室へ下りる階段は、矢倉の後部にあった。

上に、取っ手のついた分厚い木の蓋《ふた》が閉まっている。

左門は足音を忍ばせ、階段の入り口に近づいた。

床に身を伏せて、木蓋に耳をつける。

船内からは、人の足音、罵《のの》しり合う声ひとつ聞こえてこない。やはり、敵は左門たちの侵入に気づいていないのだろう。

左門は取っ手に手をかけ、木の蓋を開けた。

つぎの瞬間、左門の長身が暗がりに躍り、階段の下まで一気に舞い下りる。猫のようにやわらかく着地して、音はいっさいたてない。

船内に下り立った左門は腰の長煙管を引き抜き、右、左と、あたりをすばやく見まわした。

人影はない。

薄汚れた感じの板張りの廊下が、奥へ向かって真っすぐに伸びている。廊下の柱には、灯明《とうみょう》が据《す》えられ、船のなかをうす明るく照らしていた。

廊下の右側には上下二段になった納戸《なんど》、左側に老松を描いた襖《ふすま》がつづいている。

その襖の向こうで、かすかに人の話し声がした。

（宴《うたげ》がおこなわれているのは、ここか……）

左門の目が光った。上に向かって手を振り、寺侍たちに階段を下りてくるように指示した。

男たちが、用心深く階下に下り立つ。抜き身の太刀を引っさげたまま息を殺して廊下を進み、襖のかたわらに身を寄せた。

左門の目配せを合図に、二人の寺侍が左右からさっと襖を引き開ける。

左門は、仲間とともに部屋になだれ込んだ。

そのとたん、絹を裂《さ》くようなかん高い悲鳴が、男たちの耳を貫いた。

二十畳ほどの大広間にいたのは、赤や黄色の小袖を着た若い女ばかりだった。
十五、六人いる。
派手《はで》な衣装や化粧《けしょう》から見て、宴席に呼ばれた妓女であろう。刀をぎらつかせる男たちを見て金切り声を上げ、部屋の隅《すみ》へ逃げる。

「こっちだッ」

寺侍のひとりが叫んで、奥の間との境《さかい》を仕切っていた襖を引き開けた。

「……」

奥の部屋をのぞき見た左門の顔色が変わった。

刀禰甚兵衛の姿がない。

刀禰が会合しているはずの、人買い商人たちの姿も見当たらなかった。

「どういうことだ」

左門が振り返ったとき、廊下に足音が響いた。

襖を蹴倒して、荒々しく部屋に踏み込んで来たのは、飢《う》えた狼のような目をした男たちであった。

七

男たちは二十人近くいた。

全員が上半身を鎖帷子《くさりかたびら》でつつみ、鉄の手甲《てつこう》、脚絆をつけ、頭を鎖頭巾《ずきん》でおおっていた。完全防備をほどこした隙《すき》のない格好《かつこう》である。

これだけ全身を固めてあれば、いくら太刀で斬りつけられても、傷を負うことはまずないであろう。

「まんまと引っ掛かったな」

鉄の防具で身を固めた男たちのあいだから、唐桟留《とうざんどめ》の胴服《どうふく》を着込んだ商人風の男が進み出た。

背の低い、固太りの男である。鼻がつぶれ、目が糸のように細い。その目が気味悪いほど光っている。

「おまえが刀禰甚兵衛か」

左門は、挑みかかる獣のような視線で男の顔を見た。

男は黒みがかった唇にうっすらと笑いをためながらうなずく。

「今夜、おまえたちがやって来るのはわかっていた」

「なんだと……」

「浄土寺をおはらい箱になった二人の寺侍が、ひそかに知らせてくれたのだ。ずいぶんと派手に、その長煙管で痛めつけてやったそうじゃないか」

「金でやつらを手なずけたのか」

「ああ、そのとおりだ。もっとも、金の力に尻尾を振っているのは、連中だけじゃあないだろうが」

刀禰甚兵衛が、あざけるような目つきで左門を見る。

「船上の警備が手薄だったのは、おれたちを誘い込むためだったのか」

「ふっふ……。そこまでわかっているんだったら、船のなかをもっと丹念《たんねん》に調べてみるべきだったな。われわれは廊下の納戸に隠れて、きさまらを一網打尽《いちもうだじん》にする機会をうかがっていたのよ」

「くそッ！」

左門は舌打ちした。おのれの甘さに、無性《むしょう》に腹が立った。

「人買い商人たちはどこにいる」

「皆さまにご迷惑がかかっては申しわけないからな。ここから二里（約八キロ）ばかりはなれた沖ノ島の網元《あみもと》の家まで送り届けて、一杯やっていただいている。わしも、おまえら虫けらどもを始末してから、女どもを連れて島へ向かうつもりだ」

「そう、うまくいくかな」

左門は動揺する気持ちを押さえつけ、薄笑いを口のはしに浮かべた。

「商いにも、商いの道というものがあるはずだ。おまえは商人のクズだぜ」

「ふん」

と、刀禰が鼻を鳴らす。

「きさま、どうやら聖蓮院のやっていることを知らされていないようだな。あの腐《くさ》れ坊主がどんなきれいごとを言っているか知らんが、やつは自分の儲《もう》けを横取りされたくないために、わしらの邪魔《じやま》をしているだけよ」

「どういうことだ」

左門が聞き返す。

「知りたければ教えてやろう。聖蓮院はな、浄土寺境内《けいだい》の籠堂《こもりどう》に遊女を置き、信者を相手に春を売らせているのよ。表向きは寺への参籠《さんろう》ということになっているから問題にはならないが、やつがそこからすすり上げている銭は莫大《ばくだい》なはずだ」

「……」

「やつが、おちょろ船を目のかたきにするのは、商売がたきをつぶすためよ。わしらにおちょろ船をはじめられては、寺もいままでのようなぼろい儲けができなくなるからな」

「なるほど、そういう裏があったのか」

「向こうさんも相当あせっているようだが、こっちとしても死活問題でね」

「どっちもどっち、というところだな」

左門が皮肉っぽく唇をゆがめたとき、

「刀禰、覚悟しろッ」

左門の横にいた寺侍が叫んだ。ダッと踏み込みざま、刀禰甚兵衛の顔面めがけて真っ向から太刀を振り下ろす。

一瞬早く、刀禰は後ろに身を引き、寺侍の太刀先はむなしく宙をきった。

その瞬間、水平に薙《な》いできた用心棒の長刀によって、寺侍の首は空中高くはね上がり、畳の上に転がった。

残された胴体は、首の斬り口から激しく鮮血を噴《ふ》き上げ、ゆっくりと後ろへ倒れる。ほとばしる血潮《ちしお》が、畳の上に血だまりをつくった。

「やりやがったなッ」

寺侍たちが血相を変えた。敵に向かって、罵り声を上げながら斬りかかっていく。

刀禰一派のほうが、人数からいっても防具からいっても圧倒的に有利である。

闘いがはじまって間もなく、年の若い寺侍が胴を斬られ、傷口から内臓をあふれさせて床に倒れた。その横で、二、三人を相手に斬り結んでいた初老の男が、額を割られ、顔面を血で染めながら、敵の臑にかじりついて絶命する。

壁ぎわに追いつめられていた別のひとりは、手から太刀がこぼれたところを、腕を斬られ、三方から突き出された太刀で胴体を串刺《くしざ》しにされ、壁に縫《ぬ》いつけられる。

寺侍たちは、つぎつぎと倒れていった。

生き残っているのは、わずかに二人のみ。それも、全身に数え切れないほどの手傷を負っている。

星影左門は長煙管をふるって敵を三人這《は》いつくばらせたが、多勢に無勢、しだいに壁ぎわに追いつめられていく。

右手のほうで寺侍がつかまり、腹を刺されるのが見えた。もうひとりの男も顔面を斬られ、のけぞって倒れる。

「さあ、残るはきさまひとりだ」

男たちは歯ぐきを剥き出し、にやにやと笑いながら左門を取り囲んだ。灯明の明かりが、男たちのかざす太刀の峰に反射する。

壁を背にした左門の額に、汗の玉が噴き出した。

「死ねッ！」

左右の足をけたたましく踏み鳴らし、正面にいた男が斬りかかってきた。

左門はとっさに、突き出された太刀先を長煙管でたたいて横へ流し、男の口のあたりを雁首で強打する。

折れた前歯が唇の肉片ごと千切《ちぎ》れ、畳に飛び散った。

ただの一撃で、突進する猛牛の頭蓋骨《ずがいこつ》をたたき割ることもできる左門の長煙管だ。男は血に染まった口もとを押さえ、肩をわななわなと震わせながらうずくまる。

左門はさらに、突きかかってきた男を二人、長煙管で目と鼻を強打して這いつくばらせた。

銀の煙管を顔の前で斜めに構え、左門は一歩、踏み出した。

気圧《けお》されたように、包囲の輪があとじさる。

そのとき、

「そいつは、おまえらの手におえる相手ではない」

廊下のほうから声がした。

氷のように冷ややかな声とともに姿をあらわしたのは、赤い猩々《しょうじょう》緋《ひ》の羽織《はおり》を身につけた若い男だった。

八

瘦身《そうしん》の男である。髪を長く伸ばし、首の後ろでひとつに束ねている。

鼻筋のとおった顔は美男と言えなくもないが、肌が病的に青白く、目の光が陰惨《いんさん》なかげりを帯びていた。

「辻月潭か……」

左門は、隙のない身のこなしで部屋の敷居《しきい》をまたいだ男に言葉を投げた。

「人の名を聞くときは、まず、おのれから名乗るものだ」

男が左門を睨《にら》みつけた。

「おれの名は星影左門。浄土寺の聖蓮院に雇われている」

「星影とやら……。お互いなんの恨《うら》みも持たぬものどうしだが、金で買われた以上、命のやりとりをせずばなるまい」

月潭は表情も変えずに言うと、送り足でつつっと近づいた。右手が背中に伸び、繰《く》り出された瞬間、青光りする三日月《みかづき》型の刃がさっと斜めに薙いでくる。

左門は壁を背に右へ動き、切っ先をかわした。

鋭利な刃先が荒壁《あらかべ》を削《けず》り、深々と線を刻んで、茶色い土をぽろぽろと床に落とす。

月潭はすかさず、左手を背中にまわし、三日月型の凶器を繰り出してきた。

——あッ！

と思った瞬間、左門の手が凶器の先に触れる。

手の甲《こう》が針でひっかかれたように裂け、真っ赤な血の玉がみるみる膨《ふく》れあがった。

「命冥加《いのちみようが》なやつめ」

辻月潭が、頰骨《ほおぼね》のつき出た顔を引きつらせて左門を見た。

月潭の左右の手にはそれぞれ、三日月型の凶器——鋭く磨き上げられた鎌《かま》が握られている。

二丁鎌《にちようがま》であった。

二つの鎌を自在に操る二丁鎌の秘技は、肥前《ひぜん》国、黒髪山《くろかみさん》の山伏《やまぶし》がもっとも得意とするものといわれる。

九州へ武者修行に行った武芸者が、黒髪山の山伏に闘いを挑み、野辺《のべ》の露《つゆ》と消えたことも一度や二度ではない。

——太刀を差して黒髪の山を歩くべからず。

とは、当時、ひとかどの武芸者のあいだでささやかれた戒《いまし》めである。

「おまえ、黒髪山伏の流れを引く者か」

手の甲から噴き出た血をざらついた舌でなめ、左門が言った。

「よく知っているな。おれは、その黒髪山伏の仲間から、凶刃《きようじん》の使い手として破門された男よ」

「それだけの腕を持ちながら、哀れなことだ」

「黙れッ！」

月潭が眉《まゆ》を吊り上げた。

二本の鎌を獣の牙《きば》のようにひらめかせ、左右交互に斬り下ろしてくる。刃が目前に迫ったとき、左門は目にもとまらぬ早さで身をかがめ、月潭の臑を長煙管ではらった。

月潭は一瞬早く床を蹴り、後ろへ飛びすさって攻撃をかわす。

二人の男は左右に分かれ、畳一枚ぶんほどの距離をおいて向かい合った。

「さすがに、やるな」

辻月潭の顔が厳しく引き締まった。

左門の動きを見て、尋常ならざる相手と悟ったらしい。右手の鎌を下に、左手の鎌を上にして構えたまま、その場に貼《は》りついたように動かない。

鎖帷子の用心棒たちは、二人を遠巻きにし、息をつめて見守っている。

部屋の空気が凍った。

物音ひとつしない。耳に響くのは、波の音だけ。

左門は月潭の足を目の端に入れた。

足袋をはいたつま先が、もがくように動いている。指の力で少しずつ前進し、間合いをつめているのだ。

頃合いを見はからって、一気に襲いかかろうというのだろう。

左門はじりじりと後退した。口のなかが、むしょうに渇く。

月潭が一歩、踏み出した。

月潭が手にした右の鎌がぴくりと動く。左門が視線をやった瞬間、それを待っていたかのように、左の鎌が牙を剝いた。

左門は体を沈めた。

鎌の切っ先が頭上をかすめるより早く、左門は右足を鋭く蹴り上げ、月潭の下腹につま先を食い込ませる。

苦痛に顔をゆがませ、月潭が膝をついた。前のめりに倒れ込む。

畳の上で全身を痙攣《けいれん》させる辻月潭をちらりと一瞥してから、左門は周囲を取り巻く男たちのほうに向き直った。

男たちは、悪夢から覚めたようにあわてて刀を突き出す。だが、その戦意が薄れていることは、そそけ立った彼らの表情からも見て取れた。

「死にたいやつから相手をするぞ」

凄みを帯びた声で左門が言った。

左門が片足を踏み出したとき、突然、すさまじい爆音が鳴り響き、船が大きく揺れた。

轟音《ごうおん》をたてて柱が倒れ、天井の太い梁《はり》が落ちてくる。鎖帷子の男が三、四人、梁の下敷きになる。

「爆薬だッ。船に爆薬が仕掛けられたぞ」

後ろのほうで叫び声が上がった。

その声がみなまで終わらないうちに、さらに二発、三発。白煙が船内に充満し、悲鳴と怒号《どごう》が飛び交《か》う。

やがて、船がガクンと揺れ、船首のほうに向かって大きく傾きだした。

船底が破損したらしく、水がどっと押し寄せる。

船室にいた男たちは、手にしていた刀を放り出し、われ先に出口の階段へ向かって殺到しはじめた。そのなかに、船に呼ばれていた妓女たち、恐怖に顔を引きつらせる刀禰甚兵衛の姿もある。

左門も長煙管を腰におさめ、流れ込む濁流に逆らって階段を駆け上がった。

斜めに傾いた矢倉の上に出る。垣立をつかんであたりを見渡した。

鎖帷子を着込んだ男たちが、船の上から身を躍らせ、つぎつぎと湖水に飛び込んでいた。だが、重い防具を身につけているため、そのまま水中に没して浮き上がってこない。

沈没は時間の問題である。

一刻も早く、船から離れなくてはならない。

湖に飛び込もうとした左門の目に、湖上を遠ざかっていく小舟が見えた。

（あれは……）

荒木田采女が必死に櫓を漕いでいた。爆発に巻き込まれないように、岸辺へと逃げてゆく。

そのとき、轟音が鳴り響き、船の前半分がこなごなに吹き飛んだ。

九

障子《しょうじ》が早朝の冷たい光に透けている。浄土寺書院の間——。

聖蓮院は、白い湯気を上げる金鍋《きんなべ》の豆腐《とうふ》をつつきながら、金の杯《さかずき》で般若湯《はんにゃとう》を嘗《な》めていた。

湯豆腐で朝酒を呑むのは、三十年来欠かしたことのない聖蓮院の習慣である。

聖蓮院はゆっくり時間をかけて湯豆腐を食べ終えると、染《し》みの浮いた顔をやや上気させて、手文庫《てぶんこ》のなかから一冊の台帳を取り出した。台帳には、遊廓の儲けを寺の信者たちに高利で貸し付けた金額が、墨で黒々としるされている。

一枚、二枚と、聖蓮院は台帳をめくった。

膨れ上がった利子《りし》の残高に聖蓮院が目を細めたとき、濡れ縁を歩いてくる足音がした。足音は、書院の障子の前でぴたりと止まる。

「荒木田か。ご苦労だったの」

聖蓮院は、台帳をめくる手をいそがしく動かしながら声をかけた。

しかし、返事がない。雑木林を揺らす風の音が聞こえるだけである。

聖蓮院は目を上げた。

障子に黒い人影がうつっている。

「どうした、荒木田。早く入って来ぬか」

その呼びかけに応《こた》えるように、障子がさっと開いた。男が不敵な笑いを頬に刻んだまま、部屋のなかへ入ってくる。

引き締まった鞭のような体に、濡れた黒い小袖と袴が貼りついている。

「おまえは、星影……」

聖蓮院は手から台帳を取り落とし、一瞬、信じられないといった目つきをした。

だが、すぐに、もとの皺におおわれた無表情な風貌《ふうぼう》にもどる。

「遅かったようじゃな。首尾《しゅび》はどうであった」

「首尾か……」

左門の頰から笑いが消え、細くなった目が凄みをおびた光を放ちだした。

「荒木田の口からすべて聞いた。あんた、最初から船ごとおれたちを爆破しろと、やつに命じていたそうじゃねえか。御用《ごよう》ずみになった犬は、手っ取り早く口封じするというわけか」

「そ、そんなことはない。このとおり、約束の後金《あときん》も用意してある」

聖蓮院は文机《ふづくえ》の下にあった袱紗を、震える手で横に押し出した。袱紗包みがほどけ、にぶい輝きを放つ銀の山がざっとこぼれ落ちる。

「笑わせるな。こいつは、謝礼として荒木田にくれてやるつもりの金だったんだろうが」

「荒木田はどうした……」

「やつならいまごろ、寺の舟着き場で水鳥《みずどり》に頭を突っつかれているだろう」

「おまえがやったのか」

「さあな」

左門は唇の端を吊り上げて冷たく笑うと、聖蓮院に近づいた。

聖蓮院の顔色が変わった。分厚い唇が血の気を失い、わなわなと震える。身をひるがえし、床の間に置かれた青磁《せいじ》の香炉《こうろ》をはねのけるが早いか、掛け軸《かじく》の裏の隠し物入れから一振りの小刀《こがたな》をつかみ出す。

聖蓮院は黄金《こがね》造りの鞘《さや》をはらい、刀の切っ先を左門の胸に向けた。

「このおれを、殺《や》ろうってのか」

「……」

「面白い、相手になってやる」

「くそッ！」

聖蓮院が顔をゆがめ、体ごと突きかかってきた。

左門は、小刀の切っ先を入り身でかるがると避《よ》け、相手の手首をつかんで逆に締め上げる。

聖蓮院の手から、小刀がこぼれ落ちる。

左門は腕をつかんだまま足をはらって、聖蓮院の太った体をねじ伏せ、背中の急所を膝で押さえつけた。

「ため込んだ金は、どこに隠してある」

「金などない……」

「嘘をいうな。あんたが、遊廓からのあがりで金をため込んでいることも、こっちは先刻《せんこく》ご承知だ」

左門が、ねじ上げた腕に力を入れた。

聖蓮院の顔が引きつり、額に脂汗《あぶらあせ》が浮かんでくる。激痛のあまり、声も出ない。

左門は力をゆるめた。

「どうだ、気が変わったか」

「わ、わかった……。金は本堂の阿弥陀如来《あみだにょらい》の下に隠してある。全部くれてやるから、頼む、命だけは助けてくれ」

「物分かりのいいことだ」

にやりと笑い、左門は聖蓮院の背中から膝をはずした。

そのとき、

「動くんじゃないよッ！」

後ろで女の声がした。

振り返ると、開け放たれた障子の向こうに銃口が光っていた。

「おまえは……」

左門が声を上げた。

「驚いたかい」

短筒を構えた女が笑った。お浅であった。

「お浅……。なぜ、おまえがここに」

「あたしはね、そこにいる聖蓮院の女なのよ」

「なに……」

左門は足もとにねじ伏せた聖蓮院を見た。

聖蓮院はお浅に向かって、しきりに目くばせしている。早く自分を助けろと言っているらしい。

「おれと寝たのは、聖蓮院の命令だったのか」

「そうじゃない。あんたと寝たのはあたしの意志。生きていくために、聖蓮院の女になったけど、そのけちくさい坊主にはいい加減あきあきしていたの」

「……」

「あんたを知ってから、あたしは考えが変わった。この世には、あたしが経験したこともない楽しみがまだまだいくらでもある。この手で大金をつかんで、誰にも縛《しば》られずに自由に生きてみたくなったのよ」

「お、お浅……」

必死に救いを求める老僧を、お浅はあっさり黙殺した。

「あんたたち二人には、この場で死んでもらう。聖蓮院がため込んだ金は、あたしがそっくりいただく」

と言うと、お浅は短筒を聖蓮院に向け、引き金をひき絞った。

轟音とともに聖蓮院の頭が吹っ飛んだ。

「つぎはあんたよ」

お浅の瞳が暗く妖《あや》しい光を放った。

発射の反動ではじけ飛んだ縄を火ばさみに装着し、銃の左側についたもう一方の火蓋《ひぶた》を切る。

「おまえにおれが撃《う》てるか」

「撃てるわ。いまのあたしには、もう怖いものなんてない……」

「ならば、撃て」

左門は頭の半分を失った聖蓮院の死体を放り出し、静かに立ち上がった。憂《うれ》いをおびた甘い片笑いを頰に刻み、お浅に近づいていく。

「お浅、いい夢を見させて欲しいと言ってたな……。夢はまだ終わっていない」

「来ないで、本当に撃つわよ」

銃口が、細かく震えていた。

大きく見開いた女の目が、かすかに戸惑《とまど》いの色を浮かべる。

その一瞬の隙を見逃《みのが》さず、左門は短筒を鋭く蹴り上げた。

短筒が女の手を離れ、縁側から音をたてて転がり落ちる。石の沓脱ぎに当たって、暴発《ぼうはつ》した。

「お浅、いい夢を見な」

耳もとでささやくと、左門は女の鳩尾《みぞおち》に拳《こぶし》をたたき込んだ。お浅はがっくりと崩《くず》れて気を失う。

左門の瞳に物憂《ものう》げな光がゆらめいた。

あとは、寺の本堂に隠されている金を奪って、うら寂しい湖水の町に別れを告げるだけである。

子守唄《こもりうた》

一

東の空が、仏の後光《ごこう》のごとき荘厳《しょうごん》な光彩に明け初《そ》めると、海は漆黒《しっこく》の掟《おきて》から解《と》き放たれたかのように生き生きとさざめき立つ。

南紀串本《くしもと》の海は、薄紫色に色づきはじめていた。

灘兵衛《なだべえ》は無精髭《ぶしょうひげ》におおわれた彫《ほ》りの深い顔を潮風になぶらせ、長身の体を大きくそらせて舟の櫓《ろ》を漕《こ》いだ。

波がくるたびに舳先《へさき》がいまにも折れそうに軋《きし》み、不気味な音をたてた。くたびれた漁師舟である。沖に出ると、太平洋から押し寄せる大波に呑《の》み込まれそうになることもしばしばであった。

だが、灘兵衛は度胸の良さとたしかな腕で、小さな漁師舟をおのが手足のごとく巧みにあやつった。

「あいつは、ただの漁師じゃねえ」

串本の漁師仲間は、灘兵衛のことをそう噂《うわさ》している。

「やつの眼を見てみい。あれは、人をようけ斬《き》ってきた者《もん》の眼や。黒眼がすわって、動かんやろ」

「昔は海いくさで、ずいぶんと鳴らしたって話だ」

土地の者たちは、声をひそめてささやき、どこか恐れにも似た眼で、灘兵衛のことを見た。

灘兵衛が紀州《きしゅう》最南端の漁村、串本に居着くようになったのは、いまから三年前のことである。

当時は、大坂の陣がおわってからまだ四年しかたっておらず、串本をはじめとする紀州の浦々にも、大坂城を焼け出された豊臣牢人《とよとみろうにん》がときおり逃げ込んできた。紀州侯（和歌山城主、徳川頼宣《とくがわよりのぶ》）の落人《おちうど》狩りに捕らえられ、多くの牢人が城下へ引き出されて斬首されたが、いまでは騒ぎも収まり、浜に平穏がもどっている。

「灘兵衛のやつも、大坂城の残党にちげえねえ」

との噂がしきりにささやかれたが、不思議なことに灘兵衛は落人狩りの網の目をくぐり抜け、串本の浦で漁師として生きるようになっていた。

寡黙な男であった。

湊《みなと》で仲間たちと顔を合わせても、避けるように眼をそらすだけで、めったに自分から口をひらくことはない。

灘兵衛には、養う家族がいた。

今年、数えで三つになる小弥太《こやた》である。

二年前まで、色の白いうなじの綺麗なお里《さと》という女房がいたが、灘兵衛と小弥太を置き去りにして、ある日突然、姿を消してしまった。

落ちぶれ果てた灘兵衛に愛想をつかしたのだとも、若い男と手に手を取って駆け落ちしたのだとも、串本の者たちはさまざまな噂をした。

だが、そのことについて、灘兵衛は何も語らぬし、灘兵衛を恐れる村の者たちもあえて聞くことはない。

小弥太に関するかぎり、灘兵衛は子煩悩《こぼんのう》な父親で、沖へ漁に出るときにも、必ず舟にわが子を乗せた。

この日も、まだ暗いうちに、眠っている小弥太を抱きかかえて舟に乗った。藁《わら》を敷き詰めたタライのなかに子供を寝かせ、灘兵衛はひとり黙々と漁に励む。

冬のあいだ、串本の沖ではクエが釣れる。

クエは大魚である。成長したものになると、頭から尾鰭《おびれ》まで五尺（約百五十二センチ）。目方にして、八貫（約三十キロ）はある。

その大魚を釣り上げるのは、格闘と言っていい。

それも五日に一匹、針にかかればいいほうで、毎日舟を出しても半月近く釣れぬことがあった。

クエの一本釣りは、夜明けまでが勝負である。日が高く昇ってからでは漁にならない。暁闇《ぎょうあん》のうちに、釣り場となる岩礁の近くへ舟を漕ぎ出し、いつ来るとも知れないアタリを辛抱づよく待つのがクエ釣りの漁師たちの仕事だった。

もっとも、冬魚の〝王〟と言われるクエは、その淡泊にして脂《あぶら》の乗った旨い身ゆえに高値で取引される。

「クエを食するためなら、吉光《よしみつ》の脇差《わきざし》を引きかえにしても惜しくない」

と、紀州侯が言ったとか言わぬとかいう話が伝わっている。労はかかるが、クエを一匹釣り上げただけで、普通の漁に倍する稼ぎを手にすることができるのだった。

しかし――。

今年は潮の具合が悪いのか、いつもならクエ漁が最盛期になるはずの師走《しわす》になっても、さっぱり釣果《ちょうか》があがらない。

ひとり灘兵衛ばかりでなく、串本周辺の漁師たちはみな不漁を嘆き、なかには食うために和歌山城下へ出て、普請《ふしん》現場で日銭を稼ぐ者もいた。

「今年のクエは駄目や」

多くの漁師たちが見切りをつけ、年明けには黒潮に乗ってやって来るカツオ漁の準備をはじめるなか、灘兵衛だけはクエ漁にこだわりつづけた。

小弥太と二人、年を越すには銭がいる。わずかばかりの貯えも底を尽きかけており、急場をしのぐには、ほかの者のように城下へ日雇《やと》いに出るのが一番の方法だった。

だが、灘兵衛はいかに困窮しようとも、そうした道を選ばなかった。

毎朝、手ぶらで沖からもどってくる灘兵衛を見て、

「侍《さむらい》だったころの誇りが、よう捨てられんのやろ」

などと、陰であざ笑う声もあった。

二

(辰巳地《たつみじ》へ出てみるか……)

灘兵衛は思った。

辰巳地は、潮岬《しおのみさき》の西側、住崎《すみさき》沖の暗礁である。

地形のせいで、あたりは複雑な潮流が渦を巻き、熟練の漁師でもめったに近づく

ことはない。

だが、深さ十尋《ひろ》（約十五〜十八メートル）の辰巳地の暗礁には、石鯛《いしだい》やおおな（イシナギ）をはじめとする大魚が数多く居着いており、大物場として知られている。磯《いそ》近くでは、夜のあいだしか漁にならないクエも、この場所ならば潮の具合で夜明けから半刻《はんとき》（約一時間）ばかりは漁になった。

身の危険をおかしても、漁へ出てみるだけの価値はある。いや、危険と引きかえにしてもいいと思うほどに、いまの灘兵衛はクエを釣り上げたかった。

櫓を漕ぎながら、ふと小弥太のほうに眼をやった。

黄金《こがね》色の日差しをまるまるした頰《ほお》に受けながら、タライのなかで親指をしゃぶって安らかな寝息をたてている。

母の愛を知らぬこの子に、

（正月の餅《もち》を腹いっぱい食わせてやりたい……）

胸の底がひりひりと灼《や》けつくように、灘兵衛は思った。

やがて、舟は辰巳地に着いた。

住崎と稲村《いなむら》崎を結ぶ線上に、その暗礁はある。

赤褐色の切り立った断崖が海へ落ち込む住崎から、ちょうど二町（約二百二十メートル）ばかり沖へ出たあたりである。

灘兵衛は櫓を漕ぐ手を止め、舟の胴《どう》の間《ま》にかがみ込んだ。生《い》け簀《す》から、餌《えさ》のアオリイカをつかみ取ると、釣り針にしっかりと刺し、底昏《ぐら》さをたたえた冷たい海へ投げ入れる。

アオリイカの白く半透明な身が、海の暗冥《あんめい》のなかへ、するすると吸い込まれるように沈んでいく。

舟端から身を乗り出しつつ、灘兵衛は手のうちから糸を繰《く》り出していく。細くたよりなげな釣り糸は、常世《とこよ》と現世《うつしよ》の境《さかい》を結ぶ極楽引接《いんじょう》の糸のように見えた。

かれこれ、十尋近く糸を出した。

――コツン

という手ごたえが、灘兵衛の指先につたわってくる。オモリが海底の暗礁にぶつかったのである。

灘兵衛は根がかりせぬよう、糸を三尺（約九十センチ）ほどたぐり寄せると、それを舟端の取っ手に巻きつけた。

小舟は早い山潮《やまじお》（岸に向かって入り込む潮）に流され、暗礁の上を木の葉のように揺れ動く。それにつれて餌のアオリイカが底近くをひらひらと動き、暗礁の穴ぐらに身をひそめているクエを誘い出すのである。

糸をつかんだまま、しばらく待った。

なかなか、アタリは来ない。

あとは、魚との根くらべだった。

しびれを切らして音《ね》を上げたほうの負けである。

(今日は釣り上げるまで、湊には帰らぬぞ……)

灘兵衛が肚《はら》をくくったときだった。

突然、背後で泣き声がした。

振り返ると、タライのなかで小弥太が顔を真っ赤にし、火がついたように泣いている。悪い夢でも見たのだろうか。烈《はげ》しい泣き方だった。

「どうした、坊」

灘兵衛は舟端を離れ、わが子のそばへ近寄った。無骨《ぶこつ》な腕で、泣いている小弥太を抱きかかえる。

「腹がへったか」

隣家の女房から分けてもらった飴《あめ》を口にふくませようとしたが、小弥太は泣き叫ぶだけで受けつけなかった。

尻を揺すったり、背中をさすったり、男の頭で思いつくかぎり、さまざまな方法であやしてみた。だが、小弥太はいっこうに泣きやまない。

(母者が恋しいか……)

海をわたる子供の泣き声が、灘兵衛の胸に突き刺さった。

「のう、小弥太。もはや母者はおらぬのだ。辛抱してくれ、のう」

詫《わ》びるように語りかけ、あぐらをかいて舟にすわり込むと、灘兵衛は子守唄を歌いだした。

恋しくばまた尋ねてござれ
昼は信太《しのだ》の森にすむ
夜はこの子の軒《のき》にすむ
ねんねんや
ねんねんや

灘兵衛が童《わらべ》のころ、母から聞かされた子守唄であった。

子を思う母親の情にあふれた唄だが、男の灘兵衛が歌うと、調べが底錆《さ》びて哀調を帯びた。

子守唄がきいたのか、やがて小弥太は泣きやんだ。ふたたび、静かな寝息をたてて眠りはじめる。

灘兵衛は、小弥太の頰に残る涙のあとを指先でぬぐってやり、こわれものでも扱うようにそっとタライに寝かせた。

（おれは、だめな男だ……）

わが子の寝顔を見つめながら、灘兵衛は胸の奥でおのれを責めた。

（おれがもっと生き上手な男であれば、小弥太にも、お里にも、安楽な暮らしを与えてやれたものを……）

湧き上がる黒雲のような寒々とした思いが、灘兵衛の脳裡《のうり》によみがえった。

灘兵衛は姓を正木《まさき》といい、かつては、伊勢鳥羽《いせとば》五万五千石の大名九鬼守隆《くきもりたか》に仕える二百石取りの侍であった。

志摩《しま》海賊の末裔《すえ》である九鬼家は、

――海の大名
と言っていい。大安宅船《おおあたけぶね》三国丸のほか、七十二挺櫓《ちょうろ》の天地丸《てんち》をはじめとする関《せき》船、小早船《こばや》を多数擁し、その水軍力は徳川幕府にも一目置かれていた。

九鬼水軍屈指の勇猛果敢な侍であった灘兵衛も、小早船の前鬼《ぜんき》丸をまかされ、志摩の海を自在に駆けめぐっていた。

その灘兵衛の運命が変わったのは、大坂冬の陣――。

徳川方の一翼をになう九鬼水軍が、大野道犬斎《どうけんさい》らが守備をかためる豊臣家の船倉を攻めたときである。

九鬼水軍五十艘《そう》は木津川《きづがわ》口からさかのぼり、船倉に迫った。これを待ち受けていたかのように、大野道犬斎ひきいる豊臣水軍が、大安宅船の大坂丸はじめ、関船、小早船からなる三十艘の船団を繰り出してきた。

いくさは石火矢《いしびや》（大砲）の応酬にはじまり、さらに弓矢、船上での火縄銃の銃撃戦が展開された。

灘兵衛は、小型だが速力の出る十六挺櫓の小早船前鬼丸の舳先に立ち、みずから刀を取って矢弾《やだま》の雨のなかを突きすすんだ。

いくさは、激戦となった。

小回りのきく九鬼水軍の小早船から、豊臣方の船に油玉が投げ入れられ、各所で火の手が上がる。

灘兵衛も前鬼丸を駆り、大野道犬斎の乗船する敵主力艦大坂丸に近づいた。

「油玉を投げ入れよッ！」

灘兵衛の号令とともに、火のついた油玉が二十、三十と、大安宅船の船上へ投げ上げられた。

船が燃え上がり、大混乱におちいったのを見すまし、灘兵衛は縄《なわ》ばしごをつたって大坂丸に乗り移った。

斬って斬って、斬りまくった。

刀に脂が巻き、斬れ味が鈍くなると、敵の刀を奪い取ってまた斬った。何か熱く沸騰するものが、全身、返り血を真っ赤に浴びた灘兵衛の体内で荒れ狂った。

（功名だ、功名をあげるのだ……）

潮風と、なまぐさい血しぶきの臭いをかぎながら、灘兵衛は祝言《しゅうげん》をあげたばかりの新妻、お里のことを想っていた。

お里は旗奉行《ぶぎょう》雨宮半左衛門《あめみやはんざえもん》の娘で、九鬼家の家中きっての美人だった。そのお里を、灘兵衛は家中の多くの競争相手を蹴《け》落として手に入れた。

（手柄をあげて、お里に誇りたい）

新妻のうるんだ黒瞳《くろめ》がちのまなざしが、灘兵衛の胸の底で妖《あや》しく揺れた。

そのとき――。

灘兵衛は、自分が豊臣方の兵に囲まれてしまっているのに気がついた。ふと、お里のことを考えているうちに、うかつにも敵を深追いしすぎてしまったらしい。

（くそッ！）

灘兵衛は舌打ちした。

敵は四人だった。血刀を振るって二人を倒したが、船上にあった濡《ぬ》れた太縄の束に足を取られて転び、突盔兜《とっぱいかぶと》の巨漢の武者に組み伏せられてしまった。

武者が、灘兵衛の上に馬乗りになった。逃《のが》れようともがいたが、太い腕で押さえつけられ、身動きがならない。

巨漢の武者が手を出そうとする朋輩《ほうばい》を制止し、右手で腰の小刀《こがたな》を抜くのが見えた。灘兵衛の首を掻《か》き斬ろうというのだろう。

（お里……）

恋妻の白いうなじが、灘兵衛の脳裡に浮かんでは消えた。

自分が死ねば、お里はどうなるのか。あの湿り気をおびた雪肌も、持ち重りのする豊満な胸も、形のいい尻も、誰かほかの男のものになってしまうのか。

（死にたくないッ！）

次の瞬間、生への強い欲求が、灘兵衛を突き動かしていた。

灘兵衛は、万力《まんりき》のような力で押さえつける男の左腕関節をねじった。男の体がやや前のめりに浮き上がったところへ、わずかに自由がもどった右膝《ひざ》で尾骨を蹴りつける。

突盔兜の武者が顔をゆがめた。小刀を抜くのをやめ、顔を真っ赤にして灘兵衛の首を両手で絞《し》めにかかった。

息ができなくなった。苦しい。目の前が、鉛《なまり》の壁でも倒れてくるように暗くなった。

(これまでか……)

灘兵衛が死を覚悟したとき、にわかに相手の力がゆるんだ。男が大きく眼を見開いたまま、灘兵衛の上におおいかぶさってきた。

見上げると、倒れた武者の向こうに、見慣れた顔があった。

同じ九鬼水軍の、山際市之介《やまぎわいちのすけ》だった。

三

灘兵衛はふと、我に返った。

取っ手に巻きつけていた釣り糸が、緊張をみなぎらせて強く張っている。

（来たな……）

灘兵衛は舟端に取りついた。

糸をつかむと、ぐいぐいとたしかな手ごたえがある。

久しぶりの獲物にちがいない。それも大物である。

根魚《ねうお》のクエは、身に危険を感じると、海底の根にもぐり込もうとする習性がある。根にもぐり込まれたら最後、どれほど労力を費やしても、釣り上げることは難しい。無理に引き上げようとすれば、釣り糸が岩礁のカドで擦《す》り切れてしまう。

灘兵衛は腰を深く沈め、両足を踏ん張って釣り糸を引き寄せはじめた。

すばやく、しかし慎重に、海中を走ろうとする魚の動きを制しつつ、
ジワリ
ジワリ
と、糸をたぐり寄せていく。

やがて、クエがやや赤みがかった暗黒色の魚体を海面近くにみせはじめた。

四尺（約百二十センチ）はあろう。思ったよりも小ぶりだったが、まるまると胴が肥《こ》えていた。

（いい値で売れようぞ……）

小弥太に餅が買ってやれると思い、胸がおどった。

早く引き上げようと気がせいた。

足もとにあった鉤棒《かぎぼう》を拾い、小舟から身を乗り出して、クエの頭にするどい鉤の先を食い込ませるようにたたきつけた。

が、焦《あせ》っていたせいか、手もとが狂って鉤先が横へはずれた。

（しまったッ）

と、思ったときには、クエは大きく身をよじり、その拍子に口から釣り針がはずれて、海中深く姿を没した。

灘兵衛はクエの消えた暗い海を、凝然《ぎょうぜん》と見つめた。

かるくなった手もとに、喪失感だけが残った。

（あのときと同じだ……）

灘兵衛は、矢弾の飛びかう水面《みなも》へ消えていった友のことを思い出していた。

山際市之介は、灘兵衛の幼な友達だった。

ともに志摩の生まれで、水練も、磯遊びも、舵取《かじと》りの稽古《けいこ》も一緒にやった仲である。二人で沖の島まで遠泳に出かけ、磯でアワビやトコブシを山ほど採《と》ったこともあった。

市之介は、誰にでも容易に心を開くことができぬ灘兵衛とちがい、少々、軽はずみなまでに明るい気性の男だった。

おのれを前に押し出すのが巧みで、上役の受けもよく、藩公の近習《きんじゅう》に取り立てられ、灘兵衛より一歩も、二歩も出世が早かった。

生き上手な市之介と、いつも人の輪から少しはずれたところにいる灘兵衛と——個性は正反対だが、二人はなぜかうまが合い、十数年来の友情をはぐくんでいた。

日のあたる道を歩む市之介にくらべ、地味で目立たぬ存在だった灘兵衛が、一躍藩内で脚光を浴びるようになったのは、答志《とうし》島に隠れ住んでいた関ケ原残党を掃討したときからである。

激しい抵抗をみせる関ケ原牢人相手に、灘兵衛は鬼神のごとき働きをみせ、

「九鬼に正木灘兵衛あり」

と、武名をとどろかせた。

藩主九鬼守隆じきじきにねぎらいの言葉をたまわり、秋広《あきひろ》の短刀も与えられた。

「よかったのう、灘兵衛。わしもわがことのように嬉しいぞ」

友の市之介が真っ先に祝福してくれたのが、灘兵衛にとっては何よりの喜びだった。

そのことがあってからしばらくして、灘兵衛のもとに縁談が舞い込んだ。相手は旗奉行雨宮半左衛門の娘で、評判の美人のお里である。

家中にはお里に思いを寄せる者が多く、嫁に欲しいとの申し込みは三つや四つではなかったが、父の雨宮半左衛門は灘兵衛の武勇に惚《ほ》れ込み、

「近ごろはいくさの数が減り、小才が利《き》く者ばかりを重用する風潮があるが、男はやはり武辺が第一だ。灘兵衛のごとき剛勇の士こそ、いざというとき頼みになる」

と、縁談を決めてしまった。

はじめて会ったときから、お里の清楚《せいそ》な美しさに心奪われていた灘兵衛に、むろん否《いな》やはなかった。

しかし、気になったのは、友垣の市之介が以前からお里に懸想《けそう》し、しきりに付け文などを送っていたことである。

もっとも市之介は、こと色事に関しては気の多い男で、城下の遊廓に馴染《なじ》みの妓《ぎ》がいるという噂だった。藩の重役などに連れられて、そうした場所に出入りするうちに、遊びの味を覚えたのであろう。

灘兵衛は、市之介が本気でお里に惚れているのであれば、自分は縁談を断ってもよいと言った。灘兵衛には恋よりも、男同士の義のほうが重かった。

しかし、市之介はやや形のゆがんだ唇を引きつらせるようにして笑い、

「なんの、本気なものか。お里どのでなくとも、おれに惚れる女は浜の真砂《まさご》の数ほどいるわ」

その言葉を聞き、灘兵衛は安心してお里を嫁に迎えることができた。

山際市之介とは、そうした男である。

大坂丸の船上で、危機におちいった灘兵衛の前に市之介があらわれたとき、

(持つべきものは友だ……)

灘兵衛は、地獄で仏に会ったような気がした。

市之介は灘兵衛を組み伏せていた巨漢の武者を斬り捨て、さらにもう一人、その場にいた豊臣方の武者を斬った。

平素、戦場では一歩、身を引いていることが多い市之介らしくもない、ぎらついた眼をしていた。

「お陰で命拾いしたぞ」

灘兵衛は礼を言い、刀をつかんで起き上がろうとした。

が、市之介は黙っている。凶暴な光を帯びた瞳《ひとみ》で灘兵衛を見すえ、血に濡れた刀を振りかぶった。全身に、するどい殺気が満ちていた。

「どうした、市之介」

「ここでおぬしが死んだとて、あやしむ者は誰もおらぬ」

「なんだと……」

「さいわい、近くに味方の目はない。おぬしは敵に組み伏せられて、ぶざまに討ち死にしたことにしておいてやる」

言いざま、市之介が斬りつけてきた。

とっさに灘兵衛は手にした刀で一撃を払いのけた。払いのけつつも、まだ自分の身に降りかかっている事態が信じられない。

「狂うたか、市之介」

「狂うてなどおらぬわ。ぬけぬけと、お里どのを横取りした盗っ人めがッ！」

「おぬしは……」

波のように押し寄せる斬撃を右へ、左へとかわしながら、灘兵衛は頭のなかでおぼろげに悟っていた。

市之介は、灘兵衛がお里と結ばれることを、心から祝福していたのではない。いや、表面は何でもないふうを装いながら、胸の奥では、抜き差しならぬほどの根深い憎悪《ぞうお》を太らせていた――。

武士は誰でも見栄《みえ》っ張りなものである。市之介は、口では灘兵衛の幸運を祝うふりをしながら、おのれの気持ちの整理がつかず、積もり積もったものが、戦場の異様な雰囲気のなかでにわかに噴き出してしまったのではないか。

「きさまさえ、おらねば……」

「やめよ、市之介」

灘兵衛は必死に相手を落ち着かせようとした。だが、市之介の血走ったまなこは、ますます狂気の色を濃くしていた。

たちまち、灘兵衛は船端に追い詰められた。火の手がますます激しく燃え広がり、敵味方入り乱れての騒乱のなかで、二人の暗闘に関心を払う者はいない。

「死ねえッ！」

脳天からほとばしる絶叫とともに、市之介が刀を振り下ろしてきた。

刹那《せつな》――。

灘兵衛の体は、心を離れて勝手に動き、市之介の横を擦り抜けながら、腹巻と草摺《くさずり》のあいだを一閃していた。

市之介の足が一瞬、止まった。

「市之介……」

茫然と立ち尽くす灘兵衛の目の前で、市之介がよろめき、船端の手すりに背中からぶつかった。

そのとき、黒煙のかなたから飛んできた流れ弾が、市之介の喉笛《のどぶえ》を打ち砕《くだ》き、黒《くろ》革縅胸紅《かわおどしむなべに》の具足をつけた体はそのままのけぞるように、水中へ落下していった。

船いくさは、徳川方の勝利におわった。しかし、市之介の遺骸はついに揚がらず、九鬼家では、

——戦死

として処理された。

灘兵衛は、大坂丸の戦場で起きた事件をおのれの胸ひとつにおさめ、大坂冬の陣を戦った。

その後、大坂夏の陣によって豊臣氏が滅びると、正木灘兵衛は主家を辞し、妻のお里とともに故郷を立ち去った。

お里を連れてゆく気はなかったが、お里の口から懐妊を打ち明けられたのと、未《み》練《れん》の情に負け、どうしても置いて去ることができなかったのだった。

しかし、お里にどれほど強く聞かれても、灘兵衛が九鬼家を去った本当の理由を口にすることはなかった。

灘兵衛は日々の糧《かて》をかせぐために、串本の浦で漁師になった。

やがて、月満ちて小弥太が生まれたが、夫婦の仲はしだいに気まずくなり、たがいに眼を合わせることさえ避けるようになっていった。

それもこれも、灘兵衛が女房とのあいだに、みずから心の垣根をつくっていったためである。

「おまえさまは、私に何かを隠している。二世を契《ちぎ》った仲なのに、なにゆえ九鬼家を去ったわけを話して下さらぬのです」

お里は泣いて、灘兵衛を責めた。

だが、灘兵衛は黙して語らなかった。あのときのいきさつを誰かに話せば、市之介の名誉を傷つけることになる。しかも、やむを得ぬこととはいえ、灘兵衛は同じ藩の朋輩を手にかけた。闇のかなたへ葬り去ってしまいたい、つらすぎる過去だった。

「私には、おまえさまがわかりませぬ」

囲炉裏《いろり》の火を見つめて、お里が言った。

「何を考えているのやら、私には皆目わかりませぬ。ただひとことでいい、胸にかかえておいでのものを、さらけ出して下さればよいのに……」

小弥太がようやく、つかまり立ちをおぼえはじめたころ、お里は串本を立ち去った。実家の雨宮家からひそかに迎えの者が来て、お里を小弥太から引き離して連れ去ったのである。

灘兵衛には何もできなかった。

（鳥羽へもどったほうが、お里の幸せかもしれぬ……）

と思うと、全身の力が抜け、わが子と別れる悲哀に身もだえするお里をただ見送るしかなかった。

あとには、まだ物心のつかぬ小弥太が残された。

その日から――。

灘兵衛には、小弥太だけが自分をささえるただひとつの生きがいになった。

四

風が、やや強くなっている。

波も高くなってきた。

舟の揺れがしだいに激しくなり、波間で上下した。

だいぶ日も高くなってきている。大物場の辰巳地とはいえ、今日のクエ漁はもう無理であった。

(引き揚げるか……)

灘兵衛が思ったとき、

「お父《とう》、小便《しょうべん》」

タライのなかで起きだした小弥太が、眼をこすりながら言った。

「おお、小便か」

灘兵衛は眼を細め、余の者にはけっして見せぬ慈愛深い笑顔をわが子に向けた。

お里がいなくなった当座は、男ひとりでの子育ては手にあまり、まごついたり、苛立《いらだ》ちをおぼえたりすることが多かったが、いまではそれも、すっかり板についてきている。

櫓をまたいでタライに近づき、小弥太をかるがると抱き上げた。

「お父、魚《とと》は釣れたか」

幼いなりに、父のことを心配しているのだろう。近ごろでは、言葉は舌足らずながら、こちらが驚くようなませた口をきく。

「あと一歩のところで、でかい魚を取り逃がした」

灘兵衛は小弥太の着物の前をひらき、裾《すそ》をたくし上げて、小さな体を舟端の向こうへ差し出した。

灘兵衛の太い腕にささえられ、小弥太が海の上に宙ぶらりんになった。朝日に照らされ、海も小弥太の股間《こかん》も黄金色に輝いた。

「だが、明日はきっと釣り上げる。クエを釣ったら、腹一杯ままを食わせてやるぞ」

「うん」

小弥太が小水をはじく音が響いた。

健康で生命感に満ちた音は、

(この子のために、明日も生き抜いてやる……)

灘兵衛の身のうちに、新たな気力を奮《ふる》い起こさせた。

「お父」

「なんだ」

「山ほどクエが釣れたら、お母《かあ》は帰ってくるかのう」

「……」

「お母にも、たんとままを食わせてやろう。のう、お父」

「…………」

切なさが胸に込み上げた。

その思いを断ち切るように、

「無駄《むだ》口をたたくな。しまいまで小便は出しきったか」

灘兵衛は、わざとぞんざいな口調で言った。

「うん」

「よし」

とうなずき、灘兵衛が小弥太の体を舟へ引き入れようとしたときだった。

海面がせり上がり、激しい水しぶきとともに、黒く巨大な影が横切った。

一瞬、何が起きたかわからなかった。

その影が白く泡立つ波間に没したとき、灘兵衛は眼前に信じがたい光景を見た。

「坊ッ！」

灘兵衛が抱きかかえる小弥太の胸から下が失われていた。したたり落ちる鮮血で、海面が真紅に染《そ》まってゆく。

「坊ーッ！」

灘兵衛の喉から、悲痛な絶叫がほとばしった。

夢を見ているのではあるまいかと思った。

灘兵衛は、変わり果てた愛息を舟の上に横たえた。無惨にも、体半分がもぎ切られている。

片頬にえくぼが浮かんだままなのが、酷《むご》すぎる現実をいっそう際立たせた。

「眼をあけろ、坊ーッ！」

叫びながら、灘兵衛は小弥太の頬を無我夢中でたたいた。そんなことをしても、取り返しがつかないことはわかっている。

だが、そうでもしなければ、自分自身がどうかなってしまいそうだった。

「なぜだッ、なぜこんな酷いめに……」

灘兵衛は肩ごしに、ついさっきまで、小弥太が小便をはじいていた海のほうを振り返った。

海面に血の花が咲いている。

その花を蹴散らすように、大きな背鰭が波間に浮き沈みするのが見えた。

（鮫《さめ》か……）

そいつは、不気味な黒い影絵のように、群青色《ぐんじょう》の海に巨体を浮かび上がらせている。

大きい。

頭から尾の先まで、身の丈《たけ》は灘兵衛の乗っている漁師舟よりもあるだろう。ざっと目測しただけで、ゆうに二十尺（約六メートル）は超えているものと思われた。

鮫は舟のまわりをかすめるように、音もなく泳ぎまわった。

（小弥太を食ったのは、こいつか……）

灘兵衛は鮫の黒い影を睨《にら》みすえた。

そのとき、

――ドン

と、鈍い衝撃が走り、漁師舟が揺れた。灘兵衛は思わずよろめき、舟端にしがみついた。小弥太を襲った鮫は、ホオジロ鮫である。

ホオジロ鮫は大きいもので体長六メートル以上にもなり、鮫のなかでもっとも獰《どう》猛《もう》と言われる。アシカやアザラシなど大型の海獣を襲って捕食し、時によっては、アワビやサザエを採る海女《あま》たちを襲撃することもあった。

モリで突かれた魚が暴れる音や、水面をたたく音、血の臭いなどに、ホオジロ鮫は引きつけられる。

小弥太が小便をする音が、付近の海を回遊していた鮫を引き寄せてしまったのかもしれない。

ふたたび、鮫が舟に体当たりしてきた。

ホオジロ鮫の当たりは、小舟を沈めるほど強烈と聞いている。衝撃で真っ白な波しぶきが上がり、舟に水がかかった。

灘兵衛も、頭から濡れねずみになった。

嘗《な》めた唇が塩辛《しおから》い。

（このおれも、地獄へ引きずり込もうというのか……）

あざ笑うかのように悠然と泳ぐ人喰鮫の背鰭を、灘兵衛はするどく見つめた。

鮫がさらに、二度、三度と体当たりを繰り返す。

灘兵衛は舟端につかまり、這《は》いつくばったままの姿勢で、鮫の攻撃に耐えた。耐えるしか、なすすべがない。

ふと、小弥太の亡骸《なきがら》に眼がいった。

物言わぬわが子は、もはや生あるものではない。血を出し尽くし、ただの肉の塊《かたまり》になり果てていた。

（やんぬるかな……）

灘兵衛は生まれてはじめて、神仏を恨《うら》む気になった。

天は灘兵衛から妻を奪い、そしていままた、わが子を奪った。神や仏があるものならば、なにゆえ自分にだけ、こうも苛酷な運命を下さねばならぬのか――。

（報《むく》いか……）

おのれが手にかけた、山際市之介の記憶が頭をかすめた。

あのとき、市之介はどこまで本気で、灘兵衛に斬りかかってきたのであろうか。本当に灘兵衛を殺す気なら、敵の武者が灘兵衛に止《とど》めを刺すのを、黙って見過ごしておればよかったはずであった。

だが、市之介はそれをしなかった。

市之介はおのれの胸にかかえた友情と恋情のはざまにもだえ苦しみ、それを断ち切らんがために、灘兵衛に挑みかかってきたのではないだろうか。

身を守るためとはいえ、灘兵衛はその友を死に追いやった。灘兵衛に下された苛酷な運命は、あのときの報いと言えなくもない。

（このまま鮫に呑まれたほうが、いっそ楽になる……）

生きていくのが嫌になった。何もかも投げ出してしまいたいという、捨《す》て鉢《ばち》な気持ちが灘兵衛の胸を領した。

そのとき、また鮫が舟にぶつかった。

灘兵衛は舟底を転がり、海へ投げ出されそうになった。かろうじて何かをつかみ、灘兵衛の体は舟に踏みとどまった。

つかんだものを見た。

小弥太の小さな腕だった。

その蒼《あお》ざめた顔が、灘兵衛に何かを語りかけている。

（お父は強い。天下一の漁師じゃ……）

小弥太が、負けるなと言っているような気がした。闘わずして負けるのは、坊のお父ではないと――。

頭にかかっていた真っ白な靄《もや》が、にわかに晴れ出してくるような気がした。

思えば、市之介を手にかけたときから、灘兵衛はおのれとの闘いから逃げつづけていたのかもしれない。

（もはや……）

灘兵衛は舟端につかまって腰を上げた。

もはや、自分には失うものは何もない。恐れるものなど何もなかった。

鮫の影を睨みすえたまま、灘兵衛は舟の上に仁王立ちになった。

その巨大な敵に対する激しい憎しみと怒りの感情が、灘兵衛の背すじを稲妻のように駆けのぼってゆく。

(仇《あだ》を討《う》ってやる)

灘兵衛の形相は、いつしか、

――鬼

に変わっていた。

五

灘兵衛は着ていた刺子《さしこ》の漁師着を脱ぎ捨て、茜《あかね》色の下帯ひとつの姿になった。

鍛え上げられた胸板の厚い体が、海に照りはえる朝日を受けて赤銅《しゃくどう》色に輝く。

(見ておれ……。志摩海賊の意地を思い知らせてくれる)

灘兵衛の腕が、小弥太の亡骸をむんずとつかんだ。

揺れ動く舟の上を歩き、舳先に歩み寄る。舳先には、赤錆びた鉄のイカリがあった。

(南無三《なむさん》……)

口のなかでつぶやくと、愛息の亡骸を鉄のイカリに突き立てた。

イカリに結びつけられた太縄をつかみ、エイッとばかりに海へ放り込む。イカリの重みで、小弥太の小さな体が泡立ちながら沈んでいく。

わが子の亡骸が鮫の海へ吸い込まれていくのを、灘兵衛は表情も変えずに冷厳な眼で見送った。

こんなことをしても、失った息子は帰って来ない。しかし、じっとしていることはできない。何かをせずにはいられなかった。

（来い……）

灘兵衛はまたたきもせず、海を見つめつづけた。

鮫は血の臭いが好きだ。わずか一滴の血でも、一町（約百九メートル）先から嗅《か》ぎつけるほどの鋭敏な嗅覚を持っている。

ましてや、血まみれの亡骸は、鮫にとって好餌《こうじ》以外の何ものでもない。

（来い、来やがれッ！）

仇を討つというただひとつの目的に向けて、灘兵衛の想念は研《と》ぎすまされた。

その灘兵衛の殺気を察知したのか、さきほどまで海面近くで暴れ回っていた鮫は、黒い影を海の色に溶け込ませ、なかなか浮かび上がってこない。本能的な警戒心を働かせ、海の底深く沈んでようすをうかがっているのかもしれない。

灘兵衛にとって、

——永遠

と思われるほど、長い刻《とき》が流れた。

カモメが海面すれすれをかすめて翔《と》んでいる。いつもと変わらぬ、串本の海の風景であった。変わったところはただひとつ、舟の上に置かれたタライに小弥太の姿がないことである。

舟端が、

ギシ

ギシ

と、風に軋んだ。

中腰になって縄をつかんだまま、半刻が過ぎた。

さらに半刻——。

天に輝いていた日が、はるか南海上から湧きだした灰色の雲におおわれはじめた

——と思ったとき、手もとに、

——ガツン

と、当たりがつたわった。

　ぐいと太縄が引っぱられ、灘兵衛の体もろとも、小舟の舳先が海中へ引きずり込まれそうになる。

　縄がぎりぎりまで張りつめ、右へ左へと動いて舟端にこすれた。

（勝負だッ！）

　灘兵衛の体の奥底に眠っていた海の武士《もののふ》の血が、咆哮《ほうこう》を上げた。崩《くず》れた態勢を立て直し、深く腰をすえ、渾身の力で太縄を引く。

　重い。

　縄の向こうに、大山がつながっているのかと思うほど重かった。

　それでも灘兵衛は必死にこらえ、太縄を少しずつたぐり寄せた。

（負けぬぞ、坊……）

　嚙《か》みしめた唇から血がしたたった。

　自分が闘っている相手は、ただの鮫ではない。灘兵衛自身がせおってきた、人生の重さそのものであるのかもしれない。

　腕が痺《しび》れてきた。手の先にほとんど感覚がない。

　一寸引き寄せたかと思うと、すぐに引きもどされ、また引き寄せて距離を縮めた。闘いは、その繰り返しだった。

（もう、だめだ……）

と思う瞬間が、何度もおとずれた。

ものに憑《つ》かれたような、熾火《おきび》のごとき執念だけが、ともすれば悲鳴を上げそうになる灘兵衛の心と体をささえている。

やがて、張り詰めていた縄が、

——ふっ

とゆるんだ。

（縄が切れたか……）

と思った瞬間、小舟の横の海面がせり上がった。

海が割れ、人喰鮫の巨体が宙へ躍り出る。

鮫の尾鰭が海面をたたいた。滝のごとき水しぶきが、灘兵衛の顔に、肩に、胸板に降りそそぐ。

鮫はいったん海中に没したかと思うと、二度、三度と海から躍り上がった。そうやって、呑み込んだイカリをはずそうとしているのだろう。

嵐のような水しぶきのなかでも、灘兵衛は眼をつぶらず、頭を振り立てる人喰鮫の姿を不動明王《ふどうみようおう》のごとく睨みつけた。

鮫が暴れるたびに、舟が揺れる。

古びた漁師舟は、荒れ狂う巨魚の前ではちっぽけな木の葉のように頼りない。

イカリは、鮫の顎骨《あごぼね》のあいだに深々と刺さっていた。灘兵衛の執念が乗りうつったかのように、食い込んではずれない。

跳び上がっても無駄と悟ったのか、今度は、人喰鮫が物凄《ものすご》い速度で海を走りだした。

鮫に曳《ひ》かれ、灘兵衛の漁師舟も走った。

凄まじい力である。

みるみる岸が遠ざかっていく。沖へ、沖へ、鮫と舟が波を切って突っ走った。

（大海原へ連れ去り、舟を沈めようというのか……）

灘兵衛は舳先に立ち、海をすべる長大な影を見つめた。

こうなれば、根くらべである。

人喰鮫のほうが力尽きるか、それとも灘兵衛の根気が尽きるか。先に音を上げたほうの負けだった。

鉛色の空から、にわかに雨が降ってきた。

大きな雨粒が、海に、舟に、沛然《はいぜん》とたたきつける。

灘兵衛は天をあおいで口をあけ、喉をうるおすと、小弥太の寝床になっていたタライの敷き藁を捨て、なかに雨水を溜めた。

鮫との闘いは、いつ果てるとも知れない。

たとえ長期戦になっても、水さえあれば七、八日は生き抜くことができる。人間の知恵と、底知れぬ鮫の力の勝負である。

やがて、雨が上がった。

雲は流れ去り、夕映えが、島影ひとつ見えぬ大海原を荘重な色に染め上げた。残照が紅をしぼったような光を残して消え去ると、忍び寄る夜の闇が天地をおおい尽くした。

冴えた星が、頭上に冷たくまたたいた。

灘兵衛は空を振りあおいだ。どこまでも広がる暗冥の夜空に、ひときわ勁《つよ》く、凛々《りんりん》と光り輝く妙見星《みようけんぼし》(北極星)を見つける。

妙見星はつねに真北にあるため、いにしえより、海人《あまびと》はその星から舟の進むべき方角を見さだめた。

妙見星の位置から見て、鮫はまっすぐ北西へ向かっている。どれほど沖合へ出てしまったのか、灘兵衛にそれを知る手がかりはなかった。

六

三日三晩、鮫は舟を曳いて走りつづけた。

四日目の朝――。

縄を引く力が、急に弱まった。

舟がじょじょに速度を落としはじめる。やがて、灘兵衛の漁師舟は、波立つ海の上で止まった。

飄々《ひょうひょう》と風が大海原を渡っていく。

舟の上に仁王立ちになった灘兵衛は、大きく息を吸うと、両手でイカリ縄をたぐり寄せた。

イカリ縄は、さしたる抵抗もなく引き寄せられていく。

群青色の海を透《す》かして、黒い鮫の背中が近づいてきた。鮫はあきらかに弱っている。長い闘いの果てに、ついに力尽きたのだ。

（勝ったぞ、小弥太ッ）

喉から、歓喜の雄叫《おたけ》びがほとばしりそうになった。

鮫の影はしだいに大きさを増し、舟端近くに浮かび上がってくる。

灘兵衛はさらに引き寄せようと、片手で縄を握りしめながら、クエ釣りに使う鉤棒を探した。

と、そのとき――。

いままで死んだもののように動かなかった鮫の体が、しぶきを撒《ま》き散らして高く撥《は》ね上がった。灘兵衛の舟めがけ、いっぱいに大きく開いた口腔《こうこう》がせまってくる。

鮫は最期《さいご》の力を振り絞《しぼ》り、灘兵衛を地獄へ引きずり込むつもりなのだ。

目の前に、闇がひろがった。

すべてを失った男に残された、たったひとつの生き甲斐を呑み込んだ、底無しの暗い闇だった。

灘兵衛のなかで意地が燃えた。

「化け物めーッ！」

叫ぶなり、灘兵衛は足もとにあった鉤棒をつかみ、おおいかぶさってくる鮫の上顎を凄まじい力で殴りつけた。

するどい鮫の歯が、折れて飛んだ。

降りそそぐ血の雨で、視界がどす黒く染まった。

ぼうっと霞《かす》みそうになる意識のなかで、灘兵衛はなかば狂ったように鉤棒を振るいつづけた。

鮫が尾鰭を振って猛然と暴れた。

海が波立ち、舟が大きく傾いて沈みそうになる。

(鮫のやつも、生きるために必死なのだ……)

生のいとなみの悲哀が、灘兵衛の胸を冷たく透き通った水のように流れた。それでも、生あるかぎり、人は哀しみを乗り越えて闘いつづけなければならない。

やがて──。

海が鎮《しず》まった。

灘兵衛は、生きていた。

大きく息をあえがせながら、鉤棒を握りしめ、全身血まみれになって舟の上に立ち尽くしていた。

舟の横に、人喰鮫が白い腹をみせて浮かび上がっている。波に洗われる巨体は、小山のごとく動かなかった。

灘兵衛はしばらく、凍りついたように、黒潮が滔々《とうとう》と流れる海のかなたを凝視しつづけた。

灘兵衛が舟にくくりつけてきた人喰鮫の死体を見て、串本の浦は大騒ぎになった。

「あげな大きな鮫は見たことがないで」

「灘兵衛は、たった独りであの鮫を退治したそうや」

浜に引き揚げた鮫の腹を、灘兵衛が秋広の短刀で斬り裂《さ》いたとき、驚きの声は沈黙に変わった。

変わり果てた愛児の亡骸を、灘兵衛は鮫の腹から奪い返した。

この前代未聞の仇討ちの話は串本の浦から近隣の村々に広まり、やがて紀伊《きい》国じゅうを疾風《はやて》のごとく吹き抜けた。

話を聞きつけた紀州侯徳川頼宣は、和歌山城へ灘兵衛を呼び、

「逆縁《ぎやくえん》ではあるが、見事な仇討ちであった」

と、その勇武を誉めたたえた。

また、

「そなたほどの剛《ごう》の者、ぜひともわが紀州家に召し抱えたい」

と望んだが、灘兵衛はこれを断った。

名聞《みようもん》第一の狭く息苦しい世界に生きることのむなしさを、身に沁《し》みて感じていた

のであろう。

灘兵衛は一生、串本の海で生きた。

あとがき

おもしろい話を聞いた。

新潟県長岡市にある、河井継之助記念館をたずねたときのことである。案内していただいた館長の稲川明雄氏が、

「長岡藩の初代牧野忠成《ただなり》はずいぶんしたたか者で、人には言えないような仕事にも手を染めていたんですよ」

と、おっしゃった。

長岡藩牧野家は、そもそも三河国の出身である。常在戦場《じょうざいせんじょう》、礼儀廉恥《れいぎれんち》の精神をかかげ、幕末には家中に河井継之助という逸物が出たことで知られる。その藩祖が人に言えないような仕事に手を染めていたとは、話がおだやかではない。

「徳川幕府の朝廷対策にあたったのは、京都所司代の板倉勝重ですが、その子分だったのが牧野忠成なんです」

稲川氏によれば、忠成は二代将軍秀忠の娘和子《かずこ》入内の裏工作や、福島正則《まさのり》改易事

件にもかかわっていたという。これらの功績がみとめられ、忠成はめぼしい武功がないにもかかわらず、次々と加増されて、長岡藩七万四千余石の大名にまでのぼりつめた。

その忠成が、みずからの手足として使っていたのが、

――加藤者《かとうもの》
であった。

加藤者は伊賀、甲賀、根来《ねごろ》など、いずれの忍び組織にも属さない、はぐれ者的な小集団であったという。その加藤者の象徴ともいえる存在が、戦国時代、諸国の群雄のあいだを鵺《ぬえ》のごとく渡り歩いた〝飛び加藤〟だった。表題作『軒猿の月』には、上杉謙信配下の軒猿のライバルとして〝飛び加藤〟が登場するが、そこに孤独の影が滲むのは、加藤者の宿命であったかもしれない。

この作品集には、いずれも幻想的で少々風変わりな小説がおさめられている。私のなかではロマンチシズムの濃い、個性的な一冊になった。伝奇小説や剣豪小説を書いていた駆け出しのころから、戦国を舞台にした歴史小説に取り組むようになった最近まで、長年にわたる作者自身の濃縮されたエッセンスが詰まっている。あら

ためて読み返してみて、歩いてきた道程の遠さにめまいすら覚える。

『人魚の海』に出てくる寂しい人魚の夢は、子供のころ、私がじっさいに見たものだ。家のそばを流れる阿賀野《あがの》川の岸辺に打ち上げられた美しい人魚を助け、姉のように慕っていっしょに暮らした。その人魚がある日、突然、姿を消した。青みがかった夢からさめると、寝床で手足や鼻の先が冷たくなっていたのを記憶している。

歴史に埋もれた秘話と詩情、そして祈りをもとめ、これからも土手の上の一筋の道をたどるように、ただ川の上流をめざしてどこまでも歩いてゆくだけだ。

火坂雅志

解説――火坂雅志という道にしか咲かない「花」の数々

細谷正充

二〇〇九年のNHK大河ドラマ『天地人』の原作者として、火坂雅志の存在がクローズアップされたことは、周知の事実であろう。マスコミへの露出も大きく、和服姿の作者の福々しい笑顔を、目にした読者も多いはずだ。まさに時の人であった。しかし、ここに至るまでの作者の道のりは、けして平坦ではなかった。まずは作者の経歴を眺めながら、そのあたりのことに触れておきたい。

火坂雅志は、一九五六年、新潟に生まれた。早稲田大学商学部卒。歴史雑誌の編集者を経て、一九八八年、書き下ろし長篇『花月秘拳行』を講談社ノベルスで刊行し、作家デビューを果たす。これは歌僧として知られる西行を秘拳・明月五拳の達人として、歴史の暗部に切り込んだ伝奇小説の快作であった。デビュー作から時代物の書き手としての並々ならぬ力量を示した作者だが、当時は現在ほどの歴史・時代小説ブームが到来しておらず、新人の時代作家には厳しい季節であった。事実、時代小説ではなく、現代を舞台にしたアクション物を書かないかと、編集者から誘われたこともあったという。だが作者は、歴史・時代小説の道を、脇目もふらずに歩んでいった。デビュー作に続く「拳法家・西行」シリーズや、骨法使いの活躍を描く「骨法」シリーズといった時代アクション。伊賀忍者を主人公にした「悪党伝説」シリーズや、有名な霧隠才蔵の新たな魅力を立ち上げた『霧隠才蔵』といった忍者小説。柳生烈堂が修羅の剣をふるう剣豪小説「柳生烈堂」シリーズ……。新書と文庫の書き下ろしを中心に、痛快な時代エンタテインメントを、次々と書き上げていたのである。

そんな作者に、さらなる飛躍が訪れる。一九九九年三月、小学館からハードカバーで戦国長篇『全宗』を刊行。豊臣秀吉の隠し参謀・施薬院《やくいん》全宗の生涯を〝悪人〟という視点で活写してのけ、大きな話題を呼んだのである。以後、『覇商の門』『虎の城』『臥竜の天』など、実在の人物を主人公にした戦国小説を発表。そして二〇〇六年に上梓した『天地人』を原作とした、NHK大河ドラマ『天地人』が〇九年に放送されると、歴史・時代小説の人気作家としての地位を不動のものとしたのである。

さて、以上のことを踏まえて、本書の内容に踏み込んでいこう。『軒猿の月』は、二〇〇八年一月にPHP研究所から刊行された短篇集だ。戦国時代を舞台にした八篇の物語が収録されている。「あとがき」で作者が、

「この作品集には、いずれも幻想的で少々風変わりな小説がおさめられている。私のなかではロマンチシズムの濃い、個性的な一冊となった。伝奇小説や剣豪小説を書いていた駆け出しのころから、戦国を舞台にした歴史小説に取り組むようになった最近まで、長年にわたる作者自身の濃縮されたエッセンスが詰まっている。あらためて読み返してみて、歩いてきた道程の遠さにめまいすら覚える」

と述べているように、発表年代は多岐にわたっている。個々の作品の面白さだけではなく〝濃縮されたエッセンス〟が俯瞰できるのも、本書の大切な読みどころといえよう。

表題作の「軒猿の月」(「小説宝石」一九九八・五)と、それに続く「人魚の海」(『夢を見にけり』二〇〇四・六)は、どちらも上杉家が物語の背景にある。だが、それぞ

れの読み味は、まったくの別物だ。「軒猿の月」は忍者小説。本作の冒頭にも書かれているが、有力な戦国武将は、ほぼ例外なく忍者を抱えており、上杉家のそれは〝軒猿〟と呼ばれていた。そんな軒猿のひとり・月猿に、上杉謙信の命が下る。武田家に雇われた忍者〝飛び加藤〟を斬れというのだ。上杉家とも因縁を持つ飛び加藤は、抜群の腕前で知られる一匹「猿」の忍者である。はたして月猿に勝機はあるのか。今、ふたりの忍者の闘いの幕が上がった。

時代の闇に生きる忍者同士の死闘を描いた本作は、典型的な忍者小説である。もちろん典型的というのは悪口ではない。忍者物のフォーマットを活用しながら、きっちりと面白い物語に仕上げているのだ。死闘の果てに明らかになる、意外な事実も気が利いている。多数の忍者小説を書いてきた作者ならではの一篇となっているのだ。

一方「人魚の海」は、上杉家の家臣で京方雑掌をつとめる神余小次郎親綱《かなまりこじろうちかつな》が主人公。京の都で、ちょっとした権勢をふるう親綱は、織田家家臣の木下藤吉郎に誘われた柳風呂で出会ったあこやに衝撃を受ける。なぜなら、あこやの顔は、繰り返し夢に現れた人魚とそっくりだったからだ。贅沢好みのあこやのために、溜めこんだ金を湯水のごとく使う親綱。だが、その間にも時代は動いていた。織田家の伸長により、越後に引き上げた親綱は、いつしか破滅への道を歩むのだった。

戦国時代に詳しい人ならば、神余親綱の名に覚えがあるかもしれない。上杉謙信の後継者争い——いわゆる「御館《おたて》の乱」で三郎景虎側に付き、最後まで抵抗した人物だ。作者は、この人物の蹉跌《さてつ》を、夢の中の人魚とそっくりな〝運命の女〟を配して、ファンタスティックに描破している。伝奇魂を持ち、なおかつ戦国に精通している作者ならではの、異色の戦国ロマンなのである。

なお、本作と「子守唄」は、藤水名子監修の時代小説アンソロジーのために、書き下ろされた作品であることを付け加えておきたい。

「夜光木」(「小説non」一九九八・二)の主人公・以蔵も忍者だが、「軒猿の月」の月猿とはかなり違う。甲斐国奈良田の集落で暮らす以蔵は、まだ忍び仕事をしたことがない半人前の忍者である。そんな彼に、上方で織田家の動きを探るという任務が下った。南蛮寺の寺男になった以蔵は、寺で暮らし宣教師の手助けをしている小雪という美女に憧れると同時に、世間の広さを知った。やがて織田信長暗殺の指令を受けるが、小雪のために失敗。奈良田の里に舞い戻った以蔵は、周囲から蔑まれる生活をおくるのだが……。

火坂作品の主人公は、強い志を持った人物が多い。その中で本作の以蔵は、例外といっていいほど、心が弱い。だが、そこに作者の狙いがある。心を激しく揺らす以蔵の行動があったからこそ、閉ざされた小さな世界である奈良田の里の在り方が、くっきりと浮かび上がってくるのだ。さらに、閉ざされた世界の象徴である〝夜光木〟の扱いも極めて巧み。こういうストーリーも裡《うち》に抱えているのかと、作者の別の一面に気づかせてくれる作品なのである。

「木食上人」（「特選小説」一九九九・二）は、『全宗』と同じように、歴史の中からユニークな人物を掘り起こしている。その人物とは、密教行者の木食応其。木下藤吉郎時代に応其に命を助けられたことのある秀吉は、十五年後に、築いたばかりの大坂城で応其と再会。なんとか過去の恩を返そうとするのだが……。

このような人物を発見したことそのものが大きな手柄だが、作者はそこに寄りかかっていない。本作のキモは、木食応其に対する天下人秀吉の気持ちにある。別世界の価値観で生きる応其に不気味なものを感じ、自分と同じ価値観を見出しては安心する。応其という破天荒な人物を通じて、秀吉の心を掘り下げたところに、本作の魅力が屹立《きつりつ》しているのである。ただ単に人物を描くのではなく、その人物を通じて何を描くのかを、作者は常に考えている。だからこそ作者の戦国小説は、どれも斬新なのである。

「家紋狩り」（「問題小説」一九九一・六）は、太閤秀吉が菊桐紋の使用を禁じた〝家紋狩り〟が題材になっている。ただしこの作品、本書随一の怪作だ。なにしろ前半と後半のテイストがまったく違うのである。前半は、菊桐紋使用禁止を命じるために吉野に赴いた主人公と里人たちとのやりとり。そこから浮かび上がるのは、権力者の恣意と、それに翻弄される人々の怒りと悲しみだ。

ところが後半になると、物語は一転、秘境冒険小説風になる。おそらく『キング・コング』を意識している（大衆小説の巨匠・吉川英治にも、『キング・コング』をモチーフにした『恋山彦』という作品がある）のだと思うが、まさかこんな展開になるとはビックリ仰天だ。本作発表当時、さかんに執筆していた伝奇物と、その後の戦国物の合体とでもいおうか。作者の作風を理解しようと思うと、実に興味の尽きない作品なのだ。

「卜伝花斬り」（「小説ｎｏｎ」一九九四・一二）は、鹿島新当流の開祖・塚原卜伝《つかはらぼくでん》の若き日を描いた剣豪小説である。廻国修行で薩摩の坊津《ぼうのつ》に赴いた卜伝。目的は唐人・一官の使う異国の剣――苗刀《びょうとう》を知ることにあった。三ヶ月前に一官は病没していたが、弟子の松井林助に苗刀は伝えられているという。しかし林助は過去のトラウマから闘いを好まず、卜伝との立ち合いを拒んだ。それでも諦めきれずに一官の家に通う卜伝は、しだいに一官の娘の薇琴に惹かれていくのだった。

日本の剣法とはまったく違う苗刀との対決も面白いのだが、本作でもっとも注目すべきは、卜伝が林助と立ち合うためにとった非情の手段である。自らの恋心を捨て、併せて、林助を立ち合いに向かわせるために卜伝が取った手は、まさに悪人ならではのもの。後の戦国長篇で作者は歴史上の人物を、自分の理想のためには愛も情けも捨てる〝悪人〟としている。それと同じ視点で、剣豪卜伝を悪人として描き切ったのである。

「戦国かぶき者」（「問題小説」一九九二・二）は、ぶらりと琵琶湖に面した堅田の町に現れたかぶき者・星影左門の活躍を描いた痛快篇だ。本願寺から派遣されている高僧の依頼を受け、悪党退治に乗り出した左門だが、その裏には思いがけぬ真実が隠されていた。

戦国武将とは別の価値観で、殺伐とした時代を自由奔放に生きる。そんなかぶき者の姿を、作者は軽快に表現している。エンタテインメントに徹しているが、それだけに楽しく読める作品なのである。

そしてラストの「子守唄」（『ふりむけば闇』二〇〇三・六）は、南紀串本で漁師をしている灘兵衛が、ある意外な相手と勝負を繰り広げる。友を失い、妻を失い、さらにはもっとも大切な者を失った灘兵衛の闘いは、壮絶であり、哀切きわまりない。本作が収録された『ふりむけば闇』の「あとがき」で、アンソロジー監修者の藤水名子は〃途中から、私はもう大泣きしてしまって、実は字面を追うのが苦痛なほどだった〃といっているが、その気持ちはよく分かる。灘兵衛の人生の重さを凝縮した、ラストの一行にしばし呆然。掉尾《とうび》を飾るのに相応しい名品だ。

以上、八篇。いかにも作者らしい作品もあれば、意外な作品もある。ただ、どれもが作者の歩んできた道にしか咲かない〃花〃であることは間違いない。これ一冊で、火坂雅志という作家の軌跡をたどることのできる、大変お得な短篇集なのである。

（文芸評論家）

この作品は、二〇〇八年一月にＰＨＰ研究所より刊行された。

著者紹介
火坂雅志（ひさか　まさし）
1956年、新潟県生まれ。早稲田大学商学部卒業。
1988年、『花月秘拳行』で作家デビュー。新史料をもとに描く旺盛な作家活動には定評があり、時代小説界に新風を巻き起こしてきた。戦国武将たちを陰で支えた“怪物”たちに光を当てた『全宗』『覇商の門』『黒衣の宰相』など、数々の意欲作を世に問うている。
著書に、『壮心の夢』『黄金の華』『虎の城』『沢彦』『臥竜の天』など多数。
戦国時代の知将、直江兼続を描いた『天地人』は、2009年度のＮＨＫ大河ドラマの原作となった。

ＰＨＰ文芸文庫　軒猿の月

2010年10月29日　第１版第１刷

著者　火坂雅志
発行者　安藤卓
発行所　株式会社ＰＨＰ研究所
東京本部　〒102-8331 千代田区一番町21
文藝書編集部　☎03-3239-6251（編集）
普及一部　☎03-3239-6233（販売）
京都本部　〒601-8411 京都市南区西九条北ノ内町11
PHP INTERFACE　http://www.php.co.jp/
制作協力
組版　株式会社ＰＨＰエディターズ・グループ
印刷所　図書印刷株式会社
製本所　東京美術紙工協業組合

落丁・乱丁本の場合は弊社制作管理部（☎03-3239-6226）へご連絡下さい。

送料弊社負担にてお取り替えいたします。

ISBN978-4-569-67554-1

PHP文芸文庫

信長と秀吉と家康

池波正太郎 著／縄田一男 解説

天下取り三代の歴史を等身大の視点で活写するとともに、人間とその人間の営みが作り出してきた歴史の意味を見事に語る名篇。池波作品・幻の長篇、待望の文庫化。

定価五七〇円
(本体五四三円)
税五%

PHP文芸文庫

人間というもの

司馬遼太郎 著

人の世とは何か。人間とは、日本人とは
――国民作家・司馬遼太郎が遺した珠玉の
言葉の数々。心を打つ箴言と出会えるファ
ン垂涎の一冊。

定価五二〇円
(本体四九五円)
税五%